은밀한 결정

은밀한 결정

密やかな結晶

오가와 요코 장편소설

김은모 옮김

문학동네

1

이 섬에서 가장 먼저 사라진 것은 무엇이었을까, 나는 가끔 생각한다.

"네가 태어나기 한참 전에, 이곳에는 훨씬 많은 것들이 있었단다. 투명한 것, 향기로운 것, 하늘하늘한 것, 반들반들한 것……전부 네가 상상도 못할 만큼 멋진 것들이었지."

어릴 적에 어머니는 자주 그런 이야기를 해주었다.

"하지만 안타깝게도 이 섬 사람들은 그렇게 멋진 것들을 영원히 마음속에 간직할 수 없어. 섬에 사는 한 마음속에 있는 것들을 순서대로 하나씩 잃어버릴 수밖에 없지. 조금 있으면 너도 처음으로 뭔가를 잃을 때가 올 거야."

"그거 무서운 일이야?"

걱정이 된 나는 어머니에게 물어보았다.

"아니. 괜찮아. 아프지도 괴롭지도 않으니까. 아침에 침대에서 눈을 뜨면 어느새 다 끝나 있거든. 가만히 눈을 감고 귀기울여 아침 공기의 흐름을 느껴보렴. 어딘가가 어제와 다를 거야. 그러면 자기가 뭘 잃었는지, 섬에서 뭐가 사라졌는지 알 수 있단다."

어머니는 지하 작업장에 있을 때만 이 이야기를 해주었다. 10평쯤 되는 지하실은 먼지가 많고 바닥이 꺼끌꺼끌했다. 강바닥을 면한 북쪽에서는 물소리가 들렸다. 내가 동그란 모양의 전용 의자에 앉아 있으면, 어머니는 끌의 날을 갈거나 돌에 줄질을 하면서―어머니는 조각가였다―나지막하게 말했다.

"소멸이 일어나면 한동안 섬이 어수선해져. 다들 길거리 여기저기 모여서 사라진 것에 대한 추억을 이야기해. 그리워하고, 서글퍼하고, 위로를 나누지. 만약 그것이 형체를 지닌 물건이라면 모두 들고 나와서 불태우거나 땅에 묻거나 강에 흘려보낸단다. 하지만 그런 동요도 이삼일이면 가라앉지. 사람들은 금방 원래의 일상을 되찾아. 무엇을 잃었는지조차 떠올리지 못하게 되는 거야."

그리고 나서 어머니는 작업을 멈추고 나를 계단 뒤쪽으로 데려간다. 거기에는 수많은 칸으로 나누어진 낡은 서랍장이 있다.

"자, 마음에 드는 서랍을 하나 열어보렴."

서랍에 달린 녹슨 타원형 손잡이를 하나하나 바라보며 어느 것이 좋을지 한참 고민한다.

나는 이 순간마다 망설인다. 서랍에 보관된 것이 얼마나 신비하고 매혹적인 물건인지 잘 모르기 때문이다. 지금껏 섬에서 사라진 것들을 어머니는 이 비밀 장소에 숨겨놓았다.

겨우 결심하고 손잡이 하나를 당기면 어머니는 미소 지으며 안에 든 물건을 꺼내 내 손바닥에 얹어준다.

"이건 엄마가 일곱 살 때 사라진 '리본'이라는 이름의 천이야. 머리에 매거나 옷에 꿰어 장식하는 물건이란다."

"이건 '방울'이야. 손바닥에 놓고 굴려보렴. 어때, 소리 좋지?"

"아, 오늘은 멋진 서랍을 골랐구나. 엄마가 제일 아끼는 '에메랄드'란다. 이건 할머니 유품이야. 사랑스럽고 값지고 기품이 넘쳐서 이 섬에서 가장 귀하게 여겨진 보석이었는데, 다들 이 아름다움을 잊어버리고 말았어."

"이건 작고 얇지만 중요한 물건이야. 남에게 전하고 싶은 말이 있으면, 종이에다 쓰고 이 '우표'를 붙이지. 그러면 어디든 배달해주었단다. 아주 옛날에 그런 시절이 있었어."

리본, 방울, 에메랄드, 우표…… 어머니가 꺼내는 말들은 마치 외국의 소녀나 새로 발견된 식물의 이름 같아서 들을 때마다 가슴이 설렜다. 어머니의 이야기를 들으며 그것들이 섬에서 살아 숨쉬고 있었을 시절을 상상하면 즐거웠다.

하지만 그건 어려운 상상이기도 했다. 손바닥 위의 물건은 겨울잠을 자는 작은 동물처럼 가만히 웅크리고 있을 뿐, 아무런 시그널도 보내주지 않았다. 나는 종종 하늘의 구름을 잡아서 찰흙 공작품을 만드는 것처럼 허무한 기분이 들었다. 비밀 서랍 앞에서는 어머니의 말 한마디 한마디에 온 신경을 집중해야 했다.

내가 제일 좋아한 것은 '향수' 이야기였다. 조그마한 유리병에 든 투명한 액체다. 어머니가 처음 그 병을 건네주었을 때, 나는 설탕물 같은 것인 줄 알고 입으로 가져갈 뻔했다.

"어머, 먹는 거 아니야."

어머니는 웃으면서 황급히 말렸다.

"이렇게 한 방울만 목덜미에 묻히는 거란다."

어머니는 유리병을 귀 뒤쪽으로 가져가서 아까운 듯이 아주 살짝 액체를 떨어뜨렸다.

"왜 그러는데요?"

나는 도무지 이해가 가지 않았다.

"사실 향수는 눈에 보이지 않아. 보이지 않아도 병에 담아둘 수 있지."

나는 병 속의 액체를 뚫어져라 바라보았다.

"향수를 몸에 뿌리면 좋은 향기가 난단다. 남의 마음을 사로잡을 수 있는 향기가. 엄마가 젊었을 때는 데이트 전에 다들 향수를 뿌렸어. 마음에 둔 남자가 좋아할 만한 향기를 고르는 건 옷을 고르는 것만큼이나 중요했지. 이건 네 아빠와 데이트할 때 늘 뿌렸던 향수야. 우리는 남쪽 언덕 비탈길에 있는 장미 정원에서 자주 만났거든. 그래서 장미향을 이겨낼 향수를 찾느라 고생했어. 바람이 불어서 머리가 흩날리면 아빠를 슬쩍 곁눈질하고는 했단다. 내 향기를 놓치지 않고 맡았는지 궁금해서."

어머니도 향수 이야기를 할 때 가장 들떠 보였다.

"그 시절에는 다들 좋은 향기를 맡을 줄 알았어. 그것의 가치도 알았고. 하지만 이제는 아니야. 어디서도 향수를 팔지 않고, 아무도 가지고 싶어하지 않지. 향수가 사라진 건 네 아빠와 결혼한 해의 가을이었어. 다들 자기가 쓰던 향수를 들고 강가에 모였지. 병뚜껑을 열고 향수를 강에 버렸단다. 마지막으로 아쉬운 듯이 병을 코에 대보는 사람도 몇 명 있었어. 하지만 그 향기를 맡을 수 있는 사람은 더이상 없었지. 향수에 얽힌 추억도 전부 사라졌어. 이제 아무 쓸모 없는 물이나 다름없어진 거야. 그후로 이삼일 강에서는 숨이 막힐 듯한 냄새가 진동했지. 물고기도 조금 죽었어. 하지만 신경쓰는 사람은 없었어. 다들 마음속에서 향기를 잃어버렸으니까."

어머니는 서글픈 눈으로 이야기를 끝맺었다. 그리고 나를 무릎 위로 안아올리고 목덜미에 뿌린 향수 냄새를 맡게 해주었다.

"어때?"

어머니가 묻는다. 나는 어떻게 대답해야 할지 난감하다. 아닌 게 아니라 무슨 냄새가 나기는 했다. 빵 굽는 냄새와도, 수영장의 소독물 냄새와도 다른 느낌이 감돌았다. 하지만 아무리 애써도 그 이상은 떠오르지 않았다.

내가 계속 가만있자 어머니는 포기하고 작게 한숨을 쉬었다.

"괜찮아. 너한테 이건 그냥 물 몇 방울일 테니까. 어쩔 수 없지. 없어진 것들을 떠올리기란, 특히 이 섬에서는 무척 어려운 일이거든."

그렇게 말하고 어머니는 유리병을 서랍에 도로 넣었다.

지하실의 괘종시계가 아홉시를 치면 나는 방으로 돌아가서 자야 한다. 어머니는 끌과 망치를 들고 작업을 시작한다. 채광창으로 초승달이 보인다.

잘 자라고 입맞춤을 할 때가 되어서야 나는 내내 궁금했던 것을 겨우 물어볼 수 있다.

"엄마는 사라진 것들을 왜 그렇게 잘 기억해요? 사람들이 다 잊어버린 향수 냄새를 어떻게 지금도 맡을 수 있어요?"

어머니는 창 너머의 초승달을 잠시 바라보다 앞치마에 튄 돌가루를 손끝으로 떨어낸다.

"엄마도 늘 그게 궁금하단다."

조금 잠긴 목소리였다.

"하지만 모르겠어. 왜 엄마만 아무것도 잃지 않는지. 왜 아무리 시간이 가도 전부 기억하고 있는 건지……"

마치 그게 불행한 일인 것처럼 어머니는 눈을 내리뜬다. 나는 어머니를 위로하기 위해 한번 더 잘 자라고 입맞춤을 한다.

2

어머니가 돌아가시고, 이어서 아버지가 돌아가신 후로 나는 혼자 이 집에 살고 있다. 어릴 적부터 나를 돌봐준 가정부 할머니도 재작년에 심장발작으로 세상을 떠났다.

북쪽 산 너머 수원지 근처 마을에 사촌이 몇 명 산다고 들었지만 한 번도 만난 적은 없다. 북쪽 산은 가시나무가 많고 정상에 늘 안개가 끼어 있어서 산속 깊이 발을 들이는 사람은 거의 없다. 게다가 섬에는 지도라는 것이 없으므로—아마 한참 전에 사라졌으리라—산 너머가 어떤지, 섬이 과연 어떤 모양인지 아무도 몰랐다.

아버지는 들새 연구가였다. 남쪽 언덕 정상에 있는 들새관측소에서 일했다. 일 년의 삼분의 일 정도는 관측소에서 먹고 자고 하면서 데이터를 수집하거나 사진을 찍거나 알을 부화시키거나 했다.

도시락을 가져다준다는 핑계로 나는 틈만 나면 관측소에 놀러갔다. 젊은 연구원들은 하나같이 나를 귀여워하며 비스킷이나 코코아를 내주었다.

나는 아버지 무릎 위에 앉아 쌍안경을 들여다보았다. 아버지는 부리 모양, 눈 테두리의 색깔, 펼친 날개의 모양 등등 아주 작은 특징도 놓치지 않고 새 이름을 맞힐 줄 알았다. 쌍안경은 어린 내게는 너무 무거워서 금방 팔이 저려왔다. 그러면 아버지는 왼손으로 가볍게 쌍안경을 받쳐주었다.

그렇게 둘이서 얼굴을 맞대고 새를 바라보노라면, 나는 문득 아버지에게 물어보고 싶어졌다.

'엄마가 작업장에 있는 낡은 서랍장에 뭘 숨겨놨는지 알아요?'

하지만 막상 물어보려고 하면 채광창으로 초승달을 바라보던 어머니의 옆얼굴이 떠올라서 도저히 말을 꺼낼 수 없었다.

"도시락 쉬기 전에 빨리 드시래요."

대신에 입에서 나오는 건 어머니가 전하는 무난한 말이었다.

돌아갈 때는 아버지가 버스정류장까지 바래다주었다. 도중에 나오는 먹이터에서 선물받은 비스킷 하나를 조각내서 뿌렸다.

"이번에는 언제 집에 와요?"

내가 묻는다.

"아마 토요일 저녁쯤에나……"

아버지는 머뭇머뭇 대답한다.

"엄마한테 잘 있다고 전해주렴."

아버지는 작업복 가슴주머니에 넣은 빨간 색연필, 나침판, 형광펜, 자, 핀셋 들이 떨어지지는 않을까 싶을 만큼 크게 손을 흔들었다.

새들이 사라진 것이 아버지가 돌아가신 후라서 정말 다행이다 싶다. 섬사람들은 보통 뭔가가 소멸하면서 직업을 잃어도 큰 혼란 없이 금방 새로운 일거리를 찾아내는 듯한데, 아버지는 그러지 못했을 것이다. 새 이름을 알아맞히는 것 말고는 달리 특출한 데가 없었으니까.

맞은편에 사는 아저씨는 모자를 만들다가 이제는 우산을 만든다. 가정부 할머니의 남편은 페리 정비사로 일하다가 창고지기가 되었다. 같은 반이었던 아이의 언니는 미용사에서 조산사로 직업을 바꾸었다. 불평하는 사람은 아무도 없었다. 설령 수입이 줄어도 예전 직업에 미련을 두거나 그리워하지 않았다. 더구나 자꾸 투덜대다가는 비밀경찰에게 찍힐 우려가 있었다.

나를 포함해 모든 이들이 아주 간단하게 많은 것들을 잊어버릴 수 있다. 이곳은 마치 끝없이 펼쳐지는 공백의 바다 위에만 떠 있을 수 있는 섬 같다.

새의 소멸도 다른 경우처럼, 어느 날 아침 느닷없이 일어났다.

침대에서 눈을 뜨자 공기의 느낌이 미묘하게 까슬했다. 소멸의 신호다. 나는 이불로 몸을 감싼 채 주의깊게 방을 둘러보았다. 경대의 화장품, 책상 위에 어질러진 클립과 메모지, 레이스무늬 커튼, 레코드장…… 아무리 사소한 것이라도 가능성이 있다. 뭐가 사라졌는지 찾으려면 참을성 있게 신경을 집중해야 한다.

나는 침대에서 내려가 카디건을 걸치고 정원으로 나가보았다. 이웃 사람들도 모두 밖으로 나와서 불안한 표정으로 주변을 살피고 있었다. 옆집 개가 나지막하게 짖었다.

그때 작은 갈색 새 한 마리가 하늘 높이 날아가는 모습이 보였다. 둥그스름한 몸체에 배에는 흰색 털이 약간 섞여 있는 것 같았다.

'저 새, 관측소에서 아버지랑 같이 본 적이 있었나?'

그렇게 생각한 순간 나는 마음속에서 새와 관련된 모든 것을 잃어버렸음을 깨달았다. 새라는 말의 의미도, 새에 대한 감정도, 새에 얽힌 기억도, 그 모든 것을.

"이번에는 새였군."

한때 모자 장수였던 맞은편 집 아저씨가 불쑥 말했다.

"새는 괜찮아. 크게 불편해지는 사람도 없을 테지. 알아서 하늘을 날아다니는 게 전부니까."

아저씨는 머플러를 고쳐 매고 작게 재채기를 했다. 나와 눈이 마주치자 우리 아버지가 들새 연구가였다는 게 생각났는지, 민망한 듯 웃어 보이고는 재빨리 일하러 나갔다.

다른 사람들도 소멸의 정체를 확인하고 안심한 눈치였다. 저마다 아침에 할 일을 시작했다. 나 혼자 언제까지고 하늘을 바라보았다.

아까 본 갈색 새가 크게 한 번 원을 그린 후 북쪽으로 멀어졌다. 무슨 종류인지는 기억나지 않았다. 관측소에서 아버지와 쌍안경을 보던 때에 좀더 열심히 이름을 외워둘 걸 그랬다고 후회했다.

하다못해 날갯짓과 지저귐, 색깔이라도 마음속에 담아두려 했지만 허사였다. 아버지와의 추억으로 가득해야 할 새가 더는 그 어떤 따스한 감정도 불러일으키지 않았다. 그저 날개를 위아래로 움직이며 하늘에 떠 있는 생물에 불과했다.

오후에 장을 보러 가는 길 여기저기에 새장을 든 사람들이 모여 있었다. 앵무새, 문조, 카나리아 등이 무슨 낌새를 채고 새장 속에서 날개를 퍼덕이고 있었다. 새 주인들은 다들 아무 말 없이 멍한 표정이었다. 이번 소멸에 아직 익숙해지지 않은 기색이었다.

그들은 각자의 방식으로 새와 작별 인사를 나누었다. 이름을 부르고 뺨을 비비고, 입으로 먹이를 주는 사람도 있었다. 인사가 끝나자 하늘을 향해 새장 문을 활짝 열었다. 새들은 처음에는 당황한 듯 주인 주위를 날아다녔지만, 이윽고 하늘 저멀리 날아올라 시야에서 사라졌다.

새들이 전부 날아가버리자 공기가 숨을 죽이듯이 주위가 잠잠해졌다. 새 주인들은 빈 새장을 들고 각자 집으로 돌아갔다.

이렇게 새의 소멸이 완료되었다.

다음날 예상치 못한 일이 일어났다. 텔레비전을 보면서 아침을 먹고 있는데 현관 초인종이 울렸다. 소리만 들어도 난폭함이 전해지는 것이 왠지 좋지 않은 예감이 들었다.

"아버지 작업실로 안내하도록."

현관문을 열자 비밀경찰이 서 있었다. 모두 다섯 명이었다. 진녹색 상의와 바지, 폭이 넓은 벨트와 검은색 부츠, 가죽장갑, 그리고 허리 언저리에 슬쩍 엿보이는 무기. 모든 차림이 완전히 똑같았다. 옷깃에 단 여러 종류의 배지는 각자 다른 것 같기도 했지만, 확인할 여유는 없었다.

"아버지 작업실로 안내하도록."

마름모꼴과 누에콩 모양과 사다리꼴 배지를 단 맨 앞의 남자가 방금 전과 똑같은 투로 되풀이했다.

"아버지는, 오 년 전에, 돌아가셨어요."

스스로를 진정시키기 위해 나는 느릿하게 말했다.

"그건 알고 있다."

쐐기꼴과 육각형과 T자형 배지를 단 남자가 그렇게 말한 것을 신호로 다섯 명은 부츠를 신은 채 일제히 집으로 들어왔다. 다섯 명의 발소리, 무기가 고정장치에 부딪혀 짤깍대는 소리가 복도에 음산하게 울려퍼졌다.

"카펫을 세탁한 지 얼마 안 됐어요. 부츠를 벗어주세요."

뭔가 좀더 중요한 주장을 해야 한다는 걸 스스로도 알았지만 얼빠진 말밖에 나오지 않았다. 그들은 나를 무시하고 2층으로 계단을

16

올라갔다.

집의 구조를 완벽하게 숙지하고 있는 것 같았다. 그들은 망설임 없이 동쪽 모서리에 있는 아버지의 작업실로 가더니 신속하게 할 일을 시작했다.

우선 한 명이 아버지가 돌아가신 뒤로 내내 닫아놓았던 창문을 전부 활짝 열었고, 다른 한 명은 캐비닛과 책상 서랍 자물쇠를 수술용 메스처럼 길쭉한 도구로 망가뜨렸으며, 나머지는 비밀 금고라도 찾듯 손으로 벽을 구석구석 훑었다.

그리고 다 함께 아버지가 남긴 원고, 메모지, 스크랩북, 책, 사진을 선별했다. 위험하다고 간주한 물건은—요컨대 어디 하나라도 '새'라는 글씨가 적힌 물건은—바닥에 내팽개쳤다. 나는 문가에 기대어 문손잡이의 잠금 단추를 눌렀다 풀었다 하면서 그들의 행동을 가만히 지켜보았다.

소문으로 듣긴 했지만 그들은 아주 잘 훈련되어 있었다. 다섯 명이 작업하기에 가장 효율적인 방식으로 역할을 철저히 분담했다. 말이 없고 눈빛은 날카롭고 동작에 군더더기가 없었다. 종이가 서로 스치는 소리만 새의 날갯짓소리처럼 방안을 떠돌았다.

순식간에 바닥에 종이가 산더미처럼 쌓였다. 이 방에 새와 관련 없는 물건은 거의 없을 터였다. 오른쪽 위로 쏠리는 아버지 특유의 정겨운 글씨가 빼곡한 원고지와, 관측소에서 먹고 자며 고생해서 찍은 사진이 우수수 떨어져내렸다.

막무가내이기 그지없었지만 그들의 행동이 너무나 정연하여 마치 정당한 대우를 받고 있는 듯한 착각마저 들었다. 최대한 빨리 이의를 제기해야 한다고 생각했지만 가슴만 두근거리고 뭘 어째야 좋을지 몰랐다.

"조심해서 다뤄주세요."

시험 삼아 말해보았다. 하지만 아무 효과도 없었다.

"저한테는 다 아버지 유품이에요."

이쪽을 돌아보지도 않았다. 내 목소리는 쌓여가는 아버지의 유품 속으로 빨려들어갈 따름이었다.

한 명이 책상 제일 아래 서랍에 손을 댔다.

"거기 든 건 새랑 상관없어요."

나는 황급히 말했다. 아버지가 가족의 편지와 사진을 항상 보관해두던 곳이었다. 이중 동그라미와 직사각형과 물방울 모양 배지를 단 남자가 아랑곳없이 서랍을 빼내고 작업을 이어갔다. 아버지가 인공부화시킨 화려한 색상의 희귀 새―이름은 더이상 기억나지 않는다―와 함께 찍은 가족사진 한 장만 선별됐다. 남자는 나머지 사진과 편지를 책상 위에서 가지런히 정리한 후 서랍에 도로 넣었다. 그날 비밀경찰이 유일하게 예의를 갖춰준 순간이었다.

선별이 끝나자 그들은 상의 안주머니에서 검은색 비닐봉투를 꺼내 바닥에 쌓인 물건들을 욱여넣었다. 종류를 안 가리고 한꺼번에 꾹꾹 눌러담는 것으로 보아 모조리 파기할 작정인 듯했다. 대단한 이유가 있어서 무언가를 찾아내려는 것이 아니라, 그저 새에 관련된 잔해를 처분하고 싶을 뿐이었다. 소멸을 철저히 완수하는 것이 비밀경찰의 가장 큰 임무니까.

아마 이번 습격은 어머니가 비밀경찰에 끌려갔을 때에 비하면 훨씬 단순한 상황일 것이다. 직성이 풀릴 때까지 봉투를 채우고 나면 그들은 두 번 다시 여기 나타나지 않으리라. 아버지가 돌아가셨으니, 이 집에 남은 새에 대한 기억은 점점 희미해질 뿐이다.

한 시간쯤 걸려 작업이 끝나자 커다란 봉투 열 개가 생겨났다. 아침햇살이 들어와 방안은 더울 정도였다. 윤이 나게 닦은 옷깃의 배지가 반짝반짝 빛났다. 하지만 그들 중 땀을 흘리거나 숨을 헐떡이는 사람은 하나도 없었다.

그들은 공평하게 봉투 두 개씩을 어깨에 메고 나가, 집 앞에 세워둔 트럭에 싣고 떠났다.

단 한 시간 만에 방은 딴판이 되고 말았다. 고이 간직해둔 아버지의 기척이 완전히 사라지고, 대신 메울 수 없는 구멍이 뚫렸다. 나는 방 한복판에 서보았다. 한없이 안쪽으로 빨려들어갈 것처럼 깊은 구멍이었다.

3

나는 현재 소설을 써서 생계를 꾸리고 있다. 지금까지 세 권의 책을 냈다. 첫 작품은 행방불명된 피아니스트 연인을 찾으려는 조율사가 귀에 남은 음색을 실마리 삼아 악기점과 콘서트홀을 헤매는 이야기. 두번째 작품은 사고로 오른다리를 잘라낸 발레리나가 식물학자 연인과 함께 온실에서 살아가는 이야기. 세번째 작품은 염색체가 1번부터 차례로 녹아가는 병에 걸린 남동생을 간호하는 누나의 이야기.

전부 무언가를 잃는 소설들이다. 다들 그런 유의 이야기를 좋아한다.

하지만 소설가는 섬에서 가장 눈에 띄지 않는 직업 중 하나다. 섬에는 책이 흔하다고 하기 힘들다. 장미 정원 옆에 있는 도서관은 초라한 단층 목조건물이고 언제 가도 사람이 두세 명밖에 보이지 않는다. 표지만 넘겨도 부슬부슬 가루가 떨어질 것처럼 삭은 책이 누구의 관심도 받지 못하고 책장 한구석에 잠들어 있다.

그렇게 오래된 책은 수선도 하지 않고 두다가 결국은 버려진다. 그러니 아무리 가도 도서관의 장서 수는 늘지 않는다. 하지만 그렇다고 불평하는 사람도 없다.

서점도 비슷한 처지다. 상점가에서 서점만큼 썰렁한 곳은 또 없다. 주인은 쌀쌀맞은데다 무기력하고, 팔다 남은 책은 책등이 조금씩 변색되고 있다.

이 섬에 소설을 필요로 하는 사람은 몇 되지 않는다.

나는 대개 오후 두시부터 한밤중까지 원고지와 씨름한다. 그래도 집필량은 하루에 다섯 장 정도다. 천천히 원고지 칸을 메워가는 것을 좋아한다. 서두를 이유는 전혀 없다. 그 칸에 알맞은 한 글자를 시간을 들여 선택한다.

작업실은 옛날 아버지 방이다. 하지만 아버지가 쓰던 때에 비하면 훨씬 깔끔하다. 내 소설에는 참고문헌이나 취재 메모가 필요 없기 때문이다. 책상 위에는 원고지 다발, 연필, 연필 칼, 지우개뿐이다. 비밀경찰이 남기고 간 구멍은 도저히 메울 수 없다.

저녁녘이 되면 한 시간쯤 산책을 간다. 해안길을 따라 페리 선착장까지 갔다가 언덕 옆 샛길로 들어가서 들새관측소를 지나쳐 돌아온다.

페리는 오랜 세월 선착장에 정박되어 완전히 녹슬었다. 이제 아무도 이걸 타고 어딘가로 갈 수 없다. 페리도 섬에서 사라진 것 중 하나다.

페리의 애칭이 선체에 페인트로 적혀 있었지만, 바닷바람에 벗겨져서 이제는 알아볼 수 없다. 창문은 먼지투성이고, 배 밑바닥과 닻의 사슬, 스크루는 조가비와 해초로 뒤덮였다. 마치 거대한 바다 생물의 사체가 여기서 화석이 되기를 기다리고 있는 것 같다.

가정부 할머니의 남편은 한때 페리 정비사였다. 페리가 소멸된 뒤로 선박장의 창고지기로 일하다가, 이제는 은퇴하고 페리 안에서 혼자 산다. 나는 산책길에 여기 들러 할아버지와 잡담을 나누곤 한다.

"소설은 어떤가요? 잘 써집니까?"

할아버지는 그렇게 말하며 내게 의자를 권한다. 배에는 여기저기 의자가 많기 때문에 우리는 그날 날씨와 기분에 따라 갑판의 벤치에 앉기도 하고, 편안한 일등실 소파에 몸을 묻기도 한다.

"네, 조금씩 쓰고 있어요."

나는 대답한다.

"부디 건강에 유의하세요."

할아버지는 언제나 잊지 않고 이 말을 꺼낸다.

"하루종일 책상 앞에 앉아 머릿속으로 복잡한 상상만 하다니, 아무나 못하는 일이죠. 선생님과 사모님이 살아 계셨다면 분명 기뻐하셨을 겁니다."

할아버지는 혼자 고개를 끄덕인다.

"그렇게 대단한 일은 아니에요. 페리 엔진을 분해하고 부품을 교체해서 다시 고쳐놓는 일이 훨씬 신비롭고 어려운걸요."

"무슨 말씀을. 페리가 사라져버렸으니 이제 다 부질없지요."

여기서 잠시 침묵이 찾아온다.

"참, 오늘 맛좋은 복숭아가 들어왔습니다. 같이 드시죠."

할아버지는 보일러실 옆에 있는 작은 부엌으로 들어간다. 복숭아를 잘라서 얼음을 깐 접시에 담고 민트 잎으로 장식한 후, 진한 차를 주전자 가득 우린다. 할아버지는 기계든 음식이든 식물이든 실로 솜씨 좋게 다룬다.

나는 지금까지 책이 나올 때마다 할아버지에게 가장 먼저 선물했다.

"아, 이게 아가씨가 쓰신 소설이군요."

할아버지는 '소설'이라는 말을 신중하고 소중하게 발음했다. 그리고 머리를 깊이 조아린 채 신성한 공물이라도 모시듯 양손으로 책을 받아들었다.

"감사합니다. 감사합니다."

그렇게 되풀이하는 목소리에 점점 눈물이 배어서 나는 곤혹스러워졌다.

하지만 할아버지는 소설을 한 쪽도 읽지 않았다.

"책 읽은 소감을 듣고 싶어요."

그렇게 말하면,

"아이고, 무슨 말씀을. 소설이란 끝까지 읽고 나면 쓸모가 없어지는 것 아닙니까? 아깝게 감히 그럴 수는 없지요. 그냥 이렇게 계속 곁에다 소중히 모셔두고 싶습니다."

할아버지는 그렇게 대답한 후, 선장실에 있는 바다신의 제단에 책을 공양하고 주름투성이 양손을 맞댔다.

우리는 간식을 먹으며 이런저런 이야기를 나눈다. 대부분은 추억담이다. 아버지, 어머니, 가정부 할머니, 들새관측소, 조각, 페리를 타고 다른 곳으로 갈 수 있었던 먼 옛날. ……그러나 우리의 추억은 날마다 줄어들기만 한다. 소멸이 찾아올 때마다 기억도 함께 빼앗기기 때문이다. 우리는 얼마 남지 않은 간식을 나누어 천천히 혀 위에서 녹여 먹듯이 같은 이야기를 몇 번이고 되풀이한다.

저녁해가 바다에 가라앉을 무렵, 나는 페리에서 내린다. 사다리가 그렇게 가파르지도 않은데 할아버지는 트랩에서 꼭 내 손을 잡아준다. 아직도 나를 어린 소녀처럼 생각한다.

"조심해서 내려가세요."

"네. 내일 봬요."

할아버지는 내 모습이 보이지 않을 때까지 배웅해준다.

선착장 다음에는 언덕 정상에 있는 들새관측소에 들른다. 그곳에는 그리 오래 머무르지 않는다. 바다를 둘러보고 몇 번 심호흡을 한 후 바로 내려온다.

아버지 방처럼 들새관측소도 비밀경찰의 수색을 당해서 폐가처럼 변했다. 들새관측소였다는 사실을 상기시키는 물건은 하나도 남아 있지 않다. 연구원들도 뿔뿔이 흩어지고 말았다.

아버지와 함께 쌍안경을 들여다보던 창가에 서 있으면 지금도 가끔 작은 새가 다가오지만, 더는 내게 아무 의미도 없다는 사실만 깨달을 뿐이다.

언덕을 내려와 마을을 지나가는 동안 날이 점점 저문다. 해질녘에 섬은 한층 고요해진다. 일을 마치고 돌아가는 사람들은 고개를 약간 숙인 채 걷고, 아이들은 서둘러 집으로 달려간다. 장사를 마친 이동 마켓 트럭은 불규칙한 엔진음을 남기며 덜커덩덜커덩 나를 앞질러간다.

내일 찾아올지 모를 무언가의 소멸에 대비해 섬 전체가 마음의 준비를 하는 듯한 정적이 주위를 가득 채운다.

이렇게 섬은 밤을 맞는다.

4

수요일 오후, 출판사에 원고를 전하러 가는 길에 기억 사냥 현장을 목격했다. 이달 들어 벌써 세번째다.

날마다 그 방식이 강압에 가깝게 거칠어진다. 돌이켜보면 십오 년 전 어머니가 비밀경찰에 끌려간 것이 기억 사냥의 시작이었다. 어머니처럼 기억을 잃지 않는 특수한 인간의 존재가 조금씩 드러나면서 비밀경찰은 그들을 모조리 연행하려 한다. 하지만 그들이 과연 어떤 곳에 모여 있는지는 아무도 모른다.

버스에서 내려 횡단보도를 건너려고 하는데 진녹색 트럭 세 대가 줄지어 교차로에 진입했다. 다른 차들이 속도를 낮추고 옆으로 빠져 길을 비켜주었다. 치과, 생명보험회사, 댄스 스튜디오가 입주한 상가건물 앞에 트럭이 멈추더니 비밀경찰 열 명 정도가 내려 재빨리 건물로 들어갔다.

주변 사람들 모두 숨을 죽였다. 옆길로 피하는 사람도 있었다. 다들 눈앞의 상황이 조금이라도 빨리―자신에게 무슨 불똥이 튀기 전에―지나가기를 바라는 눈치였다. 그러나 트럭을 감싼 공기는 시간의 소용돌이 한복판에 빨려든 것처럼 고요히 멈춰 있었다.

나는 원고지가 든 봉투를 품에 안고 가로등 뒤편에 가만히 서 있었다. 신호등이 몇 번 파란색에서 노란색으로 바뀌고 빨간색이 되었다가 다시 파란색으로 돌아왔다. 횡단보도를 건너는 사람은 아무도 없었다. 노면전차 창문으로 승객이 이쪽을 살폈다. 어느 틈엔가 봉투가 구깃구깃해졌다.

잠시 후 상당히 많은 수의 발소리가 들려왔다. 위압적이고 규칙적인 비밀경찰의 발소리에, 힘없이 터덜터덜 걷는 몇 사람의 발소리가 섞여 있었다. 그들은 한 명씩 건물 정문으로 나왔다.

중년을 넘긴 신사 두 명, 머리를 갈색으로 염색한 삼십대 여자 한 명, 비쩍 마른 십대 초반 소녀 한 명. 아직 낙엽도 지지 않았건만 네 사람은 겹쳐 입은 셔츠 위에 오버코트를 걸치고 머플러나 스카프를 목에 둘둘 감았다. 그리고 물건으로 가득찬 보스턴백이나 슈트케이스를 들었다. 뭐라도 도움이 될 만한 물건은 최대한 많이 가져가려고 고심한 느낌이었다.

단추도 제대로 채우지 못하고 가방 밖으로 옷이 삐죽 튀어나오고 신발끈이 풀리고 한 것으로 보아, 마음의 준비를 할 틈도 없이 급히 짐을 꾸린 듯했다. 등에는 비밀경찰이 무기를 대고 있었다.

하지만 그들은 혼란스러운 표정이 아니었다. 그저 숲속 깊이 외따로 자리한 늪처럼 고요한 눈동자로 먼 곳을 바라볼 뿐이었다. 그들은 그 눈동자 속에 우리가 모르는 수많은 기억을 남몰래 간직하고 있는 것이다.

비밀경찰은 언제나처럼 옷깃의 배지를 번쩍이며 군더더기 없이 계획대로 작업을 진행했다. 네 사람이 내 앞을 지나갔다. 희미하게 소독약 냄새가 난 것 같았다. 어쩌면 누군가는 치과에서 붙잡혔는지도 모른다.

그들은 천막을 씌운 트럭 짐칸에 차례대로 올라탔다. 그사이 한순간도 등에서 무기가 떨어지지 않았다. 마지막으로 남은 소녀가 작은 곰 자수를 놓은 오렌지색 가방을 짐칸에 던져넣고 올라타려 했지만, 짐칸의 발판은 그냥 보기에도 너무 높았다. 소녀는 엉덩방아를 찧었다.

나는 무심결에 앗 소리를 지르며 봉투를 떨어뜨렸다. 원고지가 인도에 흩어졌다. 주변 사람들이 일제히 불쾌한 표정으로 돌아보았다. 비밀경찰을 쓸데없이 자극해서 성가신 일이 벌어지면 어쩌나 겁을 먹은 것이다.

옆에 서 있던 청년이 원고지 모으는 걸 도와주었다. 물웅덩이에 떨어져 젖거나 밟혀서 더러워진 것도 있었지만, 일단 다 서둘러 주워모았다.

"이게 전부인가요?"

청년이 귀엣말로 물었다. 나는 고개를 끄덕이고 눈짓만으로 감사를 전했다.

하지만 내가 일으킨 이 작은 소동은 비밀경찰의 작업에 아무런 영향도 끼치지 않았다. 누구도 이쪽에 눈길 한번 주지 않았다.

앞서 타고 있던 비밀경찰 중 한 명이 손을 내밀어 소녀를 짐칸으로 끌어올렸다. 치마 아래로 보인 소녀의 작고 야무진 무릎에 아직 앳된 기운이 남아 있었다..천막이 내려오고 트럭에 시동이 걸렸다.

그들이 떠난 후에도 시간의 흐름은 한동안 원래대로 돌아오지 않았다. 작아지는 엔진음과 함께 트럭이 시야에서 사라지고 노면전차가 움직이기 시작하자, 그제야 눈앞의 기억 사냥이 끝났으며 나는 아무 피해도 입지 않았음을 확신할 수 있었다. 사람들은 다시 제 갈 길을 갔다. 청년도 횡단보도를 건너갔다.

소녀는 비밀경찰의 손을 잡았을 때 어떤 감촉을 느꼈을까, 나는 닫힌 건물 정문을 보며 생각했다.

"여기 오는 길에 무서운 광경을 목격했어요."

나는 출판사 로비에서 편집자 R씨에게 말했다.

"기억 사냥 말인가……"

R씨는 담배에 불을 붙였다.

"네. 최근에 특히 더 심해진 것 같아요."

"정말 인정사정없는 세상이야."

그는 담배 연기를 길게 내뿜었다.

"그런데 오늘 목격한 기억 사냥은 좀 달랐어요. 대낮에 큰길 빌딩에서, 그것도 한꺼번에 네 명이나 끌고 가더라고요. 지금껏 제가 본 건 밤에 주택가에서 가족 중 한 명을 연행하는 수준이었거든요."

"아마 그 네 명은 은신처에 있었을 거야."

"은신처?"

귀에 익지 않은 그 말을 되풀이하고 나서야 나는 황급히 입을 막았다. 이렇게 민감한 이야기는 남들 앞에서 하지 않는 편이 안전하다. 위장한 비밀경찰이 어디 숨어 있을지 모르기 때문이다. 기억 사냥에 관해 섬에는 온갖 소문이 나돌고 있었다.

로비는 한산했다. 벤저민 화분 너머에서 두툼한 서류를 사이에 두고 열심히 대화하는 양복 차림 남자 세 명을 제외하면, 안내데스크에 여직원이 무료한 듯 앉아 있는 것이 전부였다.

"건물의 방 하나를 은신처로 삼았던 거겠지. 숨어 있는 것 말고는 달리 방법이 없으니까. 그들을 지원하고 은닉해주는, 제법 규모 있는 지하조직이 있다는 소문이야. 온갖 연줄을 써서 안전한 장소와 물자, 돈을 확보하는 거지. 하지만 그런 은신처까지 비밀경찰에 적발당했다면, 정말로 안전한 장소는 없다는 뜻인데……"

R씨는 뭐라고 덧붙이려다가 커피잔을 들고 중정으로 눈을 돌리더니 그대로 입을 다물었다.

중정에는 벽돌로 둘러싸인 작은 분수가 있었다. 특별한 장치 하나 없이 소박한 분수였다. 대화가 끊기자 유리 너머로 물소리가 들렸다. 저멀리서 부드럽게 현악기를 켜는 듯한 소리였다.

"예전부터 신기했던 건데요."

나는 그의 옆얼굴을 보면서 말했다.

"비밀경찰은 어떻게 그런 사람들을 구분해내는 걸까요? 그러니까, 소멸의 영향을 받지 않는 사람들요. 겉모습에 공통적인 특징이 있지는 않을 거잖아요. 성별, 나이, 직업, 가정환경도 제각각이고. 그러니 조금만 주의해서 다른 사람들에게 맞춰가면 속일 수 있지 않을까요. 자기 역시 소멸의 영향을 받은 척 행동하는 게 그렇게 어렵지는 않을 텐데요."

"음, 글쎄……"

R씨는 잠시 생각하다 말했다.

"아마 당신 생각만큼 쉽지는 않을 거야. 사람의 의식이란 그보다 몇십 배는 되는 무의식에 감싸여 있어. 그렇게 마음대로 조작할 수 없지. 그들은 소멸이 어떤 상태를 말하는 건지 상상도 못할걸. 아니면 은신처에 숨을 리가 있겠어?"

"그건 그렇네요."

"아직 소문 수준인데, 유전자 해독으로 특수한 의식을 지닌 사람들을 선별한다고 해. 유전자를 해독하는 기술자를 대학교 연구실에서 몰래 양성하고 있다나."

"유전자를 해독, 한다고요?"

"그래. 겉보기에는 공통점이 없더라도 유전자 단위까지 파고들어서 철저하게 분석하면 뭔가 공통적인 특징을 파악할 수 있겠지. 최근에 기억 사냥이 더욱 철저해진 걸 보면, 그 연구가 꽤 진전된 게 아닐까 싶어."

"그런데 유전자는 어떻게 구했을까요?"

나는 물었다.

"방금 이 잔으로 커피를 마셨지?"

R씨는 담배를 재떨이에 비벼 끄고 내 앞에 있는 잔을 들어올렸다. 숨결이 닿을 만큼 가까이에 그의 손가락이 있었다. 나는 입을 꾹 다물고 고개를 끄덕였다.

"여기서 타액을 검출해서 유전자를 해독하는 건 비밀경찰에게 식은 죽 먹기야. 그들은 온갖 곳에 숨어 있으니까. 출판사 로비의 탕비실은 물론이고. 아무도 모르는 사이 섬사람들을 해독하고 자료화해서 등록하는 거지. 그 작업이 얼마나 진행됐는지는 짐작도 안 가지만. 우리는 아무리 주의해도 자기 몸의 뭔가를, 즉 유전자를 사방에 남겨. 머리카락, 땀, 손톱, 기름, 눈물 등등 다양한 것들이 몸에서 떨어져나가지. 그러니 피할 방법이 없어."

R씨는 잔을 천천히 받침에 내려놓고 아직 반쯤 남은 커피에 시선을 떨어뜨렸다.

벤저민 화분 너머에 있던 사람들은 어느새 미팅을 마쳤는지 사라지고 없었다. 그 자리에 커피잔 세 개가 남아 있었다. 안내데스크 직원이 무표정한 얼굴로 잔을 쟁반에 올렸다.

"그나저나……"

나는 안내데스크 직원이 물러가기를 기다렸다가 입을 열었다.

"왜 그들이 잡혀가야 하는 걸까요? 아무 불상사도 일어나지 않았는데……"

"지배층 입장에서는, 모든 것이 차례대로 사라지는 이 섬에서 사라지지 않는다는 것 자체가 불상사고 부조리일 테니까. 그래서 직접 나서서 억지로 지우는 거야."

"저희 어머니는 역시 살해당했을까요?"

R씨에게는 생뚱맞은 질문임을 알면서 무심코 어머니 이야기가 나와버렸다.

"조사와 연구의 대상이 되긴 했겠지."

R씨는 표현을 골라가며 대답했다.

그후로 잠시 침묵이 흘렀다. 나는 분수의 물소리에 귀를 기울였다. 우리 사이에는 구깃구깃한 봉투가 오도카니 놓여 있었다. R씨는 봉투를 끌어와 원고지를 꺼냈다.

"그저 사라지기만 하는 섬에서, 이렇게 말로 뭔가를 만들어내다니 신기하군."

R씨는 그렇게 말하고는 사랑스러운 대상을 어루만지듯이 흙먼지로 더러워진 원고지를 쓸었다.

그때 우리는 서로가 같은 생각을 하고 있음을 깨달았다. 눈을 마주보며, 훨씬 전부터 서로의 마음 한구석에 도사리고 있는 불안을 느꼈다. 분수의 물보라에 반사된 빛이 R씨의 옆얼굴을 비추었다.

입 밖에 내면 실현될 것만 같아서 나는 그가 모르도록 가슴속 깊이 가만히 중얼거렸다.

만약 말이 사라지면 어떻게 될까.

5

가을은 금방 지나갔다. 파도소리에 날카로운 냉랭함이 깃들고, 산 너머에서 불어오는 계절풍이 겨울 구름을 몰고 왔다.

할아버지가 페리에서 찾아와 난로를 청소하고 수도관에 천을 감고 마당의 낙엽을 태우며 월동 준비를 도와주었다.

"올해는 십 년 만에 눈이 내릴지도 모르겠군요."

할아버지가 뒷마당에 있는 식재료 창고 천장에 양파를 매달며 말했다.

"여름에 수확한 양파의 껍질이 이렇게 예쁜 조청색을 띠고 나비 날개처럼 얇게 건조되는 해에는 눈이 온답니다."

껍질을 한 꺼풀 벗겨 움켜쥐자 파사삭 하고 듣기 좋은 소리가 났다.

"그럼 올해는 태어나서 세번째로 눈을 볼 수 있을지도 모르겠네요. 기대된다. 할아버지는 몇 번이나 눈을 봤어요?"

내가 들뜬 기분으로 묻자,

"헤아려본 적이 없네요. 페리로 북쪽 바다를 건너가면 눈이 진 저리날 만큼 쏟아졌거든요. 아가씨가 태어나기 훨씬 전의 옛날 일 입니다."

할아버지는 그렇게 대답하고 다시 양파를 매다는 작업에 전념 했다.

월동 준비를 마치자 우리는 난로를 피우고 식당에서 와플을 먹 었다. 막 청소한 난로는 아직 열기를 뿜어내기 마땅치 않다는 듯 이 텅, 텅, 하고 둔탁한 소리를 냈다. 창문으로 비행기구름이 보 였다. 마당에 모닥불을 피웠던 자리에서 가느다란 연기가 피어올 랐다.

"늘 도와주셔서 고마워요. 혼자 있으면 겨울을 앞두고 이상하게 불안해지거든요. 참, 요전에 스웨터를 짰어요. 괜찮으면 한번 입어 보세요."

와플 하나를 다 먹고 나서 나는 준비해둔 회색 꽈배기무늬 스웨 터를 할아버지에게 건넸다. 할아버지는 깜짝 놀라 홍차를 꿀꺽 소 리 내어 삼키고는 책을 받을 때처럼 양손으로 공손히 스웨터를 받 아들었다.

"그저 제가 할 수 있는 사소한 일을 했을 뿐인데, 이렇게 마음을 써주시니 몸 둘 바를 모르겠습니다."

할아버지는 보풀 가득한 스웨터를 벗어서 오래된 수건처럼 둘둘 뭉쳐 가방에 쑤셔넣더니, 얇디얇아 찢어지기 쉬운 천을 두르듯이 느릿느릿 새 스웨터를 입었다.

"아, 정말 따뜻하네요. 몸이 둥실 떠오를 것 같구먼요."

소맷자락이 조금 길고 목 부분이 조였지만 할아버지는 전혀 개의치 않았다. 와플을 하나 더 먹으면서도 새 스웨터의 감촉에 정신이 팔려 입가로 비어져나온 커스터드크림이 뺨에 묻은 것도 모르는 듯했다.

펜치, 드라이버, 사포, 기계유 등을 담은 공구함을 자전거 뒷자리에 동여매고 할아버지는 페리로 돌아갔다. 그 다음날부터 드디어 본격적인 겨울날이 찾아왔다. 코트 없이는 밖을 다닐 엄두가 나지 않았고, 아침이면 집 뒤편을 흐르는 강이 얼어붙었으며, 이동 마켓 트럭에서 판매하는 채소의 종류가 줄었다.

나는 집에 틀어박혀 네번째 소설을 쓰고 있다. 이번에는 타자수가 목소리를 잃는 이야기다. 연인인 타자 교사와 함께 자신의 목소리를 찾아다닌다. 언어치료사의 집에서 상담도 받는다. 연인은 타자수의 목을 양손으로 어루만지고 혀에 입술로 온기를 전하며 옛날에 둘이서 녹음한 노래를 계속 틀어놓는다. 하지만 목소리는 돌아오지 않는다. 타자수는 타자를 쳐서 그에게 마음을 전한다. 두 사람 사이에서는 언제나 찰칵, 찰칵, 하는 기계 소리가 음악처럼 흐르고, 그러다……

그러다 어떻게 될지 나도 잘 모른다. 이번에는 소박하고 평화롭지만 위태로운 이야기가 될 것 같은 예감이 들었다.

한밤중에 일하고 있자니 어디 멀리서 유리창을 두드리는 소리가 들린 것 같았다. 연필을 내려놓고 귀를 기울였지만 바깥에서는 바람이 춤추는 소리만 들렸다. 원고지로 시선을 돌리고 한 줄 적었을 때 또 유리창이 울렸다. 똑, 똑, 똑. 규칙적이고 조심스러운 소리였다.

나는 커튼을 걷고 밖을 내다보았다. 이웃집은 불이 전부 꺼졌고 인기척도 없었다. 나는 유리창을 두드리는 소리가 어디서 들리는지 알아내려 눈을 감고 신경을 곤두세웠다. 그리고 아마도 지하실인 것 같다는 결론을 내렸다.

어머니가 돌아가신 뒤로 지하실에 내려갈 일이 거의 없었으므로 입구에 자물쇠를 채워놓았다. 너무 깊숙이 보관해둔 탓에 열쇠를 찾느라 조금 애먹었다. 서랍을 뒤져 열쇠 뭉치가 든 통을 꺼내고, 그 안에서 녹슬기 시작한 열쇠 하나를 찾기까지 상당히 귀에 거슬리는 잡음이 났다. 조용히 행동해야 안전하다고 직감했지만, 유리창 두드리는 소리가 조심스러우면서도 끈기 있게 울려서 괜스레 마음이 급해졌다.

겨우 문을 열고 계단을 내려가 전등을 켜자 강가의 빨래터로 통하는 유리문에 사람 형체가 비쳤다.

빨래터라고 해도 그곳에서 빨래를 한 건 할머니 세대까지다. 어머니가 가끔 가서 더러워진 조각칼을 헹구곤 했지만, 그것도 벌써 십오 년 전 일이다.

지하실 유리문을 통해, 강바닥에 벽돌을 깔아서 만든 반 평 넓이의 빨래터로 내려갈 수 있다. 폭이 3미터밖에 안 되는 좁은 강이라 수작업으로—할아버지가 만들었다—나무다리를 놓기는 했는데, 이제는 썩어서 무너지기 직전이다.

그런 곳에 왜 사람이 서 있는 걸까.

그런 의문을 마음속으로 이리저리 굴리면서 어떻게 할지 고민했다. 도둑일까. 아니, 도둑이라면 문을 두드릴 리 없다. 변태의 장난질일까. 하지만 변태라기에는 소리가 너무 예의바르고……

"누구세요?"

나는 용기를 내어 물었다.

"이런 시간에 죄송합니다. 이, 누, 이예요."

유리문을 열자 이누이 교수가 가족과 함께 서 있었다. 이누이 씨는 부모님의 오랜 친구로, 대학병원 피부과학 연구실의 교수다.

"세상에, 어쩐 일이세요?"

나는 일단 그들을 안으로 들였다. 발치를 흐르는 물소리를 듣기만 해도 몸이 얼어붙을 것 같았고, 무엇보다 그들의 태도가 심상치 않았다.

"정말 미안해요. 민폐라는 걸 잘 압니다만……"

이누이 교수가 연신 사과했다. 부인은 맨얼굴이라 뺨이 창백해 보였고, 추워서인지 아니면 울었는지 눈가가 촉촉했다. 열다섯 살인 딸은 입을 꾹 다물었고, 여덟 살배기 아들은 호기심을 억누르지 못하고 사방을 두리번거렸다. 네 사람은 서로 몸의 어딘가를 맞대고 있었다. 부인은 교수의 팔을 잡았고, 교수는 딸의 어깨를 끌어안았으며, 아이들은 손을 맞잡았고, 아들은 어머니의 코트 자락을 쥐고 있었다.

"아니요, 무슨 말씀을요. 그나저나 용케 그 다리를 건너셨네요. 무서우셨겠어요. 다 무너져가거든요. 왜, 현관으로 오시지 않고요? 일단 따뜻한 거실로 올라가시죠. 여기선 아무것도 못하겠어요."

"고마워요. 하지만 우리는 시간이 없어요. 그리고 너무 눈에 띄면 안 돼서요. 여기서 남몰래 용건을 마쳐야 합니다."

이누이 교수는 한숨을 쉬었다. 그것이 신호인 듯 네 사람은 서로 더욱 가까이 다가붙었다.

그들은 모두 고급 캐시미어 롱코트를 입고 있었다. 코트 밖으로 나온 목이며 손이며 다리는 전부 니트류로 감쌌다. 그리고 각자 몸집에 맞는 가방을 양손에 들었다. 죄다 무거워 보였다.

나는 어머니가 작업대로 쓰던 책상을 대충 정리하고 의자를 모아와 그들을 앉혔다. 짐은 책상 밑에 늘어놓았다. 어찌어찌 대화를 나눌 만한 자리가 마련되었다.

"마침내 왔습니다. 우리집에도요."

책상 위에 깍지 낀 손가락이 만들어낸 반원형 공간에 목소리를 불어넣는 듯한 투로 이누이 씨가 말했다.

"뭐가요?"

여간해서는 다음 말이 나올 것 같지 않았기에 나는 기다리지 못하고 물었다.

"비밀경찰의 호출장요."

차분하고 이성적인 목소리로 이누이 씨가 대답했다.

"엇, 왜……"

"유전자 해독 연구소로 출두하라는 명령이에요. 내일, 아니, 이제 오늘이죠. 오늘 아침에 데리러 올 예정입니다. 교수직에서는 해임됐어요. 관사에서도 나가야 하고요. 가족이 다 함께 그 연구소로 이주하라는 명령을 받았습니다."

"연구소는 어디에 있는데요?"

"모릅니다. 어디 있는지, 어떤 건물인지 아무도 몰라요. 하지만 가서 무슨 일을 할지는 짐작이 갑니다. 표면적으로는 의료 관련 연구소입니다만 실제로는 기억 사냥을 거들게 되겠죠. 내 연구를 응용해서, 기억을 잃지 않는 사람들을 찾아내려는 겁니다."

출판사 로비에서 R씨가 해준 이야기가 떠올랐다. 그건 단순한 소문이 아니었다. 게다가 이렇게 가까운 사람이 말려들 위기에 처해 있다.

"호출장이 온 건 사흘 전입니다. 천천히 사태를 검토할 시간이 없었어요. 보수는 지금의 세 배라지, 아이들 교육 시설도 완비했다지, 세금, 보험, 자동차, 주택 등 모든 면에서 특권이 주어진다지, 무서울 만큼 좋은 조건이에요."

"십오 년 전과 똑같은 봉투였어요."

부인이 처음으로 입을 열었다. 눈가와 마찬가지로 목소리도 젖어 있었다. 딸은 말하는 사람 쪽으로 고개를 돌려가며 묵묵히 이야기를 들었다. 아들은 장갑 낀 손으로 책상 위에 남아 있는 조각 도구를 조심스레 만지작거렸다.

나는 십오 년 전, 어머니가 끌려갔을 당시를 떠올렸다. 그때 같이 상의해준 사람이 이누이 씨 부부였다. 나는 아무 힘 없는 소녀였고, 부인은 갓 태어난 딸을 안고 있었다.

호출장은 거칠거칠한 연보라색 봉투에 들어 있었다. 아직 기억 사냥이라는 말을 아무도 모르던 시절이라 부모님도 이누이 씨 부부도 그렇게 위기감을 느끼지 않았다. 다만 내용만 봐서는 몇 시간 혹은 며칠이 걸리는지, 왜 어머니를 불러내는지 확실치 않다는 것이 불안했다.

그래도 나는 예의 지하실 서랍장과 관계가 있으리라고 눈치챘다. 봉투를 사이에 두고 어른들이 이야기를 나누는 동안, 내 머릿속에는 숨겨둔 물건에 대해 이야기해주던 어머니의 은밀한 목소리와, 왜 그런 이야기를 잊어버리지 않고 기억할 수 있느냐고 물었을 때 흐려지던 표정이 떠올랐다.

머리를 맞대고 상의해도 결론은 나지 않았다. 거부할 이유는 없었고, 어쩌면 김빠질 정도로 별것 아닌 용건일지도 몰랐다.

"괜찮아. 그렇게 심각하게 걱정할 필요 없어."

"집안일이든 딸이든 우리가 다 돌봐줄 테니까 안심해."

이누이 씨 부부는 어머니에게 기운을 북돋아주었다.

아침에 데리러 온 비밀경찰의 차는 기겁할 만큼 고급이었다. 집채만큼 크고 위엄 있는 검은색 차는 얼룩 한 점 없이 깨끗했다. 휠과 문손잡이, 보닛 끝에 달린 비밀경찰 마크가 아침햇살을 받아 빛났다. 시트는 앉아보고 싶은 충동을 누르기 힘들 만큼 부드러운 가죽 재질이었다.

흰 장갑을 낀 운전기사가 어머니에게 문을 열어주었다. 어머니는 이누이 씨 부부와 가정부 할머니에게 뭐라고 부탁하고 아버지와 포옹한 후, 마지막에 미소 지으며 내 뺨을 양손으로 감쌌다.

호화로운 차와 예의 바른 운전기사를 보고 다들 안심했다. 이렇게까지 정중하게 대하는 걸 보니 걱정할 필요 없다고 여겼다.

어머니는 푹신푹신한 시트에 몸을 묻었다. 조각전에서 입상해 수상 파티 가는 길을 배웅하는 기분으로 다 같이 손을 흔들었다.

하지만 그것이 살아 있는 어머니를 본 마지막날이 되었다. 일주일 후, 어머니는 사망진단서와 함께 시신으로 돌아왔다.

심장발작이라고 했다. 이누이 씨의 병원에서 철저하게 살폈지만 의심스러운 점은 발견되지 않았다.

……저희 비밀 업무에 협력해주시다가 불의의 병으로 이 같은 변고가 일어나게 되어 진심으로 깊은 조의를 표합……

아버지는 비밀경찰이 보낸 편지를 소리 내어 읽어주었다. 외국어로 된 주문 같아서 나는 무슨 뜻인지 전혀 알아듣지 못했다. 아버지의 눈물이 연보라색 봉투에 떨어져 작은 얼룩을 남기는 모습을 그저 말없이 바라보는 것이 고작이었다.

"편지지도, 타자기 활자도, 워터마크도, 어머니 때와 똑같았어요."

부인이 말을 이었다. 머플러를 목 앞에서 두 겹으로 감고 단단하게 매듭을 지어 묶어놓았다. 한마디 꺼낼 때마다 속눈썹이 떨렸다.

"사퇴할 수는 없나요?"

나는 물었다.

"사퇴하면 연행할 겁니다."

망설임 없이 이누이 씨가 대답했다.

"기억 사냥에 가담하지 않으면 본인이 사냥당하는 셈이죠. 물론 가족들도요. 사냥당한 뒤에 어디로 끌려가서 어떻게 되는지는 모릅니다. 감옥행인지, 강제노동을 시킬지, 사형당할지. 어쨌거나 인

간을 굴비처럼 줄줄이 엮어서 끌고 가는 기억 사냥의 행태를 보건
대, 종착지가 쾌적한 곳이 아닌 것만은 확실하죠."

"그럼, 그, 유전자 연구소에 가시는 거죠?"

"아니요."

이누이 씨와 부인이 동시에 고개를 저었다.

"은신처로 갈 겁니다."

"은신처, ……"

이 말을 듣는 게 두번째라고 생각하며 나는 중얼거렸다.

"운좋게 지원조직에 줄이 닿아서 안전한 장소를 확보했습니다.
거기 숨을 거예요."

"하지만 그러면 직장이고 생활이고 전부 잃을 텐데요. 아무리
뜻과 다르다 해도 얌전히 명령에 따르는 편이 안전하지 않을까요?
아이들도 아직 어리고요."

"연구소에 갇혀 있는 게 안전하다는 보장은 없습니다. 뭐니 뭐
니 해도 상대가 비밀경찰이니까요. 믿을 수가 없어요. 쓸모없어지
면 비밀을 지키기 위해 비열한 수단도 서슴지 않겠죠."

이누이 씨는 아이들이 겁먹지 않도록 표현을 골라가며 말했다.

아이들은 말썽 부리지 않고 얌전하게 앉아 있었다. 아들은 평범
하기 그지없는 돌멩이를 숨은 기능이 있는 장난감이라도 되는 양
만지작거렸다. 하늘색 장갑은 척 봐도 손수 뜬 듯 소박한 디자인이
었다. 한쪽만 잃어버리지 않도록, 사슬뜨기한 끈으로 오른쪽과 왼

쪽을 연결해두었다. 나도 옛날에 이런 장갑을 꼈었지란 생각이 들었다. 답답한 지하실에서 그 장갑에서만 평화로운 냄새가 났다.

"게다가 기억 사냥을 돕는다는 건 도저히 안 될 말이에요."

부인이 말을 보탰다.

"그래도, 숨는다는 게 말은 쉽지만, 돈, 음식, 학교, 병원, 그러니까 생활은 어떻게 하시려고요. 생활만이 아니에요. 여러분 네 가족의 존재는 어떻게 되는 건데요?"

아직 제대로 이해되지 않는 게 많았다. 유전자, 해독, 연구소, 지원조직, 은신처, 그런 말들이 갈 곳을 찾지 못하고 귓속에서 한없이 울려퍼지는 느낌이었다.

"그건 우리도 잘 모르겠어요."

말을 마치자마자 부인의 눈에서 눈물이 떨어졌다. 하지만 부인은 우는 것이 아니었다. 눈물을 흘리는데 우는 것은 아니라니 이상한 소리지만, 나는 그렇게 느꼈다. 부인은 그저 울 수조차 없을 만큼 깊이 상심해서 투명한 액체를 한 방울 흘렸을 뿐이다.

"너무 갑작스러워서 시간이 없었어요. 뭘 준비하고 뭘 정리해야 할지 생각도 안 나고. 하물며 앞날을 어떻게 예측하겠어요? 눈앞에 닥친 것들을 선택하는 게 고작이었어요. 예금통장은 도움이 될는지, 현금이 나은지, 금으로 바꾸는 편이 좋은지. 옷가지는 얼마나 필요한지. 식료품도 최대한 챙겨가야 할지. 우리 고양이 미조레는 놔두고 가야 하는지……"

투명한 물방울이 셀 수 없을 만큼 흘러떨어졌다. 딸이 호주머니에서 손수건을 꺼내서 내밀었다.

"그리고 우리에게 닥친 또하나의 선택은, 어머님께 받은 조각품을 어떻게 하느냐였습니다."

교수가 말했다.

"우리가 사라지면 비밀경찰이 단서를 찾으려고 집안을 뒤집어놓겠죠. 전부 엉망이 될 겁니다. 그래서 아끼던 물건을 무엇 하나라도 남기고 싶었어요. 하지만 안이하게 남에게 맡기는 건 위험하죠. 비밀이 새어나갈 가능성이 있으니까요. 은신처에 대해 아는 사람도 최소한으로 줄여야 하고요."

나는 고개를 끄덕였다.

"성가시겠지만, 어머님이 만들어주신 이 조각품을 맡아주지 않겠습니까? 언젠가 우리가 다시 만날 날까지."

이누이 씨의 말이 끝나자 딸이 마치 예행연습이라도 한 것처럼 재빠른 동작으로 발치의 스포츠가방에서 조각품 다섯 개를 꺼내 책상 위에 늘어놓았다.

"이건 우리 부부의 결혼 기념 선물로 만들어주신 맥 조각품. 이건 딸이 태어났을 때 받은 선물. 나머지 세 개는 어머님이 비밀경찰에 출두하기 전날에 주신 겁니다."

어머니는 맥을—그런 동물을 본 적도 없으면서—즐겨 조각했다. 딸의 생일 선물은 떡갈나무로 만든 왕눈이 인형이었다. 나도 똑같은 인형을 가지고 있다. 하지만 나머지 세 개는 어딘가 분위기가 달랐다. 나뭇조각과 금속조각을 퍼즐처럼 조합한 추상적인 오브제였다. 크기는 셋 다 손바닥만했고, 표면에 사포질한 흔적이 없고 물감도 칠하지 않았다. 셋을 조합하면 무슨 형태를 이룰 것 같기도 했고, 서로 전혀 무관해 보이기도 했다.

"어머니가 출두 전에 교수님께 이런 걸 드린 줄은 몰랐네요."

"우리도 이게 어머님의 유품이 될 줄은 꿈에도 몰랐습니다. 아마 만약의 경우를 생각하신 거겠죠. 언제 또 작업을 할 수 있을지모르니까 지하실에 틀어박혀 열심히 만들었다, 작업장에 놔둔들쓸모가 없으니까 괜찮으면 받아주지 않겠느냐고 하셨어요."

"그걸 다시 이 집에 맡기고 싶어요."

손수건을 작게 개키며 부인이 말했다.

"네, 물론이에요. 어머니 작품을 이렇게 소중히 간직해주셔서감사합니다."

"아, 다행이다. 적어도 이 조각품만은 놈들의 손에 넘어가지 않겠군."

이누이 씨는 조용히 미소 지었다.

날이 밝기 전에 되도록 빨리 출발해야 한다는 건 잘 알지만, 나는 그들을 위해 꼭 뭔가를 해주고 싶었다. 하지만 뭘 해주면 좋을지 알 수가 없었다.

일단 부엌으로 올라가 우유를 데우고 머그컵에 나눠 담아 지하실로 가져왔다. 다섯이서 소리 없이 건배하고 묵묵히 우유를 마셨다. 이따금 누군가가 하고 싶은 말이 있는 듯한 표정으로 컵에서 눈길을 들었지만, 결국 할말을 찾지 못하고 하얀 액체만 삼켰다.

전구에 먼지가 쌓인 탓에 지하실을 밝히는 불빛은 수채화 물감처럼 부옜다. 만들다 만—그리고 결코 완성될 일 없는—돌조각품, 반쯤 변색된 스케치북, 바짝 마른 숫돌, 고장난 카메라, 24색 크레파스가 방구석에 잠들어 있었다. 몸을 조금이라도 움직이면 의자와 바닥에서 삐걱대는 소리가 났다. 창 너머에는 어둠만 펼쳐질 뿐, 달은 보이지 않았다.

"맛있다."

하나같이 입을 다물고 있는 게 이상했는지, 아들이 한 사람씩 얼굴을 차례대로 올려다보며 말했다. 입술 둘레에 하얀 동그라미가 생겼다.

"응, 맛있네."

다 같이 고개를 끄덕였다. 앞으로 어떤 일이 그들을 기다리고 있을지 상상도 할 수 없지만, 일단은 지금 들고 있는 우유가 맛있고 따뜻해서 다행이라고 나는 생각했다.

"그런데 은신처는 어디 있나요? 어쩌면 뭐라도 도움을 드릴 수 있을지 몰라요. 필요한 물건을 들여보내거나, 바깥 정보를 전달하거나요."

나는 제일 궁금했던 것을 물어보았다. 부부는 얼굴을 마주보다가 동시에 컵으로 시선을 떨어뜨렸다. 잠시 후 이누이 씨가 입을 열었다.

"그렇게까지 걱정해줘서 고맙습니다. 하지만 은신처에 대해서는 아무것도 모르고 있는 편이 나을 겁니다. 물론 비밀이 샐까봐 걱정하는 건 아니에요. 만약 그랬다면 처음부터 여기로 조각품을 가져오지도 않았겠죠. 그저 더이상 누를 끼칠 수 없어서 그렇습니다. 우리에게 깊이 관여하면 할수록 따님에게도 위험이 닥쳐요. 가령 비밀경찰이 따님을 심문하는 사태가 벌어져도, 모르면 모르는 대로 넘어갈 수 있습니다. 하지만 뭔가 알고 있다면 놈들은 어떤 끔찍한 수단도 가리지 않겠죠. 그러니 부디 은신처에 대해서는 묻지 말아주십시오."

"알겠어요. 아무것도 알려고 들지 않을게요. 아는 것 없이, 여기서 여러분이 무사하기만 기도하겠습니다. 마지막으로 더 해드릴 수 있는 게 없을까요?"

나는 빈 컵을 쥔 채로 물었다.

"손톱깎이 좀 빌릴 수 있을까요? 애 손톱이 많이 길어서……"

부인이 머뭇머뭇 말하고 아들의 손을 잡았다.

"네, 얼마든지요."

나는 서랍 안쪽에서 손톱깎이를 꺼내고 아들의 장갑을 벗겼다.

"가만히 있으렴. 금방 끝나니까."

손가락은 가늘고 매끄러웠다. 작은 점이나 흠집 하나 없었다. 나는 그애 앞에 꿇어앉아 상체를 구부리고, 다치지 않도록 살짝 손가락을 잡았다. 눈이 마주치자 아이는 멋쩍게 웃으며 다리를 앞뒤로 흔들었다.

나는 왼손 새끼손가락부터 차례대로 천천히 손톱깎이를 놀렸다. 투명하고 부드러운 손톱은 약간만 힘을 주어도 톡톡 잘려서 꽃잎처럼 떨어졌다. 다들 손톱깎이가 작게 읊조리는 소리에 귀기울였다. 그것은 밤의 밑바닥에 이 한때를 봉인하는 자물쇠의 소리처럼 퍼져나갔다.

모든 것이 끝나기를 하늘색 장갑이 책상 위에서 기다리고 있었다.

그리고, 이누이 씨 가족은 사라졌다.

6

나는 계단을 올라갔습니다. 위에서 사람이 내려오면 어떻게 지나가야 할지 걱정될 만큼 좁은 계단이었습니다. 투박한 목재를 짜맞추었을 뿐, 카펫도 난간도 없었습니다.

이곳을 올라갈 때마다 나는 등대에 있는 듯한 착각이 듭니다. 어릴 적에 한두 번 들어가본 게 전부지만, 등대에서도 여기와 비슷한 발소리와 냄새가 났던 것 같습니다. 나무와 나무 사이를 밟을 때 나는 을씨년스러운 소리와 기계유의 냄새입니다.

등대는 불을 밝히지 않은 지 한참 됐습니다. 어른들은 누구도 등대에 다가가려 하지 않았습니다. 마르고 뾰족한 풀이 곳을 뒤덮어서 등대까지 걸어가다보면 다리에 생채기가 잔뜩 생겼습니다.

나는 사촌오빠와 함께였습니다. 오빠가 다리에 생긴 상처를 일일이 입으로 빨아주었습니다.

계단 옆에는 작은 방이 있었습니다. 옛날에 등대지기가 휴식하던 방입니다. 접이식 티테이블, 의자 두 개. 테이블 위에는 홍차 포트, 설탕 병, 냅킨, 찻잔 두 세트, 케이크 접시와 포크가 반듯하게 놓여 있었습니다.

식기와 식기의 간격하며, 찻잔 손잡이의 방향하며, 포크의 광택하며, 무엇 하나 흐트러짐 없었기에 나는 오싹 소름이 끼쳤습니다. 그러면서도 저렇게 예쁜 접시에는 아주 맛있는 케이크가 담겨 있었을 거라는 상상도 해보았죠.

등대지기가 이곳을 떠난 지 몇 년이나 지났고, 바다를 비추던 꼭대기의 전구는 차갑게 식어 먼지투성이인데, 방에는 몇 분 전까지 누군가가 간식을 즐겼던 듯한 분위기가 남아 있었습니다.

계속 바라보고 있으면 찻잔에서 하늘하늘 피어오르는 김이 보일 것만 같았습니다.

방을 들여다보던 두근거림을 간직한 채, 우리는 계단을 올라갔습니다. 내가 앞장서고 오빠가 뒤따라왔습니다. 어둑어둑한데다 계단이 급커브를 틀듯 굽어 있어서 얼마나 올라가야 꼭대기가 나올지 짐작이 되지 않았습니다.

나는 아마 일고여덟 살이었을 겁니다. 엄마가 만들어준 분홍색 멜빵 치마를 입었습니다. 어깨끈을 최대한 늘여도 치마가 너무 짧아서, 뒤에 있는 오빠에게 팬티가 보이지 않을까 불안했습니다.

그런데 왜 둘이서 그런 곳에 갔던 걸까요. 아무리 생각해도 이유가 기억나지 않습니다.

숨이 차서 힘들어졌을 즈음 갑자기 파도소리가 커지고, 기계유 냄새가 났습니다. 하지만 바로 기계유라고 알아차린 건 아닙니다. 처음에는 몸에 좋지 않은 무슨 약품 같은 것인 줄 알았죠. 들이마시지 않으려 손으로 입을 막고 숨을 꾹 참았습니다. 그러자 더더욱 답답해지고 현기증이 났습니다.

아래쪽에서 뭔가 덜컹하고 부딪치는 소리가 났습니다. 작은 방에서 케이크를 먹던 사람이 계단을 올라오는 거라는 생각이 들었습니다. 등대지기가 마지막 케이크 한 조각을 그 반짝이는 포크로 찍어서 입에 넣고 혀 위에서 녹여 먹은 후, 입가에 빵가루를 묻힌 채 나를 쫓아오고 있다고요.

나는 오빠에게 도움을 청하려고 했습니다. 하지만 뒤에 있는 사람이 오빠가 아니라 등대지기면 어쩌나 싶어서 돌아볼 수가 없었습니다. 결국 꼭대기가 어떻게 생겼는지 확인하지도 못하고, 나는 계단에 웅크리고 앉았습니다.

시간이 얼마나 흘렀을까요. 어느덧 등대는 저 위에서 아래까지 쥐죽은듯이 고요해졌습니다. 파도소리도 들리지 않았습니다.

잠시 귀기울여보았지만, 더이상 아무 일도 일어날 것 같지 않았습니다. 그저 압도적인 고요함만 가득했습니다. 나는 용기를 내서 살그머니 뒤를 돌아보았습니다.

뒤에는 등대지기도 오빠도 없었습니다.

그나저나 이 계단을 오를 때마다 등대가 생각나다니 참 이상하죠. 연인을 만나러 오는 곳이니 발을 헛디딜 만큼 신이 나서 계단을 뛰어올라도 시원치 않을 판인데, 어째선지 발소리를 확인하며 한 걸음씩 천천히 올라가게 됩니다.

여기는 교회의 시계탑입니다. 오전 열한시와 오후 다섯시에 종을 울립니다.

1층에는 시계를 조정하는 도구류를 보관하는 헛간—등대의 방과 크기가 비슷합니다—이 있습니다. 꼭대기는 물론 시계탑 기계실인데, 거기까지 올라가본 적은 없습니다. 연인은 탑 한복판에 자리한 타자 교실에서 저를 기다리고 있습니다.

층계참을 몇 개 지나면 타자 치는 소리가 들려옵니다. 더듬더듬 끊기는 소리와 규칙적인 소리가 섞여 있습니다. 배운 지 얼마 안 된 학생과 졸업을 앞둔 우수한 학생이 함께 연습하고 있는 것이죠.

그는 초보 학생 곁에 서서 겁먹은 듯 키를 두드리는 손가락을 바라보고 있을까요. 학생이 틀릴 때마다 올바른 키 위로 손가락을 살며시 옮겨줄까요. 예전에 나한테 그랬듯이. ………

여기까지 쓰고 나는 연필을 내려놓았다. 새로운 이야기는 별로 잘 풀리지 않았다. 같은 곳을 빙빙 돌거나, 되돌아가거나, 막다른 데 부딪히거나 해서 앞이 전혀 보이지 않았다. 그래도 이런 정체기는 자주 찾아오기에 신경쓰지 않았다.

"어때?"

얼굴을 볼 때마다 R씨는 꼭 그렇게 물었다. 소설 얘기인지, 아니면 나를 개인적으로 걱정해주는 건지 궁금해하며 대답했다.

"뭐, 그저 그래요."

하지만 그의 질문은 언제나 소설 얘기였다.

"머리로 쓰면 안 돼. 손으로 써야지."

R씨가 그렇게 단정하는 투로 말하는 건 흔치 않기에 나는 잠자코 고개를 끄덕였다. 그리고 오른손을 그의 앞으로 내밀어 손가락을 쫙 펼쳤다.

"그래. 그걸로 이야기를 자아내는 거야."

마치 내 몸에서 가장 연약한 부분을 바라보듯이 그는 신중하게 시선을 움직였다.

아무튼 오늘은 이만 자기로 했다. 너무 피곤해서 손가락이 뻣뻣했다. 나는 연필과 지우개를 필통에 넣고, 원고지를 가지런히 정리해 유리 문진을 얹었다.

침대에 누워 이누이 씨 가족을 생각했다. 그후로 몇 번 대학교와 관사 옆을 지나가보았는데 겉으로는 별다른 낌새가 없었다. 학생들은 잔디밭에 느긋하게 드러누워 있고, 정문 옆 경비실에서는 초로의 경비원이 분재 관련 책을 읽으며 시간을 때우고 있었다.

캠퍼스 뒤편의 관사에는 베란다 여기저기 이불이 널려 있었다. 나는 시선을 집중해서 가장자리부터 창문을 하나씩 헤아려 이누이 씨 가족이 살던 E동 619호를 찾았다. 그 집의 베란다는 싹 정리되어 아무것도 없었다.

대학병원 피부과 대기실도 살펴보았는데, 이누이 씨의 진찰일이었던 수요일에 조교수의 명찰이 걸려 있었다. 달라진 것은 그 작은 명찰뿐이었다. 간호사는 약, 거즈, 진료차트를 들고 돌아다녔고, 환자는 옷을 걷어올리고 세균에 감염된 피부를 보여주었다. 이누이 씨가 사라진 것을 의아하게 여기거나 슬퍼하는 사람은 아무도 없었다.

이누이 씨 가족은 허공에 녹아든 것처럼 말끔하게 사라졌다.

그들은 과연 병에 걸리지 않을 정도로 청결하고, 마음에 평화를 주는 꿈을 꿀 수 있을 정도로 안락한 침대에서 자고 있을까. 네 사람 몫의 식기가 잘 갖춰진 테이블에서 저녁을 먹을 수 있을까. 그때는 미처 못 물어봤는데, 고양이 미조레는 어떻게 했을까. 조각품과 함께 미조레도 맡기면 좋았을걸. 하지만 이누이 씨 가족의 고양이가 우리집에서 발견되면 의심받을지도 모른다. 비밀경찰은 분명 고양이의 품종과 무늬, 생김새까지 파악해놓았을 것이다.

아무리 잠들려고 애써도 걱정거리가 공기 방울처럼 잇따라 솟아올랐다. 그것들은 언제까지고 사라지지 않고 가슴속을 떠다녔다.

지원조직은 정말로 믿을 만할까. 이누이 씨는 그 실체를 자세하게 말해주지 않았는데. 무엇보다 아이들이 아프지는 않을까. 그 아이의 손톱은 하늘색 장갑 속에서 얼마나 더 길었을까. ……

다음날 아침 눈을 뜨자 새로운 소멸이 찾아와 있었다.

한층 추워져서 마당에 서리가 내렸다. 슬리퍼, 수도꼭지, 난로의 심지, 빵 보관함 속의 버터롤 등 집안의 온갖 것들이 싸늘하게 식었다. 어젯밤에 불던 바람은 어느덧 잠잠해졌다.

나는 전날 먹다 남은 크림스튜를 난로 위에 얹고, 알루미늄포일로 감싼 버터롤을 주변에 늘어놓았다. 주전자의 물이 끓자 홍차를 우리고 벌꿀을 넣어서 마셨다. 뭐가 됐든 따뜻한 음식 말고는 입에 넣고 싶지 않았다.

설거지가 귀찮아 난로 위에 냄비를 올려둔 채 숟가락으로 스튜를 떠먹었다. 고소한 냄새가 풍기자 알루미늄포일을 펼치고 빵에도 벌꿀을 뿌렸다.

입을 움직이며 나는 이번 소멸의 정체가 무엇인지 알아내려고 했다. 적어도 스튜와 버터롤, 홍차와 벌꿀이 아니라는 것만은 확실하다. 나는 그것들을 어제와 다름없이 맛보고 있다.

뭐든지 간에 음식이 소멸하면 허전해진다. 옛날에는 이동 마켓 트럭에 먹거리가 넘쳐났는데, 이제는 빈 공간이 더 많다.

어릴 적에 '강낭콩'이 듬뿍 들어간 샐러드를 좋아했다. 감자, 삶은 달걀, 토마토와 함께 마요네즈로 버무리고 파슬리를 뿌린 샐러드다. 어머니는 이동 마켓 아저씨에게 자주 이렇게 물어보았다.

"신선한 강낭콩 있어요? 뽀득뽀득 소리가 날 만큼 신선한 거요."

'강낭콩' 샐러드를 못 먹은 지도 꽤 오래됐다. 강낭콩의 모양과 색깔, 맛을 이제는 떠올릴 수 없다.

나는 빈 스튜 냄비를 내려놓고 난롯불을 살짝 줄였다. 홍차를 한 잔 더, 이번에는 아무것도 넣지 않고 마셨다. 손가락에 벌꿀이 묻어서 끈적끈적했다.

이렇게 추운데도 강은 얼지 않았는지 물 흐르는 소리가 희미하게 들렸다. 어른과 아이가 함께 뒷길 쪽으로 달려가는 발소리와, 옆집 개가 짖는 소리도 들렸다. 늘 그렇듯 소멸이 찾아온 아침은 이상하게 어수선하다.

따뜻하게 데운 롤빵을 다 먹은 후 나는 발소리를 따라가 북쪽 창문을 열었다. 한때 모자 장수였던 아저씨, 무뚝뚝한 옆집 부부, 갈색 무늬가 있는 개, 책가방을 멘 초등학생들이 한자리에 모여 말 없이 강을 들여다보고 있었다.

하지만 그것은 강이라고 하기에는 너무나 희한하고, 또한 아름다웠다. 어제까지는 가끔 붕어의 등이 보일 뿐 별로 볼만한 것이 없었는데.

나는 창밖으로 몸을 내밀고 연신 눈을 깜박였다. 수면은 빨간색인지, 분홍색인지, 흰색인지, 한마디로 표현하기 힘든 색상의 작은 조각으로 가득했다. 조금의 빈틈도 찾아볼 수 없었다. 그 조각들은—위에서 보기에는 뭔가 부드러운 물체 같았다—서로 겹치고 이어지며 평소 강의 유속보다 느릿하게 움직였다.

나는 서둘러 지하실로 내려가 이누이 씨 가족을 맞았던 예의 빨래터로 나갔다. 강을 보려면 거기가 제일 가깝기 때문이다.

빨래터는 차갑고 깔깔했다. 벽돌 사이에서 토끼풀이 자랐다. 바로 앞을 그 희한한 물결이 흘러갔다. 나는 꿇어앉아 양손을 강에 넣었다가 들어올렸다. 손바닥에는 장미 꽃잎이 가득 붙어 있었다.

"이것참 어마어마하구먼."

강 건너편에서 한때 모자 장수였던 아저씨가 말을 붙였다.

"그러게나 말이야."

다른 사람들이 서로 고개를 끄덕였다. 아이들은 책가방을 달랑이며 흘러가는 장미 꽃잎을 쫓아갔다.

"딴짓하지 말고 얼른 학교 가라."

아저씨가 소리쳤다.

꽃잎은 아직 시들지 않았다. 시들기는커녕 차가운 물에 젖어서인지 나무에 달려 있었을 때보다 훨씬 매끄럽고 싱싱해 보였다. 그리고 수면을 감도는 아침 안개에 녹아든 향기가 숨막힐 만큼 물씬 풍겼다.

강을 둘러보니 온통 꽃잎이었다. 내가 떠낸 부분에만 잠깐 수면이 보였다가 금방 다른 꽃잎으로 메워졌다. 마치 집단으로 최면에 걸려 바다로 끌려가고 있는 것 같았다.

나는 손에 들러붙은 꽃잎을 다시 강에 떨구었다. 끝부분이 프릴처럼 구불구불한 것, 색깔이 흐릿한 것과 진한 것, 꽃받침이 달린 것 등 다양했다. 그것들은 잠시 빨래터 벽돌 가장자리에 걸려 있다가, 이윽고 흘러가는 다른 꽃잎에 섞여들었다.

나는 세수 후에 크림만 바르고 화장기 없이 코트를 입고 밖으로 나갔다. 강을 거슬러올라 언덕 남쪽 비탈에 있는 장미 정원까지 가볼 생각이었다.

강 주변에는 수많은 사람이 모여 그 아름다운 현상을 구경하고 있었다. 비밀경찰도 평소보다 많이 보였다. 여느 때처럼 허리에 무기를 찬 채 무표정하게 서 있었다.

아이들은 몸이 근질거리는 듯 강에 돌을 던지고 어디서 주워온 긴 막대기로 물속을 휘저었다. 하지만 꽃잎의 행렬은 그런 장난에 흐트러지지 않았다. 군데군데 모래톱이나 말뚝에 부딪혔지만 압도적인 흐름에는 아무 지장도 주지 못했다. 드러누우면 보드라운 이불처럼 몸을 감싸줄 것 같았다.

"정말 놀랍군."

"이렇게 멋진 소멸은 처음이야."

"사진이라도 찍어둘까."

"관둬. 사라진 걸 찍어본들 무슨 소용이람."

"그도 그렇군."

어른들은 비밀경찰을 자극하지 않도록 속닥이며 이야기했다.

빵집 말고는 아직 문을 연 가게가 거의 없었다. 꽃집의 장미가 어떻게 됐는지 확인하려고 했지만 셔터가 내려져 있었다. 버스와 노면전차도 텅 비었다. 해가 조금씩 구름 사이로 얼굴을 내밀었다. 그러면서 아침 안개도 걷혔지만 꽃향기는 그대로였다.

예상대로 장미 정원에는 꽃이 한 송이도 남아 있지 않았다. 가시와 이파리만 남은 가지가 비쩍 마른 뼈처럼 비탈에 꽂혀 있었다. 이따금 언덕 꼭대기에서—들새관측소 근처다—바람이 불어와 아직 땅바닥에 남아 있는 꽃잎을 강 쪽으로 날려보냈다. 그와 동시에 나뭇잎과 가지가 떨렸다.

늘 안내소에 앉아 있던 화장 진한 여자도, 나무를 돌보는 직원들도, 물론 손님도 전혀 보이지 않았다. 입장료를 내야 할지 망설이다가, 결국 그냥 들어가서 관람 순서를 가리키는 화살표를 따라 좁은 비탈길을 걸어갔다.

장미가 아닌 꽃들은 수는 적어도 무사했다. 도라지꽃도, 게발선인장꽃도, 용담꽃도. 그들은 미안하다는 듯 살며시 피어 있었다. 바람은 장미만 골라 꽃잎을 떨어뜨린 것 같았다.

장미가 없는 장미 정원은 괴괴하고 살풍경했다. 버팀목을 대고 비료를 뿌리는 등 이래저래 가꾼 흔적을 보니 한층 허전해졌다. 영양분을 고루 받아들인 흙에서 사박사박 부드러운 소리가 났다. 강가의 웅성거림은 여기까지 전해지지 않았다. 나는 양손을 호주머니에 넣고 무연고 묘지를 헤매는 기분으로 언덕을 걸었다.

그러나 가시와 이파리와 나뭇가지의 모양을 아무리 들여다보아
도, 장미의 종류를 설명한 팻말을 읽어보아도, 장미꽃이 어떻게 생
겼는지 기억나지 않는다는 것을 나는 깨달았다.

7

강은 사흘 만에 원래대로 돌아왔다. 수량도 색깔도 변함없었다. 붕어들도 어디 숨어 있다 나온 듯 다시 헤엄쳐다녔다.

이틀째에는 집 마당에서 장미를 키우던 사람들이 강에 꽃잎을 장사지냈다. 그들은 조심스럽게 꽃잎을 한 장 한 장 떼어내 강에 살짝 던졌다.

빨래터 다리 옆에도 부유해 보이는 부인 한 명이 서 있었다.

"기품 있는 장미군요."

나는 말했다. 장미에서 뭔가를 느끼는 마음은 이미 사라져버렸지만, 부인이 몹시도 소중하게 꽃을 쓰다듬고 있었기에 뭔가 말을 걸고 싶었던 것이다. 그래서 문득 떠오른 수식어를 그대로 입에 담았다.

"고마워요. 작년 품평회에서 금상을 받은 꽃이랍니다."

부인은 내가 고른 표현에 만족스러워했다.

"아버지가 제게 남겨준 유품 중 가장 아름다운 것이었죠."

하지만 부인도 미련은 없는 듯했다. 장밋빛과 잘 어울리는 진한 매니큐어를 바른 손가락에서, 꽃잎은 잠깐의 망설임도 없이 차례차례 떨어져내렸다.

작업을 마치자 부인은 강물에 눈길 한번 주지 않고, 상류층 사람 특유의 여유 있는 몸놀림으로 인사하고 자리를 떴다.

꽃잎은 하나도 남김없이 바다로 흘러가 저멀리 어딘가로 흩어졌다. 강을 가득 메울 정도였어도 드넓은 바다에서는 너무나도 미미한 존재이기에, 순식간에 파도에 삼켜져 사라지고 말았다. 그 광경을 페리 갑판에서 할아버지와 함께 지켜보았다.

"그런데 바람이 어떻게 장미만 구분할 수 있었을까요?"

난간에 슨 녹을 엄지로 벗겨내면서 나는 말했다.

"이유 같은 게 있겠습니까. 장미가 사라졌다, 오직 그것만이 명확한 사실이지요."

할아버지는 내가 선물한 스웨터와 정비사 시절 입던 작업복 바지 차림이었다.

"앞으로 장미 정원은 어떻게 될까요?"

"아가씨가 걱정하실 일이 아닙니다. 다른 꽃이 필지, 과수원이 될지, 공동묘지가 될지, 아무도 모르고 알 필요도 없지요. 시간에 맡겨두면 됩니다. 시간은 누가 명령하지 않아도 부지런히 흐르니까요."

"들새관측소에 장미 정원까지 없어졌으니 언덕이 쓸쓸해지겠네요. 남은 거라고는 한산한 도서관뿐이잖아요."

"그건 그렇군요. 선생님이 건재하셨던 시절, 자주 관측소에 초대받았지요. 희귀한 새가 날아오면 제게도 쌍안경을 빌려주셨습니다. 답례로 수도관과 배전반을 수리해드린 적도 있었어요. 그리고 장미 정원도, 제 소꿉동무가 정원사로 일했거든요. 신종 장미가 피면 제일 먼저 보여주었습니다. 그래서 언덕을 자주 오르내렸어요. 하지만 저 같은 사람은 도서관에는 볼일이 없지요. 아가씨 책이 나왔을 때 잘 들여놓았는지 정탐 가는 정도입니다."

"어머, 그런 것까지 신경써주신 거예요?"

"네. 만약 들여놓지 않았으면 항의할 생각으로요. 다행히 잘 들어와 있더군요."

"맞아요. 하지만 제 소설을 굳이 도서관에서 빌려와 읽는 사람은 거의 없을걸요."

"무슨 말씀을요. 두 분이 빌려가셨습니다. 여중생과 남자 회사원요. 대출카드를 확인했으니 틀림없습니다."

할아버지는 열심히 설명했다. 차가운 바닷바람 때문에 코끝이 빨갰다.

스크루 주변에서 꽃잎이 소용돌이쳤다. 긴 강을 흘러와 소금물에 잠긴 탓에 많이 시들해졌다. 빛깔과 윤기가 죽었고 해초와 물고

기 사체, 쓰레기와 뒤섞여 구분하기 힘들 정도였다. 어느새 향기도 사라졌다.

이따금 큰 파도가 밀려오면 페리가 살짝 흔들렸다. 그때마다 배 어딘가에서 삐걱거리는 소리가 났다. 맞은편 곶의 등대가 석양으로 물들었다.

"정원사 친구분은 이제 어떻게 되시나요?"

나는 물었다.

"은퇴해야죠. 나이가 나이니까 새 직장을 구하지 않는다고 비밀경찰에게 찍힐 염려는 없을 겁니다. 장미 돌보는 법을 잊었을지라도, 세상에는 돌볼 것이 얼마든지 있거든요. 손주 귀를 파준다거나, 고양이의 벼룩을 잡는다거나, 그런 것들요."

할아버지가 신발코로 갑판을 콩콩 두드렸다. 낡았지만 튼튼한 신발이었다. 마치 할아버지 몸의 일부처럼 길이 잘 들었다.

"가끔 이상하게 불안해지는데……"

나는 발치에 시선을 떨어뜨린 채 말했다.

"앞으로도 이렇게 계속 많은 것들이 사라지면, 섬은 과연 어떻게 될까요?"

무슨 뜻인지 잘 모르겠다는 듯 할아버지는 수염이 삐죽 자란 턱에 손을 댔다.

"어떻게 되느냐니요……"

"이 섬에서는 무언가가 새롭게 태어나는 비율보다 무언가가 사라지는 비율이 몇 배는 높아요. 그렇게 보는 게 맞겠죠."

할아버지는 두통이 날 때처럼 얼굴 주름에 힘을 주며 고개를 끄덕였다.

"섬사람들이 만들어낼 수 있는 건 채소 몇 종류, 툭하면 고장나는 자동차, 단순한 연극, 투박한 난로, 영양 상태가 좋지 않은 가축, 번들거리는 화장품, 아기, 아무도 읽지 않는 소설…… 전부 보잘것없고 신통치 못한 것들이에요. 도저히 소멸에 맞설 수 없다고요. 뭔가가 사라질 때의 에너지는 어마어마하잖아요. 폭력적이지는 않지만, 철두철미하고 재빠르며 빈틈이 없죠. 이대로 사라진 것들을 메우지 못하고 살다보면 섬은 구멍투성이가 될 거예요. 속이비고 물컹물컹해지다가 언젠가 갑자기 흔적도 없이 녹아버리진 않을까 불안해요. 할아버지는 그런 걱정 해본 적 없어요?"

"글쎄요……"

할아버지는 더더욱 난감해진 듯이 스웨터 소맷자락을 잡아당겼다가 놓았다가 했다.

"아마도 아가씨는 소설을 쓰시는 탓에 그런 부질없는, 아이고, 실례했습니다. 그러니까 뭐랄까, 색다른 생각을 하시는 게 아닐까요. 소설을 쓴다는 건 색다른 이야기를 만들어내는 것 아닙니까?"

"네, 뭐, 음."

나는 말을 얼버무렸다.

"하지만 소설하곤 상관없어요. 좀더 현실적인 불안이라고요."

"걱정 마세요."

할아버지가 딱 잘라 말했다.

"저는 아가씨보다 세 배는 오래 이곳에 살았습니다. 즉, 세 배는 더 많은 것을 잃어온 셈이죠. 하지만 그렇다고 불편하다거나 위험하다고 느낀 적은 한 번도 없었답니다. 페리가 사라졌을 때조차 그랬어요. 페리를 타고 건너편 뭍으로 물건을 사러 가거나 영화를 보러 가지 못한다. 기름투성이가 되어가며 기계를 만지는 재미가 없어진다. 월급을 못 받는다. 그런 것들은 별일이 아니었습니다. 페리 없이도 저는 이제까지 무탈하게 지내왔는걸요. 창고지기 일도 요령을 익히니 제법 재미있고, 지금은 익숙한 옛 일터를 집 삼아서 살고 있습니다. 부족한 건 하나도 없어요."

"하지만 페리에는 이제 소중한 추억이나 기억이 남아 있지 않잖아요. 그저 바다에 떠 있는 쇳덩어리예요. 그래도 슬프지 않아요? 텅 빈 강철 상자가 불안하지 않나요?"

나는 할아버지의 얼굴을 올려다보며 살폈다.

할아버지는 입을 우물거리며 할말을 찾았다.

"확실히 옛날에 비해서는 섬에 구멍이 많아졌는지도 모르겠습니다. 제가 어릴 적에는 좀더 뭐랄까, 섬 전체가 똘똘 뭉쳐 있다는 분위기가 강했거든요. 그 분위기가 풀어지면서 우리 마음의 밀도도 낮아졌지요. 그로써 균형이 잡힌 것 아닐까요. 요컨대 삼투압의 법칙 같은 겁니다. 균형이란 무너지기는 할지언정 아예 없어지지는 않아요. 그러니 괜찮을 겁니다."

할아버지는 몇 번이고 고개를 끄덕였다. 어릴 적에 귤을 먹으면 왜 손가락이 노래지는지 물었을 때도, 아기가 뱃속에 있는 동안 내장은 어디로 밀려나는지 물었을 때도 할아버지가 이렇게 얼굴 주름을 잡았다 폈다 하면서 고심해 대답해준 것이 문득 생각났다.

"그렇네요. 괜찮을 거예요."

"네. 제가 보장하겠습니다. 망각과 소멸은 결코 불행이 아니에요. 실제로도 마음에서 아무것도 사라지지 않는 사람들은 무시무시한 비밀경찰에 붙잡혀가지 않습니까."

땅거미가 바다를 덮기 시작했다. 이제는 아무리 눈에 힘을 주어도 꽃잎의 모습이 보이지 않았다.

8

목소리가 나오지 않은 지 석 달이 다 되어갑니다. 이제 나와 연인 사이에 타자기는 필수입니다. 둘이 사랑을 나눌 때조차 타자기는 침대 옆에서 얌전히 대기하고 있습니다. 전하고 싶은 말이 생기면 양손을 뻗어 키를 두드립니다. 나는 손으로 글씨를 쓰는 것보다 타자를 치는 게 더 빠릅니다.

실어증에 걸리고 한동안은 어떻게든 목소리를 내보려고 몸부림쳤습니다. 혀로 입안을 문질러보거나, 죽기 직전까지 숨을 참아보거나, 입술을 이리저리 삐죽여보거나, 온갖 방법을 써봤죠. 하지만 모든 노력이 허사로 돌아가자 결국 타자기에 의존하는 수밖에 없었습니다. 뭐니 뭐니 해도 연인은 타자 교실 선생님이고, 나는 타자수니까요.

"생일 선물로 뭐 받고 싶어?"

그가 말을 걸 때마다 나는 무릎 쪽을 보는 버릇이 생겼습니다. 늘 거기에 타자기를 얹어두기 때문입니다.

찰칵, 찰칵, 찰칵.

잉크 리본을 가지고 싶어

연인은 고개를 비스듬히 기울이고 왼손으로 내 어깨를 감싼 채 용지에 찍힌 글씨를 읽습니다.

"잉크 리본이라고? 낭만 없기는."

그가 미소 짓습니다.

찰칵, 찰칵, 찰칵, 찰칵.

걱정이야 잉크 리본이 다 떨어지면 더는 당신과 이야기 못하니까

이렇게 함께 있는 내내 어깨에 그의 온기를 느낄 수 있다는 건 행복입니다. 목소리를 잃은 슬픔을 잊어버릴 정도예요.

"알았어. 문방구 창고에 있는 잉크 리본을 전부 사다줄게."

찰칵, 찰칵.

고마워

말을 타자로 치면 입으로 말할 때와는 다른 분위기를 띱니다. 활자를 찍을 때마다 종이에 남는 살짝 눌린 자국. 군데군데 희미한 잉크. 엉덩방아를 찧을 것처럼 기울어진 'J' 자. 한복판의 뾰족한 부분이 제대로 찍히지 않은 'M' 자. 그런 것들이 친근하고 기특해 보입니다. 'J'와 'M' 키는 언제 한번 수리하러 보내야겠지만요.

학교에서 그가 처음으로 잉크 리본 교체하는 법을 가르쳐줬을 때를 나는 똑똑히 기억합니다.

아직 타자 용지 가득 it, it, it, it……과 this, this, this, this……
만 연습하던 무렵이었죠.

"오늘은 잉크 리본 교체하는 법을 배우고 끝냅시다."

그가 말했습니다.

"조금 복잡하지만 알고 나면 간단하니까 잘 보세요."

그는 한가운데 책상으로 학생들을 모은 후, 타자기 옆쪽 틈새에
손가락을 대고 덮개를 떼어냈습니다. 철컥, 하고 작은 소리가 났습
니다.

타자기 내부는 상상했던 것보다 훨씬 흥미로웠습니다. 활자 키
를 지탱하는 레버, 도르래 같은 휠, 다양한 형태의 핀, 기름으로 거
무스름해진 쇠막대 등이 뒤얽혀 복잡한 공간을 형성하고 있었습
니다.

"거의 다 쓴 잉크 리본은 이렇게 빼서 버립니다."

그는 오른쪽 롤러에서 다 쓴 잉크 리본을 뽑아냈습니다. 리본
끝머리가 레버, 휠, 핀, 막대 사이를 스르르 빠져나갔습니다.

"자, 이게 새 잉크 리본입니다. 리본 앞면이 위쪽을 향하도록 왼
쪽 롤러에 꽂습니다. 매끈한 쪽이 앞면이에요. 오른손으로 리본 끝
부분을 꼭 잡으세요. 놓치면 안 됩니다. 중요한 건 방향과 순서예
요. 어떤 방향과 순서로 잉크 리본을 타자기에 통과시키느냐. 재봉
틀에 실을 끼우는 것과 똑같습니다. 첫번째는 이 갈고리 모양 철사

사이입니다. 두번째는 이 고리 사이, 세번째는 이 핀 맞은편, 네번째는 조금 앞으로 가서 이……"

아닌 게 아니라 순서가 복잡했습니다. 도저히 한 번 보고는 외우지 못할 것 같았습니다. 다른 학생들도 모두 불안해 보였습니다. 하지만 그의 손가락은 우리 반응에 아랑곳없이 적확하게 움직였습니다.

"이러면 끝입니다."

잉크 리본은 어느새 타자기 속에 구불구불 감겨 있었습니다. 학생들은 동시에 한숨을 내쉬었습니다.

"아시겠지요?"

그는 양손을 허리에 대고 학생들을 둘러보았습니다. 그의 손에는 기계유나 잉크가 전혀 묻어 있지 않았습니다. 평소처럼 말끔한 손가락이었습니다.

시간이 가도 나는 잉크 리본 교체법을 제대로 익히지 못했습니다. 도중에 리본이 엉키거나, 키를 아무리 두드려도 타자 용지에 글씨가 찍히지 않거나 했죠. 수업시간에 타자를 치면서도 만약 잉크 리본이 다 떨어지면 어쩌나, 그 생각뿐이었습니다.

하지만 이제는 걱정없습니다. 연인보다 더 빠르고 솜씨 좋게 교체할 수 있거든요. 타자기가 목소리를 대신하게 된 후로 사흘에 한 번은 리본을 교체합니다. 나는 다 쓴 리본도 버리지 않고 보관해둡니다. 그 잉크 리본에 나란히 새겨진 활자를 바라보거나 손가락으로 어루만지면 언젠가 목소리가 돌아올 것 같기 때문입니다…………

여기까지 쓴 원고를 나는 R씨에게 보여주었다. 원고지 매수가 많이 늘어나서 출판사까지 들고 오기 무겁겠다며 그가 우리집으로 발걸음을 해주었다.

우리는 한 줄 한 줄 충분한 시간을 들여 상의한다. 이 한 줄이 정말로 필요한지. 어떤 단어를 다른 단어로 바꾸기도 하고—공책을 수첩으로, 와인을 과실주로, 시선을 눈빛으로 바꾸는 식이다—모자란 것을 추가하기도 하고, 수십 줄을 한꺼번에 삭제하기도 한다.

R씨는 소파에 앉아 조용히 원고지 뭉치를 넘겼다. 왼쪽 아래 모서리를 문질러 손가락 사이에 한 장을 끼운다. 절대 필요 이상으로 힘을 주지 않는다. 그는 언제나 원고지를 주의깊게 다룬다. 나는 그 모습을 볼 때마다 긴장된다. 내가 쓴 것이 저런 태도에 걸맞은 소설일지 불안해지기 때문이다.

"자, 오늘은 이쯤 하지."

일단락되자 R씨는 안주머니에서 담배와 라이터를 꺼냈고, 나는 첨삭 메모로 가득해진 원고지를 클립으로 집었다.

"차 더 드릴까요?"

"진하게 한 잔 부탁해도 될까?"

"물론이죠."

나는 부엌에서 카스텔라를 자르고 차를 새로 우려 응접실로 들고 왔다.

"이분은 어머님?"

R씨가 맨틀피스에 놓아둔 사진 하나를 가리키며 물었다.

"네."

"아름다운 분이군. 당신과 똑 닮았어."

"아니에요. 아버지가 자주 말씀하셨는걸요. 네가 엄마에게 물려받은 건 충치 없는 건강한 이뿐이라고."

"이가 건강한 건 복이야."

"어머니는 항상 마른멸치를 신문지로 감싸서 작업장 책상에 놓아두셨어요. 그걸 으적으적 먹으면서 일하셨죠. 베이비서클 안에 있던 제가 칭얼거리면 아직 이도 나지 않았는데 마른멸치를 하나 물려주고 조용히 시키셨대요. 톱밥과 석고 냄새가 섞인 그 맛이 지금도 기억나요. 거칠고 딱딱하고, 형편없는 간식이었어요."

R씨는 안경테에 손을 대고 고개를 약간 숙인 채 웃었다.

그후로 한동안 우리는 잠자코 카스텔라를 먹었다. R씨와 단둘이 있으면 소설 이야기 말고 무슨 말을 해야 할지 모를 때가 종종 있었다. 결코 어색해서가 아니라, 그의 차분한 숨소리에 나도 감싸이는 기분이 들어서다. 게다가 나는 원고를 읽는 R씨의 모습밖에 모른다. 성장 배경, 가족 구성, 일요일을 보내는 법, 이상형, 응원하는 야구팀 등에 대해서는 아무것도 모른다. 함께 있을 때 그는 그저 내 원고를 읽을 뿐이다.

"어머님 작품은 집에 많이 있나?"

충분히 침묵을 맛본 후, R씨가 말했다.

"아니요. 집에 있는 건 아버지랑 제게 개인적으로 선물한 것뿐이라 얼마 없어요."

나는 어머니 사진에 다시 눈길을 주며 대답했다. 어머니는 옷자락이 봉긋한 여름 원피스 차림으로 무릎 위에 나를 안고 수줍게 웃고 있다. 끌이며 망치, 돌같이 무거운 물건을 다루느라 마디가 굵어진 손으로 아기의 두 다리를 감싸고 있다.

"어머니는 당신 작품을 오랫동안 갖고 있는 걸 좋아하지 않으셨던 모양이에요. 그래도 제가 어렸을 적에는 방 여기저기에 조각품이 널려 있었던 것도 같은데…… 비밀경찰에서 출두 명령을 받았을 때 서둘러 정리한 것 같아요. 역시 불길한 예감이 들었던 걸까요. 아직 어렸을 때라 당시 상황은 잘 기억이 안 나요."

"작업장은 어디였어?"

"지하실요. 강 상류 마을에 작은 별장을 두고 작업한 적도 있었다고 하는데, 제가 태어나고 나서는 쭉 이 아래였어요."

나는 슬리퍼 끄트머리로 바닥을 툭 쳤다.

"이 집에 지하실이 있는 줄은 몰랐네."

"말은 지하실이지만 완전히 땅 밑에 있는 건 아니에요. 이 집이 남쪽 현관은 도로에 면해 있지만, 북쪽은 강에 면해 있거든요. 강

속에 돌로 기초를 쌓고 그 위에다 지은 집이니까, 지하실은 강바닥에 있는 셈이죠."

"꽤 복잡하군."

"어머니는 물소리를 좋아하신 모양이에요. 세찬 파도소리 말고, 흐르는 강물처럼 조용한 소리를요. 그러니 별장도 강가에 두셨겠죠. 어머니의 창작 현장에는 빠져서는 안 되는 소도구가 세 가지 있었어요. 물소리, 베이비서클, 그리고 마른멸치."

"그 조합도 꽤 복잡하고."

R씨는 라이터를 손바닥 위에서 한 바퀴 돌린 후 담배에 불을 붙였다.

"혹시 폐가 안 된다면……"

그가 머뭇머뭇 입을 열었다.

"지하실을 구경해볼 수 있을까?"

"물론이에요."

나는 곧바로 대답했다.

오랜 시간 가슴에 걸려 있던 말을 드디어 꺼냈다는 듯이, 그는 천천히 연기를 내뿜었다.

"역시 발치가 서늘하군."

"바로 난로 켤게요. 오래된데다 상태가 시원치 않아서 따뜻해지기까지 시간이 걸릴 거예요. 죄송해요."

"아니. 강에서 전해오는 냉기라서 불쾌하지는 않아. 신경 안 써도 돼."

우리는 지하실로 이어지는 계단을 함께 내려갔다. 발밑이 어두워서 걱정되는지 R씨가 조심스레 내 오른팔을 잡아주었다.

"생각한 것보다 넓은데."

그는 지하실 전체를 둘러보았다.

"어머니가 돌아가신 후에 아버지는 마음이 힘드신지 여기 거의 내려오지 않으셔서, 완전히 엉망이에요……"

나도 이누이 씨 가족을 만난 뒤로 지하실에 내려오기는 처음이었다.

"뭐든지 마음껏 둘러보세요."

R씨는 작업대에 남아 있는 잡동사니와 도구를 보관해둔 선반—제일 위쪽 칸에는 이누이 씨 가족이 맡긴 조각품 다섯 점을 세워놓았다—과 빨래터로 통하는 유리문과 나무의자 등을 하나하나 살펴보았다. 크게 흥미로운 물건도 없을 텐데 오랫동안 구석구석을 돌아다녔다. 지하실에 스며든 오래된 시간의 냉기를 남김없이 들이마시기라도 하려는 것 같았다.

"서랍, 공책, 스케치북 같은 것도 살펴보셔도 돼요."

내 말에 R씨는 원고지를 넘길 때처럼 신중한 손길로 그것들을 건드렸다.

그가 움직일 때마다 먼지와 조각품 부스러기가 뒤섞여서 풀풀 피어올랐다. 채광창으로 화창한 하늘이 보였다. 가끔 강에서 붕어가 튀어오르는 소리가 났다.

"이건 뭐지?"

마지막으로 R씨가 다다른 곳은 계단 뒤쪽의 서랍장이었다.

"옛날에 어머니가 비밀 물건을 숨겨두었던 서랍장이에요."

"비밀 물건?"

"네. 뭐랄까, 제가 모르는 여러 가지 물건들인데……"

나는 어떻게 설명해야 할지 말문이 막혔다. R씨는 끝에서부터 차례대로 서랍을 열었다. 안은 전부 텅 비어 있었다.

"아무것도 없는데."

"제가 어릴 적에는 분명히 서랍마다 하나씩 물건이 들어 있었어요. 어머니는 일하는 틈틈이 서랍 속 물건들을 보여주셨죠. 그것들에 얽힌 이야기도 들려주셨고요. 어떤 그림책에서도 읽은 적 없는 신기한 이야기였어요."

"왜 지금은 텅 비었지?"

"모르겠어요. 어느 날 보니까 전부 사라지고 없었어요. 아마도 어머니가 비밀경찰에 끌려가고 정신없던 사이에 그렇게 된 것 같아요."

"비밀경찰이 압수한 걸까?"

"아니요. 그들은 지하실에 들어오지 않았어요. 이 서랍장의 비밀을 알고 있던 사람은 어머니와 저뿐이었을 거예요. 아버지에게

조차 비밀로 했는걸요. 명령을 받고 경찰에 출두하기까지 며칠 동안, 어머니가 무슨 방법을 써서 처분한 것 아닐까 해요. 당시 저는 열 살 정도밖에 안 되었으니 여기 숨겨진 물건에 어떤 의미가 있는지 몰랐지만, 어머니는 출두 명령을 받고 사안의 중대함을 깨달으셨겠죠. 그래서 어딘가에 숨기든지, 버리든지, 남에게 맡긴 게 아닐까 싶어요."

"그렇군……"

R씨는 계단 모서리에 머리를 부딪지 않도록 등을 웅크린 채 서랍 손잡이 하나를 만지작거렸다. 손가락에 녹이 묻어나지 않을까 신경쓰였다.

"여기 뭐가 들어 있었는지 기억나?"

그가 내 얼굴을 들여다보았다. 채광창으로 들어온 햇빛이 안경알에 비쳤다.

"저도 기억해내고 싶은 마음이 간절했어요. 어머니와 함께 보낸 소중한 시간이었으니까요. 하지만 허사였어요. 도무지 기억이 안 나요. 어머니의 표정이나 목소리, 지하실 공기의 감촉은 선명한데, 서랍 속에 뭐가 들었는지는 전부 흐릿해져버렸어요. 그 부분만 기억의 윤곽이 녹아버린 것처럼."

"막연한 인상이라도 상관없어. 아무리 사소한 기억이라도 좋으니 얘기해봐."

R씨가 말했다.

"글쎄요……"

나는 서랍장을 바라보았다. 옛날에는 분명 고급품이었겠지만 지금은 니스칠이 벗겨지고 손잡이가 녹슨데다 먼지까지 쌓여서 볼품없었다. 어릴 적에 장난으로 붙인 스티커 자국이 아직도 군데군데 남아 있었다.

"어머니가 가장 아낀 물건은……"

나는 충분히 생각하고 나서 입을 열었다.

"두번째 줄 여기쯤에 들어 있던 할머니의 유품이었어요. 작은 녹색 돌요. 빠진 유치처럼 작고 딱딱했죠. 마침 이갈이를 하던 시기라 이가 자주 빠져서 그렇게 느꼈던 것 같아요."

"아름다웠어?"

R씨가 물었다.

"네, 아마도요. 어머니가 반지처럼 달빛에 비추며 황홀하게 바라보셨으니까요. 하지만 어머니가 아무리 그래도 제 마음에는 남는 것이 없었어요. 예쁘다든가, 귀엽다든가, 나도 가지고 싶다든가 하는 감정이 전혀 솟아오르지 않았죠. 그저 어머니가 손바닥에 얹어주었을 때 서늘한 감촉을 느꼈을 뿐이에요. 이 장롱 앞에서 제 마음은 꼭 누에 같아요. 고치 속에서 소록소록 잠자는 누에."

"어쩔 수 없지. 사라져버린 것 앞에서는 누구라도 그럴 거야."

R씨는 안경테에 손을 댔다.

"혹시 그 녹색 돌의 이름이 에메랄드 아니었어?"

나는 처음에 그가 무슨 말을 하는지 잘 알아듣지 못했다.

"에메……랄……드."

그가 꺼낸 네 글자를 몇 번 중얼거렸다. 그 말이 가슴속에서 남몰래 깊이 울려퍼졌다.

"맞아요. 분명 에, 메, 랄, 드였어요. 네, 틀림없어요."

나는 고개를 끄덕였다.

"그런데 그걸 어떻게 아시죠?"

잠깐 침묵이 흘렀다. R씨는 대답하는 대신 다시 서랍을 하나씩 열었다. 손잡이가 탁, 탁, 소리를 냈다. 네번째 줄 왼쪽 끝 서랍이 열렸을 때 그는 손을 멈추고 이쪽을 돌아보았다.

"여기 들어 있었던 건, 향수지?"

어떻게…… 하고 똑같은 질문을 하려다가 나는 말을 삼켰다.

"아직 향기가 남아 있어."

R씨는 내 등을 살짝 밀어 서랍 쪽으로 가까이 가게 했다.

"느껴져?"

나는 서랍 속 작은 공동을 바라보며 한껏 숨을 들이마셨다. 어머니도 그렇게 향수 냄새를 맡게 시켰던 것이 생각났다. 하지만 지금도 가슴을 채우는 건 무미하고 차가운 공기뿐이었다. 향기보다 내 등에 댄 그의 손이 훨씬 생생하게 느껴졌다.

"죄송해요."

나는 한숨을 쉬고 고개를 저었다.

"사과할 것까지야. 사라진 물건을 떠올리기란 아주 어려운 일인걸."

R씨는 '향수'가 들어 있던 서랍을 닫고 눈을 내리떴다.

"나는 알아. 에메랄드가 얼마나 아름답고, 향수가 얼마나 향기로운지. 내 마음에서는 아무것도 사라지지 않거든."

9

겨울이 깊어갈수록 섬은 무겁고 탁한 공기에 감싸였다. 햇빛은 약하고, 오후가 되면 반드시 강한 바람이 불었다. 사람들은 코트 주머니에 양손을 넣고 등을 움츠린 채 걸음을 서둘렀다.

거리에서는 천막을 씌운 진녹색 트럭이 더 자주 눈에 띄었다. 천막을 걷어올리고 사이렌을 울리며 쏜살같이 달려가기도 했고, 천막을 내린 채 차체를 묵직하게 뒤뚱거리며 느릿느릿 지나가기도 했다. 천막 틈새로 누군가의 신발이나 여행가방 바닥, 코트 자락이 슬쩍 보였다.

기억 사냥의 양상은 점점 과격해져만 갔다. 이제는 어머니 때처럼 미리 출두 명령을 내리지 않는다. 모든 것이 기습적이었다. 그들은 어떤 종류의 자물쇠도 부술 수 있는 튼튼한 무기를 가지고 있다. 집안을 마구잡이로 헤집으며 어디 수상한 공간이 없는지 찾는

다. 헛방이든, 침대 밑이든, 옷장 뒤든, 사람 하나가 숨을 만한 공간이 있으면 절대로 그냥 넘어가지 않는다. 그리고 숨어 있던 사람을 끌어낸다. 은신처를 제공한 사람들 역시 천막을 씌운 트럭에 실려간다.

장미 이후로 새로운 소멸은 일어나지 않았지만, 옆 동네 사람, 동창생의 지인, 어물전 주인의 먼 친척 등이 느닷없이 자취를 감추는 건 더이상 드문 일이 아니었다. 연행됐든가, 운좋게 은신처에 숨었든가, 그 은신처가 발각돼 연행됐든가 하는 식이었다.

누구도 그런 일에 대해 너무 자세히 파고들지는 않았다. 어떤 경우에 해당하든 불행한 일임은 틀림없고, 쓸데없이 소문을 공유하는 것만으로도 자기에게 위험이 닥칠 우려가 있기 때문이다. 어느 날 아침 아무 예고 없이 어느 집이 텅 비어버려도, 사람들은 길에 서서 고요한 창문을 바라보며 그들의 무사를 빌고는 말없이 떠났다. 섬사람들은 뭔가를 잃는 것에 충분히 익숙하다.

"혹시 제가 지금부터 하려는 이야기를 듣기 싫으면, 싫다고 확실하게 말해주세요."

할아버지는 사과 케이크를 자르던 손을 멈추며 어, 하고 놀랐다.

"그것참 어려운 말씀이군요."

할아버지는 내가 한 말을 다시 되뇌었다.

"어떤 이야기인지 들어봐야 대답할 수 있겠는데요."

"아니요. 듣고 나서는 늦어요. 돌이킬 수 없어요. 제가 지금 하려는 이야기는 반드시 지켜야 하는 비밀이에요. 그 비밀을 공유할 수 있을지 지금 확실히 해둬야 해요. 할아버지가 싫다고 하시면 그걸로 끝이에요. 아무 문제도 없어요. 평생 입 밖에 내지 않고 제 가슴속에 담아둘게요. 그러면 그만이니까 배려나 허세나 의리 같은 건 전부 버리고 순수한 심정을 말해주세요. 듣고 싶은지 듣고 싶지 않은지."

할아버지는 칼을 내려놓고 무릎 위에 깍지를 꼈다. 난로에 올려놓은 주전자의 물이 금방이라도 끓을 것 같았다. 일등실의 둥근 창문으로 비쳐든 햇빛이 사과 케이크를 비추었다. 표면에 발린 녹은 버터가 반들반들 빛났다.

"듣겠습니다."

할아버지는 나를 똑바로 보고 말했다.

"곤란하고 위험한 문제에 휘말리게 될 거예요."

"알겠습니다."

"목숨이 위험할 수도 있어요."

"어차피 살날이 그리 많이 남지도 않았는걸요."

"정말로……"

"괜찮습니다. 걱정 말고 말씀하세요."

할아버지는 고개를 끄덕이고 무릎 위에 다시 깍지를 꼈다.

"어떤 사람을 도와주고 싶어요. 숨겨주고 싶어요."

나는 할아버지의 표정을 살폈지만 동요한 낌새는 없었다. 그저 차분히 다음 말을 기다릴 뿐이었다.

"비밀이 들통나면 얼마나 무서운 일이 벌어질지는 잘 알아요. 하지만 이대로 아무것도 하지 않으면 소중한 사람을 또 한 명 잃을 것이 확실해요. 어머니 때처럼요. 같이 도와주시겠어요? 나 혼자서는 속수무책이에요. 완벽하게 신뢰할 수 있는 협력자가 필요해요."

세찬 바람이 불어 페리가 삐걱거렸다. 겹쳐놓은 케이크 접시가 달그락거렸다.

"하나만 여쭤도 되겠습니까?"

"물론이죠."

"도와드리고 싶다는 분은 아가씨와 어떤 관계이시죠?"

"편집자예요. 내 소설을 제일 먼저 읽어주는 사람. 소설에 담긴 나 자신을 가장 깊이 이해해주는 친구."

"알겠습니다. 도와드리지요."

할아버지가 승낙했다.

"고마워요."

나는 깍지 낀 할아버지의 손을 잡았다. 주름투성이에 큼지막한 손이었다.

둘이서 상의한 결과 아버지가 옛날에 서고로 쓰던 작은 방이 제일 안전하겠다는 결론을 내렸다. 아버지가 건축가에게 의뢰해

2층 바닥과 1층 천장 사이 공간에 만든 방으로, 잘 보지 않는 책과 자료를 보관해놓았다. 작업실 바닥 한복판에 설치한 사방 1미터 크기의 덮개로 드나들 수 있었다.

약 1.5평 크기의 길쭉한 방으로, 깊이는 180센티미터밖에 되지 않았다. 키가 큰 R씨라면 한껏 기지개를 켜기 힘들 것이다. 전기는 연결해두었지만 수도가 없다. 볕도 들지 않는다.

지하실이 훨씬 넓고 쾌적할 게 뻔하지만 거기는 이웃 사람들이 다 아는 곳이다. 반쯤 썩은 다리를 겁내지 않고 건넌다면 밖에서 얼마든지 들어올 수 있다. 만에 하나 수색을 당한다면 제일 먼저 의심받을 만한 곳이다. 하지만 서고는 예전에 비밀경찰이 아버지의 연구 자료를 압수하러 왔을 때조차 들키지 않았다. R씨를 지키기 위해서는 바깥세상과 가장 먼 곳을 선택해야 했다.

할아버지는 항해일지의 빈 페이지에 앞으로 우리가 해야 할 일을 적었다.

일단 나.

1. 서고에 남아 있는 자료를 처분한다―전부 새에 관한 내용이니 주의해야 한다.

2. 서고를 깨끗하게 청소하고 소독한다―청결이 중요함. 병에 걸리면 R씨를 진찰해줄 의사가 없다.

3. 바닥의 출입구를 감출 카펫을 준비한다―절로 젖혀보고 싶어지는 요란한 디자인 말고, 평범하고 단순한 것으로.

4. 전기 코드, 스탠드, 침구, 포트, 차도구 등 최소한의 생활용품을 갖춘다―되도록 새것은 피할 것. 눈에 띄면 의심받는다.

5. 아무에게도 들키지 않고 R씨를 데려올 방법을 강구한다―제일 중요하고 어려운 일.

다음으로 할아버지.

1. 환풍기를 단다―지금 상태로는 공기가 너무 희박하다.

2. 조금이라도 물을 사용할 수 있게 한다―생각해보면 방법이 나올 것이다.

3. 주위에 두꺼운 벽지를 바른다―보온과 방음을 위해.

4. 화장실을 만든다―대대적인 공사를 해야 하지만 최대한 조용히.

5. R씨와 친구가 된다―이제부터 R씨가 접촉할 수 있는 사람은 나와 할아버지뿐이니까.

우리는 세세한 부분까지 상의했다. 은신처를 준비하고 R씨를 숨기기까지의 과정을 몇 번이고 머릿속으로 예행연습하며 미비한 점이 없는지 확인했다. 여러 돌발 상황을 상정하고 어떻게 빠져나갈지 고민했다. 공사 재료를 나르다가 검문을 받는다면, 옆집 개가 냄새를 맡는다면, 준비가 끝나기 전에 R씨가 기억 사냥을 당한다면, ……걱정거리는 차고 넘쳤다.

"자, 케이크나 먹으며 잠깐 쉬시죠."

할아버지는 난로 위의 주전자를 들어 포트에 뜨거운 물을 따르고, 찻잎이 연해지기를 기다리는 동안 사과 케이크를 마저 잘랐다.

"세상의 걱정거리 중 대부분은 걱정으로 끝나는 법입니다."

"그런가요."

"네. 제게 맡겨두십시오. 잘해내겠습니다."

"그럴게요. 괜찮겠죠."

할아버지가 케이크 조각 중 큰 쪽을 내 접시에 담았다. 할아버지는 내가 아직도 성장기라고 생각하는지 뭐든 많이 먹으라고 권한다. 접시에는 새하얀 종이 냅킨을 깔았다. 테이블보는 풀을 먹여 빳빳하고, 꽃병에는 언덕 정상에서 자주 보이는 빨간 열매가 달린 나뭇가지가 꽂혀 있었다.

우리는 항해일지에 메모한 내용을 다시 읽고 전부 머릿속에 새겨넣었다. 그리고 할아버지는 증거를 없애기 위해 그 페이지를 찢어서 난로에 버렸다. 항해일지 두 장은 금세 불길에 휩싸여 작게 타들어갔다. 우리는 아무 말 없이 잠시 불길을 바라보았다. 이제부터 고된 일이 기다리고 있는데도 마음은 점점 편안해지는 것 같았다. 선실은 따뜻하고 케이크 냄새로 가득했다.

다음날부터 작업을 진행했다. 서고의 자료를 조금씩 나누어 오래된 패션잡지를 처분하는 척하고 마당 소각로에 태웠다. 카펫은 손님방에 깔아둔 것을 옮기기로 했다. 일용품은 집에 있던 것으로 충분했다.

하지만 서고 공사는 그리 만만치 않았다. 섬의 건축가에게 비밀 경찰이 손을 써놓아서, 수상한 개축 의뢰가 들어오면 당장 신고한다는 소문이 있었다. 우리끼리 몰래 공사를 한다는 게 들키면 반드시 의심받을 것이다.

그래서 도구와 재료를 날라오는 일에도 신경을 많이 썼다. 요란스럽지 않게, 최대한 많이 물건을 들이기 위해 할아버지는 다양한 방법을 사용했다. 스웨터 등부분에 파이프와 각목을 쑤셔넣고, 못과 경첩, 나사를 담은 주머니를 허리에 감고, 주머니마다 공구를 숨겼다. 우리집에 도착하고 나서야 간신히 마음을 놓았다. 자전거 페달을 밟을 때마다 온몸 여기저기서 덜컥덜컥 소리가 나는 통에 뼈가 마디마디 흩어지는 기분이었습니다, 하며 할아버지는 은근히 등을 쭉 편 채 웃었다.

할아버지의 일솜씨는 대단했다. 적확하고 꼼꼼하고 끈기 있는데다 재빠르기까지 했다. 미리 만들어온 설계도를—역시 항해일지 뒷면에 그렸다—이따금 들여다보며 생각을 정리하고는 망설임 없이 작업에 들어갔다. 벽에 구멍을 뚫고 파이프를 넣어 천장 안쪽으로 이어지는 다른 관에 연결했다. 전선을 분해하고 콘센트를 나사로 고정한 후 베니어판을 잘라 못질했다. 나는 방해하지 않도록 조심하며 할 수 있는 만큼 도왔다.

소리를 조금이라도 감추려고 작업실에 교향곡 레코드판을 틀어놓았다. 모든 악기가 일제히 울려퍼지는 클라이맥스에 맞추어 할아버지는 망치와 톱을 썼다. 둘 다 점심도 먹지 않고 묵묵히 작업을 계속했다.

나흘째 되는 날 저녁에 공사를 마쳤다. 우리는 방 한복판에 앉아 전체를 둘러보았다. 상상했던 것보다 훨씬 멋진 방으로 탈바꿈했다. 깔끔하고 소박하며 온기가 느껴졌다. 베이지색 벽지를 바른 것이 옳은 선택이었다. 좁은 건 어쩔 수 없지만, 필요한 최소한의 물건은 빠짐없이 갖추었다. 침대를 놓고, 책상과 의자를 놓고, 구석에는 베니어판으로 둘러싼 화장실을 마련했다. 위에 매단 플라스틱 말통의 물이 정화조로 흘러들도록 해놓았다. 말통에 물을 채우는 것이 앞으로 내 일과가 될 것 같았다.

할아버지의 아이디어로 간이 스피커도 설치했다. 위쪽 작업실과 아래쪽 은신처를 고무관으로 연결하고, 양끝에 부엌에서 쓰던 깔때기를 끼웠다. 깔때기에 대고 말하면 얼굴을 보지 않고도 실 전화기처럼 대화를 나눌 수 있다.

침대보와 이불은 막 세탁한 것이라 보드랍고 청결했다. 책상과 의자에서는 신선한 나무 냄새가 났다. 전구는 연한 오렌지색이고, 방을 밝히기에 충분히 밝았다. 우리는 전기 스위치를 끄고 사다리를 세 단 올라 출입구의 네모난 판자를 밀어올렸다. 좁다란 사각형 구멍을 통해 밖으로 나오기는 꽤나 힘들었다. 어깨를 움츠렸다가 반쯤 돌리며 양손으로 바닥을 짚고 몸을 들어올려야 한다. 할아버지가 도와주었다.

몸집이 큰 R씨는 끼지 않을까 걱정됐지만, 그가 여기서 올라올 일은 거의 없을 테니 상관없으리라는 생각이 뒤늦게 들었다.

우리는 판자를 다시 끼우고 카펫을 덮었다. 출입구는 평범하기 그지없는 바닥으로 돌아왔다. 나는 카펫 위를 걸어다녀보았다. 발 아래 그런 방이 숨겨져 있는 낌새는 전혀 느껴지지 않았다.

10

"은신처가 있어요. 와서 몸을 숨기세요."

업무 이야기를 마친 후 표정과 목소리가 달라지지 않도록 주의하며 나는 R씨에게 알렸다. 마치 "이제 밥이나 먹으러 갈까요?"라고 제안하는 듯한 말투였다.

출판사 로비는 혼잡했다. 여기저기서 웃음소리와 커피잔 부딪치는 소리, 전화벨 소리가 들렸다. 이렇게 어수선한 틈을 타서 재빨리 용건을 말해야 했다.

"믿을 수 있고 안전한 곳이에요. 바로 준비하세요."

R씨는 손가락 사이에 끼운 담배를 재떨이에 내려놓더니 눈 한 번 깜박이지 않고 나를 보았다.

"나를 위한 은신처인가?"

"물론이에요."

"어떻게 찾았지? 쉬운 일이 아닐 텐데."

"그런 건 상관없잖아요. 어쨌든 그들이 당신의 유전자를 해독하기 전에 빨리……"

"난 이미 각오를 다졌어."

R씨가 내 말을 가로막았다.

"무슨 각오요?"

나는 물었다.

"아내에게는 내 비밀을 말하지 않았어. 지금 임신중이야. 사 주 후에 아기가 태어나지. 아내를 혼자 두고 갈 수는 없고, 하물며 둘이 함께 숨기는 불가능해. 임산부를 숨겨줄 사람이 어디 있겠어?"

"혼자 숨으세요. 그러면 모두 살 수 있어요. 당신도, 부인도, 아기도."

"하지만 숨는다고 뭐가 해결되겠어. 언제 나올 수 있을지 기약도 없는데……"

재떨이에서 피어오른 연기가 우리 사이에서 흔들렸다. R씨는 마음을 진정시키려는 듯이 라이터로 테이블을 세 번 두드렸다.

"앞일은 아무도 몰라요. 기억 사냥도 언젠가는 끝나겠죠. 이 섬에서는 오로지 사라지기만 하니까."

"당신이 이런 이야기를 꺼낼 줄은 상상도 못해서 나도 혼란스럽군."

"네, 당연하죠. 아무튼 지금은 기억 사냥을 피하는 것만 생각하세요. 부인이 걱정되겠지만, 남은 사람끼리 서로 도우면 어떻게든 될 거예요. 물론 저도 힘을 보탤 거고요. 목숨만 부지하면 부인과 아기를 다시 볼 수 있는 기회가 꼭 올 거예요. 게다가 당신이 붙잡히면 지금 제가 쓰는 소설은 어쩌나요?"

점점 목소리가 커지는 것 같아서 나는 숨을 한 번 크게 들이마시고 남은 커피를 들이켰다.

물이 멈춘 중정의 분수에 낙엽이 떠 있었다. 벽돌 울타리 위에는 검은 고양이가 배를 깔고 누워 있었다. 화단의 꽃은 시들고, 뭔지 모를 포스터 조각이 바람에 날려와 흩어져 있었다.

"그 은신처는 어디 있는데?"

손바닥의 라이터에 시선을 떨어뜨린 채 R씨가 물었다.

"그걸 미리 알려드릴 수는 없어요."

나는 할아버지와 상의한 대로 대답했다.

"너무 많이 알면 위험해요. 알고 있으면 어디선가 비밀이 새기 마련이에요. 아무 준비 없이, 아무것도 알리지 않고, 공기 속으로 빨려들듯이 사라지는 게 제일 안전해요. 무슨 말인지 아시겠어요?"

R씨는 고개를 끄덕였다.

"전적으로 믿으셔도 돼요. 수상쩍은 부분은 조금도 없어요. 전부 제게 맡겨주세요."

"나 때문에 당신이 고생길에 들어선 것 같군."

테이블에는 원고지가 그대로 펼쳐져 있었다. 방금까지 사용한 R씨의 만년필과 내 연필이 그 위에 나란히 놓여 있었다. R씨는 재떨이에 둔 담배를 비벼 끄고 천천히 시선을 들었다. 그렇게 혼란스러워하는 것처럼 보이지는 않았다. 오히려 이성적이고 담담하게 보이기까지 했다. 다만 이따금 중정에서 햇빛이 들어와 눈가에 그림자가 드리우면 표정이 쓸쓸하게 흐려졌다.

"아니요. 저는 언제까지고 당신을 위해 소설을 쓰고 싶을 뿐이에요."

나는 웃으려고 했지만 입가가 얼어붙은 것처럼 잘 움직이지 않았다.

"그럼 순서를 설명할게요. 모레, 수요일 아침 여덟시에 중앙역 개찰구로 가세요. 갑작스럽겠지만, 모레여야 해요. 시간이 많으면 아무래도 필요 이상으로 준비를 하게 되거든요. 준비는 필요 없어요. 몸만 잘 간수하면 돼요. 평소 출근할 때와 같은 옷을 입고, 짐은 서류가방 하나에 챙기세요. 필요한 물건은 얼마든지 나중에 제가 부인에게 받아서 은신처로 옮길 수 있으니까요. 다음으로 역 매점에서 경제신문을 사고, 개찰구를 나와 바로 오른쪽에 있는 크레이프가게 앞에서 읽으세요. 그 시간이면 가게가 아직 열기 전일 테니 걱정 안 해도 돼요. 잠시 후에 노인 한 명이 다가올 거예요. 코르덴바지에 점퍼 차림이고, 빵집 봉투를 품에 안고 있어요. 그게 표지예요. 말은 걸지 말고 눈짓으로 서로를 확인한 후 그 할아버지를 따라가세요. 이게 다예요."

나는 단숨에 거기까지 말했다.

수요일 아침은 비가 내렸다. 섬이 통째로 소용돌이치는 바다에
빨려들어간 듯한 폭우였다. 커튼을 걷어도 빗발 말고는 아무것도
보이지 않았다.

날씨가 우리 계획에 다행인지 불행인지는 가늠하기 힘들었다.
비밀경찰의 눈을 속이기 쉬워졌다고 볼 수도 있었고, R씨와 할아
버지가 움직이기 힘들지 않을까 걱정스럽기도 했다. 어쨌거나 그
저 기다리는 수밖에 없었다.

나는 난로를 제일 세게 틀어 집안을 덥히고 포트에 뜨거운 물을
채운 후, 두 사람의 모습이 보이면 바로 현관문을 열 수 있도록 툇
마루 창밖을 수시로 살폈다. 중앙역에서 우리집까지는 걸어서 이
십오 분 거리지만 억수 같은 비 때문에 얼마나 걸릴지 짐작이 가지
않았다.

여덟시 이십오분이 지나고부터 갑자기 시곗바늘이 느려진 기분
이 들었다. 나는 툇마루에 서서 창문과 식당에 걸린 괘종시계를 번
갈아 바라보았다. 유리창이 자꾸 흐려져서 스웨터 소맷자락으로
닦아내야 했다. 금방 스웨터가 축축해졌다.

그러나 창밖으로 보이는 것은 비뿐이었다. 마당의 나무, 울타
리, 전봇대, 하늘까지 전부 물의 막에 뒤덮였다. 두껍고 답답한 막

이었다. 나는 R씨와 할아버지가 그 틈새를 무사히 헤치고 나오기를 빌었다. 뭔가를 기도하는 건 오랜만이었다.

두 사람이 겨우 집에 도착한 것은 여덟시 사십오분이 지나서였다. 내가 문을 열자 서로 어깨를 안다시피 하며 현관으로 뛰어들어 왔다. 둘 다 물에 빠진 생쥐 꼴이었다. 온몸에서 물이 뚝뚝 떨어졌다. 머리카락이 이마에 달라붙고, 옷은 색이 진해지고, 신발 속에서 찰박찰박 소리가 났다. 나는 두 사람을 식당으로 데려가서 난로 앞에 앉혔다.

두 사람은 표지로 삼은 경제신문과 빵 봉투를 여전히 꼭 쥐고 있었다. 그것들도 비에 젖어 후줄근한 걸레처럼 변했다. 봉투 속의 코페빵은 물기를 머금고 물컹해져서 도저히 못 먹을 지경이었다.

R씨는 코트를 벗고 의자에 기대어 앉아 눈을 감고 숨을 가다듬었다. 할아버지는 조금이라도 빨리 그의 몸을 덥히기 위해 난로 방향을 바꾸고 담요를 가져와서 어깨에 걸쳐주었다. 할아버지가 움직일 때마다 바닥에 물방울이 튀었다. 두 사람의 몸에서 금세 김이 피어올랐다.

우리는 빗소리를 들으며 한동안 말없이 난로를 바라보았다. 셋다 하고 싶은 말이 많지만, 막상 꺼내려 하면 가슴에 걸려서 아무것도 나오지 않는 듯했다. 동그란 불구멍으로 보이는 선명한 붉은색 불길이 끊임없이 흔들렸다.

"잘 끝났습니다."

할아버지가 혼잣말처럼 중얼거렸다.

"비가 전부 덮어서 가려주었지요."

R씨와 나는 동시에 고개를 들었다.

"무사해서 정말 다행이에요."

나는 말했다.

"그래도 혹시 미행이 붙을 것을 대비해서 일부러 멀리 돌아서 왔습니다."

"그나저나 놀랐어. 은신처가 당신 집일 줄은 몰랐거든."

R씨가 말했다.

우리는 잠긴 목소리로 나지막이 대화했다. 이곳을 둘러싼 고요함을 흐트러뜨리면 뭔가 좋지 않은 일이 일어날까 두려운 것처럼.

"네, 나는 지하조직에 아무 연줄도 없어요. 개인적으로 계획한 일이에요. 아 참, 소개해드릴게요. 이쪽은 내가 태어나기 훨씬 전부터 우리 가족 일을 봐주신 분이에요. 우리의 유일한 협력자죠."

두 사람은 담요 밑으로 손을 내밀어 악수했다.

"뭐라고 감사드려야 할지 모르겠군요."

R씨의 말에 할아버지는 쑥스러운 듯이 고개를 저으며 그의 손을 다시 담요 속으로 넣어주었다.

"일단 따끈한 걸 마시죠."

나는 잔을 정성껏 데우고 평소보다 찻잎을 많이 넣어 차를 우렸다. 우리는 천천히 그 차를 마셨다. 또 한차례 침묵이 찾아왔다.

두 사람의 몸이 점점 말랐다. R씨의 머리카락이 다시 보송보송
해지고, 할아버지의 뺨도 혈색을 되찾았다. 비는 잦아들 기미 없이
계속 내렸다. 나는 잔 세 개가 빈 것을 확인하고 나서 말했다.

"그럼 방으로 안내할게요."

작업실에 깐 카펫을 걷고 판자를 떼어내자 R씨는 오, 하고 탄성
을 지르더니 중얼거렸다.

"공중에 떠 있는 동굴 같군."

"좁아서 죄송해요. 하지만 여기라면 백 퍼센트 안전해요. 밖에
서 누가 들여다볼 걱정도 없고, 소리도 새어나가지 않고요."

할아버지, 나, R씨 순서로 사다리를 내려갔다. 역시 세 명이 들
어오니 상당히 좁았다. R씨는 묵직해 보이는 서류가방을 침대 한
복판에 내려놓았다. 평소 같으면 원고지나 교정지가 들었겠지만,
지금은 다른 소중한 물건이 들어 있으리라고 나는 생각했다.

전기난로, 화장실, 깔때기 스피커, 그 외 다양한 도구의 사용법
을 할아버지가 설명했다. R씨는 한마디 한마디에 고개를 끄덕였다.

"앞으로 불편한 점이 없지 않겠지만, 할아버지가 계시면 안심이
에요. 할아버지는 못 만드는 물건이 없거든요."

나는 할아버지의 등을 가볍게 두드렸다. 할아버지는 또 몹시
쑥스러워하며 새하얀 머리를 긁적였다. R씨는 아주 살짝 미소 지
었다.

설명이 대강 끝나자 나와 할아버지는 일단 위로 올라왔다. R씨

는 우리보다 몇 배는 더 긴장했을 테니 편히 쉬어야 했다. 그리고 황망하게 지나갔을 소중한 사람들과의 이별을 혼자 곱씹을 시간이 필요할 터였다.

"열두시에 점심을 가져올게요. 용건이 있으면 언제든 깔때기로 불러주세요."

나는 사다리를 오르다가 고개를 돌리고 말했다.

"고마워."

R씨가 대답했다.

우리는 판자를 끼우고 카펫으로 덮었다. 그러고도 쉬 자리를 뜨지 못하고 잠시 발밑을 바라보았다. 나는 고마워, 라는 R씨의 말을 반복해서 떠올렸다. 그것은 늪 속에서 천천히 솟아오른 목소리처럼 들렸다.

11

R씨가 은신처에 몸을 숨긴 지 열흘이 지났다. 하지만 이 변칙적인 생활에 서로 익숙해지려면 좀더 시간이 걸릴 듯했다. 포트의 온수는 언제 갈면 될지, 식사는 몇시에 하는 게 좋을지, 침대보는 며칠마다 빨면 될지 등등 자잘한 것들을 하나하나 둘이서 결정해나가야 했다.

책상 앞에 앉아도 은신처가 신경쓰여서 좀처럼 진도가 나가지 않았다. 지루해서 말 상대가 필요하진 않을까 했다가, 아니다, 역시 그냥 두는 게 낫겠다 했다가, 깔때기를 든 채 그런 생각만 했다. 아무리 귀기울여도 바닥 밑에서는 기척이 전해지지 않았다. 그 정적 때문에 더욱 그의 존재를 의식하게 됐다.

그래도 하루하루 지나면서 규칙이 생겼다. 아침 아홉시에 아침밥과 온수를 채운 포트를 들고 바닥의 판자를 두드린다. 그때 빈

말통을 받아서 물을 채운다. 점심은 한시. 혹시 필요한 것이 있으면 메모와 돈을 받아 저녁 산책을 겸해서 사 온다. 주로 책이 많았고, 그 밖에는 면도날, 금연 껌―좁은 은신처에서 담배를 피울 수는 없으니까―공책, 강장제 등이다. 저녁은 일곱시에 먹는다. 목욕은 이틀에 한 번, 대야에 뜨거운 물을 받아 몸을 닦는 식으로 한다. 그후로는 긴 밤이 지나기를 기다리는 게 전부다.

저녁을 먹고 그릇을 물릴 때 방에 잠깐 내려가기도 했다. 맛있는 과자가 생기면 같이 먹기도 했다. 우리는 침대에 앉아 책상에 놓아둔 과자를 집어먹으며 두서없이 잡담을 했다.

"좀 안정이 됐나요?"

나는 물었다.

"덕분에."

R씨가 대답했다. 그는 단순한 디자인의 검은색 스웨터를 입었다. 벽에 단 선반에는 거울, 빗, 연고, 모래시계, 부적을 가지런히 올려두었다. 베갯머리에는 책이 쌓여 있다. 오래전에 자살한 작곡가의 자서전과 천문학 전문서, 북쪽에 있는 산이 활화산이었던 시절을 그린 역사소설이다. 전부 오래된 책이었다.

"힘든 점이 있으면 망설이지 말고 뭐든 말씀하세요."

"걱정 마. 정말로 쾌적해."

하지만 역시 그는 아직 이 방에 완벽하게 적응하지는 못한 듯 보였다. 무심코 움직였다가는 전등이나 선반, 화장실 벽 등에 부딪히기 일쑤라 늘 등을 웅크린 채 양손을 조심스럽게 무릎 위에 얹고 있었다. 침대는 척 보기에도 너무 작았고, 꽃이나 음악처럼 감성을 채워줄 도구는 전혀 없었다. R씨가 지닌 고유의 분위기와 방의 분위기가 서로 잘 섞이지 못하고 고여 있는 것 같았다.

"좀더 드시지 그래요."

나는 책상 위의 쿠키를 가리켰다. 겨울이면 식량이 줄기 때문에 단것을 구하기 힘들다. 이 쿠키는 할아버지가 알고 지내는 농가에서 얻은 귀리를 구워서 만든 것이었다.

"이 쿠키, 정말 맛있군."

R씨는 쿠키를 한입에 삼켰다.

"할아버지는 요리사로도 충분히 먹고살 수 있는 분이에요."

우리는 얼마 안 되는 쿠키를 두 개와 네 개로 나누어 먹었다. R씨가 두 개를, 내가 네 개를 먹었다. "나는 몸을 안 움직이니까 배도 안 고파" 하며 R씨가 마지막 하나를 끝까지 사양했기 때문이다.

전기난로의 열기가 약했지만 그렇게 춥지는 않았다. 잠자코 있자니 그의 숨소리가 손이 닿을 만큼 가까이에서 들렸다. 여기서는 바짝 붙어 앉을 수밖에 없었다. 가끔 고개를 돌리면 R씨의 옆얼굴 윤곽이 오렌지색 불빛 아래 선명하게 드러났다.

"한 가지 물어봐도 될까요?"

나는 옆얼굴을 보며 말했다.

"응."

그가 대답했다.

"마음속에 있는 것을 하나도 잃어버리지 않는다는 건 어떤 기분인가요?"

R씨는 안경테를 검지로 밀어올린 후 그대로 턱을 괴었다.

"어려운 질문이군."

"마음이 꽉 차서 비좁아지지는 않아요?"

"아니. 그럴 염려는 없어. 마음에는 정해진 공간이나 테두리가 없으니까. 그러니 무슨 형태든 받아들일 수 있고, 한없이 깊이 내려갈 수도 있지. 기억도 마찬가지야."

"지금까지 섬에서 사라진 것들이 당신 마음속에는 전부 온전히 남아 있는 거네요."

"온전하다고 할 수 있을지는 모르겠어. 기억은 그저 늘어나기만 하는 게 아니라 시간과 함께 변해가거든. 때로는 사라지기도 하고. 그래도 섬사람들이 겪는 소멸과는 근본적으로 다르겠지만."

"어떻게 다른데요?"

나는 내 손톱을 쓰다듬으며 물었다.

"내 기억은 뿌리째 뽑혀나가지 않아. 자취를 감춘 것처럼 보여도 어딘가에 여운이 있지. 작은 씨앗 같은 거야. 어쩌다 비가 내리면 다시 떡잎이 돋지. 그리고 설령 기억이 없어지더라도 마음이 무언가를 간직하고 있기도 해. 떨림, 고통, 기쁨, 눈물 같은 것을."

R씨는 신중하게 표현을 골라 대답했다. 떠오른 단어의 감촉을

혀 위에서 하나씩 확인한 후 입 밖에 내는 듯한 말투였다.

"당신 마음을 양손에 얹고 바라볼 수 있으면 어떨지, 가끔 상상해요."

나는 말했다.

"손바닥에 쏙 들어오는 크기에, 감촉은 완전히 굳지 않은 젤라틴 같아요. 함부로 다루면 망가질 것 같고, 그렇다고 꼭 쥐지 않으면 미끄러져 떨어질 것 같아서 나는 양손을 뻣뻣하게 내밀고 있어요. 또하나 중요한 특징은 온기예요. 몸속에 고이 숨겨놓았기 때문에 체온보다 약간 따뜻해요. 나는 눈을 감고 그 온기를 구석구석 맛보죠. 그러면 내가 잃어버린 것들의 감촉이 서서히 되살아나요. 당신 마음속에 남아 있는 기억을 손바닥으로 느낄 수 있는 거예요. 멋진 상상이지 않아요?"

"잃어버린 걸 떠올리고 싶어?"

이번에는 R씨가 물었다.

"잘 모르겠어요."

나는 솔직하게 대답했다.

"뭘 떠올려야 하는지조차 모르는걸요. 우리가 겪는 소멸은 완벽해요. 씨앗조차 남지 않죠. 구멍투성이 마음으로 어떻게든 살아가는 수밖에요. 그래서 그 젤라틴 같은 감촉을 동경하는 거예요. 무게가 느껴지고, 속이 보일 듯하면서도 보이지 않고, 빛에 따라 표정이 다양하게 바뀌는 마음 말이에요."

"당신 소설을 읽으면 마음에 구멍이 뚫렸다는 생각은 전혀 안 들어."

"하지만 섬에서 소설을 쓰기란 몹시 어려워요. 소멸이 일어날 때마다 말이 점점 멀어지는 것 같아요. 내가 지금까지 소설을 쓸 수 있었던 건 당신의 사라지지 않는 마음이 항상 곁에 있었기 때문인지도 모르겠어요."

"그렇다면 기쁘지."

R씨는 말했다.

나는 손바닥을 위로 향하고 양손을 살짝 내밀어보았다. 나도 R씨도 정말로 뭔가 놓여 있는 것처럼 눈 한번 깜박이지 않고 손바닥을 바라보았다. 하지만 아무리 열심히 관찰해도 사방이 그렇듯 텅 빈 공간만 보일 뿐이었다.

다음날 출판사에서 전화가 왔다. 새로 나를 담당하게 된 편집자였다.

그 사람은 R씨보다 몇 살 많고 작은 키에 비쩍 말랐다. 얼굴이 너무 평범해서 표정을 읽어내기 힘들었다. 게다가 작은 소리로 소곤거리듯 말해서 중간중간 알아듣기 힘들었다.

"지금 쓰시는 소설은 언제쯤 완성될까요?"

"글쎄요, 전혀 짐작이 안 되는데요."

R씨는 그런 일정을 물어본 적이 없었는데, 라고 생각하며 나는

대답했다.

"지금 이야기가 몹시 민감한 국면에 접어들어서 신중하게 진행할 필요가 있을 것으로 보입니다. 원고가 조금이라도 정리되면 연락주십시오. 저도 빨리 뒷부분을 읽어보고 싶군요."

대화를 놓치지 않도록 나는 테이블에 팔꿈치를 짚고 몸을 앞으로 내밀어야 했다.

"그런데 예전 담당자 R씨는 어떻게 되신 거죠?"

나는 은근슬쩍 물어보았다.

"그게 말이죠……"

그는 말꼬리를 흐리더니 컵에 담긴 물을 한 모금 마셨다.

"사라졌습니다."

그 한마디는 똑똑히 알아들을 수 있었다.

"사라졌다……"

쓸데없는 말을 꺼내지 않도록 조심하면서 나는 그가 한 말을 되뇌었다.

"그렇게 됐습니다. R씨에게 무슨 말씀 못 들으셨습니까?"

"네, 전혀요."

나는 고개를 내저었다.

"갑작스러운 일이라 다들 놀랐습니다. 어느 날 갑자기 무단결근을 했거든요. 전하는 말이나 메모 같은 것도 없이요. 책상 위에 작가님 원고만 가지런히 놓여 있었습니다."

"그랬군요……"

"네. 하긴 요즘에는 사람이 사라지는 게 드문 일도 아니지만요."

"전혀 몰랐어요. R씨가 설마……"

"저도 믿기지 않습니다."

"빌린 레코드판도 아직 못 돌려드렸는데."

"괜찮으시면 제가 맡아두겠습니다. 언젠가 전해드릴 기회가 올지도 모르니까요."

"부탁드릴게요. 혹시 계신 곳을 알게 되면 제게도 알려주시겠어요?"

"네, 그러겠습니다. 혹시 알게 되는 게 있으면……"

그는 약속했다.

R씨의 부인과는 할아버지가 연락하기로 했다. 자전거에 공구함을 싣고 수리공으로 위장하면 의심받지 않고 부인과 접촉할 수 있기 때문이다.

R씨가 몸을 숨기고 얼마 지나지 않아 부인은 출산을 위해 친정으로 돌아갔다. 이번 소동과 무관하게 전부터 그럴 예정이었다고 한다. 친정은 언덕 북쪽, 옛날에는 금속 정련소가 있어 북적이던 동네에서 약국을 하고 있었다. 하지만 이제는 정련소가 폐쇄되어 동네도 쇠퇴했다.

폐교된 그 동네 초등학교를 연락 장소로 사용하기로 했다. 0이

붙는 날, 그러니까 10일, 20일, 30일에 부인이 교정의 백엽상* 속에 R씨에게 전달하고 싶은 물건을 숨긴다. 할아버지가 자전거를 타고 가서 물건을 회수한 후, R씨가 맡긴 물건을 놓아두고 돌아온다. 절차는 그랬다.

"겨울은 어느 동네든 울적해 보이긴 하지만, 그곳은 특히나 쓸쓸합니다."

처음으로 0이 붙던 날 초등학교에 다녀온 할아버지가 말했다.

"언덕 북쪽으로 접어들자마자 얼굴을 때리는 바람이 훨씬 차가워지더군요. 그 부근에 계절풍의 경계선이라도 있는 걸까요. 오가는 사람은 거의 없었습니다. 고양이가 더 많을 정도예요. 집도 전부 허름한 목조주택이고, 절반은 빈집이었습니다. 정련소에서 일하던 사람들이 이사가고 남은 집들이겠죠. 그 정련소가 또 여간 으스스한 게 아니에요. 거대하고 녹슨 쇳덩어리인데, 굵은 굴뚝 같기도 하고, 반쯤 무너진 건물 같기도 하고, 어찌 보면 유원지의 놀이기구 같기도 하더군요. 동네 어디서도 문득 앞을 보면 반드시 정련소가 있습니다. 안쓰러울 만큼 겹겹이 녹슬어서 옴짝달싹 못한 채 그대로 숨을 거둔 듯한 분위기였어요."

"저런, 그 동네가 그렇게 된 줄은 몰랐네요. 어렸을 때는 밤마다 그 부근 하늘이 귤색으로 예쁘게 빛나곤 했는데."

---

* 기상 관측용 설비가 설치된 작은 집 모양의 흰색 나무상자.

나는 할아버지의 컵에 코코아를 따라주며 말했다.

"네. 정련소 기술자가 섬에서 제일가는 직업이던 시절도 있었습니다. 전부 옛날 옛적 이야기지요. 하지만 저희에게는 오히려 다행입니다. 비밀경찰 놈들도 거의 없거든요. 의심받을 걱정은 없습니다."

할아버지는 한숨을 내쉬고 컵을 양손으로 들었다.

"부인은 좀 어때요?"

나는 물었다.

"역시나 지쳐 보였습니다. 이 일을 아직 받아들이기 힘들다시더군요. 그럴 수밖에요. 갑자기 남편과 헤어진 것으로 모자라 곧 첫아이를 낳게 되셨으니까요. 하지만 아주 야무지고 현명한 분이셨습니다. 누가 어디 숨겨줬느냐 하는 쓸데없는 질문은 일절 안 하셨어요. 그저 잘 부탁한다며 머리를 깊게 숙이셨습니다."

"그렇군요…… 친정에서 조용히 출산일을 기다리시는 건가요?"

"네. 동네가 그렇다보니 약국도 잘되는 것 같지는 않습니다. 제가 있는 동안 본 손님이라고는 후들거리는 다리로 백 엔짜리 빨간 약을 사러 온 할머니가 전부였어요. 가게도 작고요. 입구의 미닫이문과 널빤지 바닥, 유리 케이스까지 여기저기 낡고 상해서 진짜 수리공처럼 고쳐드릴까 싶었을 정도예요. 부인은 현금출납기 앞에 앉아 계셨는데, 카운터 아래로 만삭인 배가 얼핏 보였습니다. 맞은

편에 진열된 약상자는 색깔이 우중충한 것이 먼지가 쌓인 것처럼
보이더군요. 가루약같이 쌉싸래한 냄새에 감싸여 현금출납기 버
튼을 쓰다듬으며 조용히 말씀하시는 부인을 보고 있자니 마음이
무거워졌습니다."

할아버지는 천천히 코코아를 마시다가 갑자기 생각났다는 듯이
머플러를 벗어 바지 호주머니에 쑤셔넣었다. 나는 주전자에 물을
채워 난로에 얹었다. 흘러내린 물방울이 치익 소리를 내며 순식간
에 증발했다.

"그래서, 백엽상 물물교환은 잘됐어요?"

"걱정 마세요. 잘 끝냈습니다. 그렇게 큰 학교가 아니기도 하지
만 인기척이 아예 없더군요. 사람이 보이지 않는 정도를 넘어서,
자취가 전혀 느껴지지 않았습니다. 아이들의 체온, 냄새, 발자국
같은 것 말입니다. 무균실처럼 썰렁한 공간이었어요. 별로 오래 머
물고 싶은 분위기는 아니라 서둘러 돌아왔습니다."

할아버지는 스웨터 아래에 두른 복대에서 비닐꾸러미와 흰색
봉투를 꺼냈다.

"이게 백엽상에 들어 있던 물건입니다."

"네……"

나는 비닐꾸러미를 집어들었다. 깔끔하게 개킨 옷가지와 잡지
몇 권이 들어 있는 것 같았다. 제법 두툼한 봉투는 풀로 단단히 봉
해져 있었다.

"백엽상도 방치된 지 오래라 많이 상했더군요. 하얀 페인트가 부슬부슬 떨어져나갔고, 잠금쇠가 썩어서 문을 여느라 애먹었습니다. 그래도 요령을 아니 간단하더라고요. 안쪽의 설비는 망가졌어요. 온도계의 수은이 도중에 끊어졌고, 습도계는 바늘이 구부러져 있고. 그러니 다른 사람이 열어볼 걱정은 없을 겁니다. 물건은 약속대로 눈에 띄지 않도록 안쪽에 놓여 있었습니다."

"정말 고마워요. 위험한 일을 떠맡겨서 미안하고요."

"무슨 말씀을."

할아버지가 컵에 입을 댄 채 고개를 젓는 바람에 코코아가 쏟아질 뻔했다.

"그보다 빨리 이것들을 2층에 전해주십시오."

"네, 그럴게요."

나는 비닐꾸러미와 봉투를 안고 은신처로 향했다. 물건들에는 아직 할아버지의 체온이 남아 있었다.

12

타자 교실 첫번째 수업시간에 그가 나타났을 때, 나는 조금 놀
랐습니다. 타자 선생님으로 보이지 않았기 때문입니다. 막연히 선
생님은 여자일 거라고 상상했거든요. 중년 정도에, 과장되게 정중
한 목소리, 분을 잔뜩 바른 얼굴, 불거진 손가락 관절을 지닌 여자
일 거라고요.

하지만 그는 젊은 남자였습니다. 평균적인 체형에, 반듯하고 차
분한 색의 옷을 입었습니다. 미남이라고 할 정도는 아니지만 눈
썹, 눈꺼풀, 입술, 턱 같은 얼굴의 부위마다 인상적인 표정이 깃들
어 있었습니다. 사려 깊고 온화하면서도 어딘가 날카로운 그림자
가 드리운 표정. 예를 들어 눈썹만 봐도 그런 그의 분위기가 충분
히 느껴집니다.

법률 연구자나 목사—아무래도 그곳이 교회였으니까—혹은

설계기사처럼 보였습니다. 하지만 그는 역시 선생님이 맞았습니다. 타자에 관해서는 모르는 게 없었습니다.

그러나 그가 직접 타자를 치는 모습은 한 번도 보지 못했습니다. 항상 학생 사이를 돌아다니며 운지법이나 타자기 작동법을 틀린 사람에게 주의를 주고, 우리가 친 원고에서 틀린 부분을 빨간 펜으로 지적하는 게 전부입니다.

가끔 시간을 정해놓고 몇 단어나 칠 수 있는지 시험을 봤습니다. 그는 교실 정면에 서서 윗옷 안주머니에서 스톱워치를 꺼냅니다. 우리는 주어진 시험지를 옆에 두고 키에 손가락을 얹은 채 신호를 기다립니다. 시험지의 영어 문장은 아마도 그가 고른 것이었겠죠. 편지일 때도 있고, 논문 비슷한 것일 때도 있었습니다.

나는 이 시험이 질색이었습니다. 연습할 때는 잘 치는 단어도 시험에서는 손가락이 굳어버립니다. g와 h를 반대로 치고, b와 v를 틀리기도 하고, 심할 때는 처음부터 손가락 위치를 잘못 잡아서 전부 엉망진창이 되기도 했습니다.

시험이 시작되기 전의 독특한 정적에 약한 탓입니다. 기도 소리도 오르간 소리도 들리지 않고, 다들 숨을 죽인 채 오직 손가락에 신경을 집중하는 그 몇 초가 나를 혼란스럽게 만듭니다.

그가 들고 있는 스톱워치에서 고요함이라는 기체가 스며나오는 착각이 듭니다. 오래 사용한 듯 빛바랜 은색에 가느다란 쇠사슬이 달려 있습니다. 그는 당장이라도 버튼을 누를 것처럼 오른손 엄지를 대고 있습니다. 쇠사슬이 가슴께에서 흔들립니다.

그의 오른손에서 흘러나온 기체는 바닥을 기어다니며 교실 구석구석을 채우고 이윽고 우리 손가락을 뒤덮습니다. 차갑고 숨막히는 감촉입니다. 손끝을 까딱하면 고요의 막이 찢어지고 모든 것이 사방으로 흩어질 것만 같습니다. 나는 그저 가슴만 두근댈 따름입니다.

더는 숨이 막혀 버티지 못할 것 같은 순간에 그가 시작 신호를 보냅니다. 언제나 완벽한 타이밍입니다. 마치 스톱워치로 내 심장 박동을 재고 있는 것 같습니다.

"시작!"

그가 교실에서 가장 큰 소리를 내는 순간입니다. 타이핑하는 소리가 일제히 울려퍼집니다. 하지만 내 손가락은 겁먹은 듯이 얼어붙어 있습니다.

오래전부터 그가 타자 치는 모습을 보고 싶었습니다. 얼마나 아름다운 광경일까요. 반짝일 만큼 잘 닦인 타자기, 새하얀 용지, 곧게 편 등, 적확하게 움직이는 손가락. 상상만 해도 한숨이 나옵니다. 하지만 아직 실현되지는 않았습니다. 우리가 연인 사이로 발전한 지금도요. 그는 절대 남 앞에서 타자를 치지 않습니다.

타자 교실에 다닌 지 석 달쯤 지났을 무렵입니다. 그날은 큰 눈이 내렸습니다. 그렇게 많은 눈을 본 건 난생처음이었죠. 전차와 버스가 끊기고, 온 동네가 눈 아래 잔뜩 웅크리고 있었습니다.

나는 세시 수업에 늦지 않도록 일찌감치 집을 나서서 교회로 걸어갔습니다. 도중에 몇 번 넘어져서 교재를 넣은 천 가방이 젖어버렸죠. 시계탑 꼭대기에도 눈이 쌓여 있었습니다.

결국 그날 수업에 출석한 사람은 나 혼자였습니다.

"눈이 이렇게 내리는데 용케 왔구나."

그가 말했습니다. 옷에는 평소처럼 주름 하나 없었습니다. 눈의 흔적도 보이지 않았습니다.

"오늘은 아무도 안 올 줄 알았어."

"하루라도 쉬면 손가락이 굳어버려서요."

나는 젖은 가방에서 교재를 꺼냈습니다.

눈 때문인지 아주 조용했습니다. 나는 창가 쪽 앞에서 네번째 자리에 앉았습니다. 여기서는 빨리 온 순서대로 마음에 드는 자리를 고릅니다. 키가 뻑뻑하거나 활자가 비틀어졌거나 해서 타자기마다 상태가 다르기 때문입니다. 평소 같으면 그는 칠판 앞의 전용 책상에 앉았겠지만, 그날은 내 바로 옆에 섰습니다.

처음에 업무용 편지를 한 통 쳤습니다. 새로 수입하는 잼 제조기의 사용설명서를 사전에 보내달라는 내용이었습니다. 그는 내 손을 가만히 내려다보았습니다. 교재에서 조금이라도 시선을 돌리면 그의 몸 일부, 구두, 바지, 벨트, 커프스단추가 눈에 들어왔습니다.

편지글 타이핑은 어렵습니다. 줄 간격 등의 레이아웃이 세세하게 정해져 있기 때문입니다. 평소에도 쩔쩔매는데 선생님이 이렇게 가까이에서 지켜보고 있으니 더더욱 긴장됐습니다. 나는 실수를 연발했습니다.

그는 어떤 실수도 놓치지 않았습니다. 허리를 구부려 얼굴을 타자기 가까이 대고 이상한 부분을 가리킵니다. 결코 나무라는 투는 아니지만, 나를 점점 좁은 곳으로 몰아넣는 듯한 압도적인 힘이 느껴졌습니다.

"왼손 중지 힘이 모자라. 그래서 항상 e 위쪽이 안 찍히는 거야."

그는 용지에 찍힌 e를 가리킨 후, 내 왼손 중지를 잡았습니다.

"여기만 손가락 끝이 조금 굽었네."

"네. 어릴 적에 농구하다 삐는 바람에요."

나는 내 목소리가 잠겼다는 걸 알았습니다.

"키를 바로 위에서 누르는 게 좋겠어."

그는 관절을 잡아당기다시피 하며 내 중지로 몇 번이고 e 키를 눌렀습니다.

eeeeeeeeee……

중지 끝을 살짝 잡혔을 뿐인데 몸 전체가 끌어안긴 것처럼 가슴이 답답해졌습니다. 그의 손은 딱딱하고 서늘했습니다. 그렇게 힘을 주는 것 같지도 않은데, 도저히 뿌리칠 수 없는 압박이 느껴졌습니다. 내 손가락이 그의 손바닥에 들러붙은 것 같았습니다.

그의 어깨, 팔꿈치, 허리가 내 옆에 바짝 다가왔습니다. 그는 좀처럼 손가락을 놓아주지 않았습니다. 하염없이 계속해서 키를 눌렀습니다.

eeeeeeeeee……

e 모양의 납덩어리가 종이를 때리는 소리만 교실에 울려퍼졌습니다. 또 눈이 내리기 시작했습니다. 교회 정문에서 시계탑으로 이어진 내 발자국이 지워져갔습니다. 그가 점점 나를 감싸안았습니다. 윗옷 호주머니에서 미끄러진 스톱워치가 바닥에서 한 바퀴 굴렀습니다. 고장나지 않았을까, 나는 속으로 중얼거렸습니다. 지금은 오로지 그가 내게 하려는 행동에 집중해야 하는데 왜 스톱워치를 걱정하는 건지 스스로도 신기했습니다.

시계탑의 종이 울렸습니다. 다섯시입니다. 천장보다 훨씬 위쪽에서 전해진 진동이 유리창을 흔들고, 겹쳐진 우리 몸을 통과해 눈에 빨려들었습니다. 눈 말고는 아무것도 움직이지 않았습니다. 나는 숨을 죽인 채 꼼짝도 못했습니다. 마치 타자기 속에 갇혀버린 듯했습니다. ………

이제부터는 R씨에게 먼저 원고를 보여준 후 새 편집자에게 넘기기로 했다. 물론 원고에 R씨의 메모를 남길 수는 없지만, 우리는 은신처에서 예전처럼 소설에 대해 한 자 한 자 상의했다. 의자가 하나뿐이라 침대에 나란히 앉고 스케치북 뒷면을 받침대 삼아 원고지를 올렸다.

그의 입장에서도 뭔가 할일이 있어야 좋을 것이 분명했다. 아침에 일어나면 가장 먼저 오늘 해야 할 일을 순서대로 떠올리고, 잠들기 전에는 그 계획을 전부 실천했는지 확인하고 반성 혹은 만족하는 것이 은신처에서의 시간을 가장 건전하게 보내는 방법이었다. 그리고 아침에 떠올릴 일이란 되도록 구체적이고, 사소하더라도 반드시 어떤 보상이 있으며, 몸과 마음에 적당한 피로를 가져다주는 것이 바람직했다.

"혹시 성가시지 않다면……"

어느 날 R씨가 사다리 중간에서 저녁식사를 받아들면서 머뭇머뭇 말했다.

"뭔가 작은 일이라도 시켜줄 수 있을까? 조금이라도 당신에게 도움이 되고 싶고, 기분전환도 하고 싶어서 그래."

"소설 읽어주는 것 말고 다른 일요?"

나는 네모난 출입구로 그를 들여다보았다.

"응. 물론 이 방을 못 벗어나니 큰 도움은 안 되겠지만, 아무것도 안 하는 것보다는 나을 것 같아. 아주 시시한 일이라도 상관없어. 일거리를 찾는 것도 수고로운 일이라는 건 잘 알아. 하지만 이제 나는 당신이 없으면 아무것도 못해. 당신 도움 없이는 당신에게 도움도 줄 수 없는 신세야."

그는 양손으로 쟁반을 들고 위에 얹힌 음식에 시선을 떨어뜨렸다. 말할 때마다 사발에 담긴 감자수프가 흔들거렸다.

"일거리를 찾는 건 별로 성가시지 않아요. 그렇게 심각하게 생각하실 것 없어요. 네, 내일 아침까지 부탁할 거리를 마련해놓을게요. 확실히 좋은 생각이네요. 일석이조니까요. 자, 식기 전에 얼른 드세요. 늘 감자수프만 해서 죄송하지만, 올해는 흉작이라 가을에 저장한 감자와 양파 말고는 채소 구하기가 힘들어요."

"아니, 당신 수프는 최고야."

"요리 실력을 칭찬받기는 처음이네요. 정말 고마워요."

"일거리, 잘 부탁해."

"네, 알았어요. 그럼 내일 봬요."

"응, 내일 봐."

그는 비좁은 사다리 위에서 몸을 움츠린 채, 쟁반을 든 양손 대신 입가로만 인사하는 시늉을 했다. 그가 사다리를 내려가기를 기다렸다가 나는 판자를 덮었다.

그리하여 매일 아침 그에게 일거리를 주는 것이 일과에 더해졌다. 영수증 정리, 연필 깎기, 주소록 옮겨 적기, 원고지에 쪽수 매기기 등등 단순한 작업들이었지만 R씨는 기꺼이 받아들였다. 뭐든 다음날 아침이면 더이상 꼼꼼할 수 없을 만큼 완벽하게 마무리해놓았다.

이런 식으로 우리는 그럭저럭 안전한 생활을 영위했다. 대부분이 계획대로 진행됐고, 어째야 할지 당황스러운 문제는 일어나지 않았다. 할아버지는 맡은 몫을 열심히 해주었고, R씨도 금방 은신처에 익숙해졌다.

하지만 우리의 작은 만족과 관계없이 바깥세상은 날로 삭막해져갔다. 장미 이후로 한동안 잠잠했던 소멸이 잇따라 두 번이나 일어났다. 사진과 나무 열매다.

온 집안의 앨범과 사진을 모아서―물론 맨틀피스 위에 두었던 어머니 사진도 포함이었다―마당 소각로에 태우려고 하자 R씨는 나를 말리려고 열심히 설득했다.

"사진은 당신 기억이 보존되어 있는 소중한 물건이야. 태워버리면 돌이킬 수 없잖아. 안 돼. 절대로 안 돼."

"하지만 어쩌겠어요. 소멸이 찾아왔는걸요."

나는 대답했다.

"사진이 없어지면 어떻게 아버지와 어머니 얼굴을 떠올리려고?"

R씨가 진지한 표정으로 말했다.

"사라지는 건 사진이에요. 아버지와 어머니가 아니라요. 그러니까 괜찮아요. 얼굴을 잊어버릴 일은 없어요."

"고작 작은 종잇조각일지 몰라도, 사진 속에는 심오한 것들이 담겨 있어. 빛, 바람, 공기, 찍은 사람의 애정과 기쁨, 찍힌 사람의 수줍은 미소 같은 것 말이야. 그런 건 영원히 마음속에 남겨둬야 해. 그러기 위해서 사진을 찍은 거야."

"네, 알아요. 저도 사진을 무척 아꼈어요. 볼 때마다 소중한 기억을 되살렸죠. 눈물날 만큼 그리워서 가슴이 욱신거렸어요. 가늘고 연약한 나무만 드문드문 서 있는 기억의 숲에서, 사진은 가장 확실한 나침반이었죠. 하지만 이제는 포기해야 해요. 나침반을 잃는다고 생각하면 불안하고 괴롭지만, 내 힘으로는 소멸을 막을 수 없어요."

"소멸을 막을 수 없더라도 굳이 태울 것까지는 없잖아. 세상이 어떻게 변하든 소중한 건 소중한 거야. 그 본질은 변하지 않아. 남겨두면 당신에게 반드시 뭔가를 가져다줄 거야. 더이상 당신 기억에 텅 빈 구멍을 만들긴 싫어."

"아니요……"

나는 힘없이 고개를 저었다.

"이제는 사진을 봐도 아무것도 떠오르지 않아요. 그립지도 않고, 가슴이 욱신거리지도 않아요. 그냥 반질반질한 종이 한 장일 뿐이에요. 마음에 구멍이 또하나 생긴 거죠. 그걸 원래대로 되돌리는 방법은 아무도 몰라요. 소멸이란 그런 거예요. 당신은 아마 이해가 안 되겠지만……"

R씨는 서글프게 눈을 내리깔았다.

"마음에 새로 뚫린 구멍이 태우기를 원해요. 아무것도 느끼지 않을 구멍인데, 이것만은 얼른 태우라고 아플 만큼 나를 몰아세워요. 모든 것이 재가 된 후에야 잠잠해지죠. 그때는 아마 사진이라는 말이 무슨 뜻인지조차 떠올리지 못할 거예요. 게다가 만약 사진이 비밀경찰에게 발각되기라도 하면 큰일나요. 소멸이 일어난 후에는 그들의 감시가 한층 심해지니까요. 의심받으면 당연히 당신도 위험해질 테고요."

R씨는 더는 아무 말도 하지 않았다. 안경을 벗고 관자놀이를 누르며 길게 한숨을 쉬었다. 나는 사진으로 가득한 종이봉투를 들고 소각로가 있는 뒷마당으로 향했다.

나무 열매의 소멸은 더욱 간단했다. 아침에 일어나니 섬의 모든 나무에서 일제히 열매가 떨어지는 중이었다. 여기저기서 투둑투둑 소리가 났다. 특히 북쪽 산과 삼림공원 언저리는 마치 우박이 떨어지는 것 같았다. 야구공만큼 커다란 것, 팥알처럼 작은 것, 껍데기에 감싸인 것, 색깔이 예쁜 것 등 갖가지 열매가 바람도 불지 않는데 절로 가지를 벗어나 차례차례 떨어졌다.

밖을 돌아다니면 머리 위에도 떨어져내렸다. 모르고 밟아 뭉개기도 했다. 이윽고 눈이 내려 땅에 떨어진 열매를 전부 덮어버렸다.

사람들은 겨울철의 소중한 식량을 또하나 잃었음을 깨달았다.

13

실로 오랜만에 내리는 눈이었다. 처음에는 하얀 가루가 바람에 날리는가 싶더니, 점점 덩어리가 커져서 순식간에 풍경 전체를 감쌌다. 작디작은 나뭇잎 위에도, 가로등 갓과 창문 차양에도 어김없이 눈이 쌓였다. 그리고 언제까지고 사라지지 않았다.

눈 속에서 기억 사냥은 이제 거의 일상이 되었다. 비밀경찰들은 롱코트에 부츠 차림으로 동네 여기저기를 어슬렁거렸다. 코트는 부드럽고 따뜻해 보이는 소재에, 옷깃과 소맷자락에는 털가죽을 둘렀으며, 역시 진녹색이었다. 섬의 양품점을 전부 뒤져도 구할 수 없을 고급품이었다. 그래서 아무리 붐비는 곳에서도 그들을 한눈에 알아볼 수 있었다.

또한 그들은 종종 한밤중에 느닷없이 나타나 한 구역을 트럭으로 포위하고 주위 집들을 이잡듯이 수색했다. '성과'를 거둘 때도 있었고, 거두지 못할 때도 있었다. 다음에 어느 구역을 선택할지는 아무도 몰랐다. 나는 아무리 작은 소리에도 금방 잠에서 깨게 됐다. 어둠 속에 가라앉은 카펫을 바라보고, 그 아래 숨죽이고 있을 R씨의 모습을 떠올리며, 아무 일 없이 밤이 지나가기를 빌었다.

섬사람들은 쓸데없는 외출을 삼가고, 쉬는 날에는 묵묵히 눈을 쓸고, 밤이 되면 일찌감치 커튼을 치며 조심스럽게 하루하루를 보냈다. 사람들의 마음까지 눈 속에 갇혀버린 것 같았다.

우리의 비밀 공간도 이처럼 무거운 섬의 분위기와 무관할 수 없었다. 우리가 지키려 하는 이 작은 공간이 얼마나 깨지기 쉬운지 깨닫게 하는 사건이 일어났다. 어느 날 갑자기 할아버지가 그들에게 끌려간 것이다.

"분명 뭔가 알아챈 거예요. 어쩌면 좋죠."

나는 판자를 들어올리고 안에 대고 소리쳤다. 온몸이 떨려서 사다리를 내려가기 힘들었다. 다리가 꼬이는 바람에 침대에 주저앉고 말았다.

"당장 그들이 들이닥칠 거예요. 더 안전한 곳에 숨어야 할 텐데. 어디가 좋을까. 빨리 움직이지 않으면 늦어요. 처갓집은요? 아, 하긴 제일 먼저 의심받을 것 같네요. 그래. 그 폐교가 좋겠어요. 백엽상이 있는 초등학교요. 교무실, 실험실, 도서실, 급식실, 방도 많을 테니 숨기에 안성맞춤이에요. 빨리 준비하세요."

R씨는 내 옆에 앉아 어깨에 팔을 둘렀다. 손바닥의 감촉이 어깻죽지로 전해지자 내 몸이 주체할 수 없이 떨리는 것이 느껴졌다. R씨는 자기 체온으로 어떻게든 그 떨림을 가라앉히려는 것 같았다.

"일단 침착해야 해."

그는 천천히 말하고 무릎 위에 꽉 움켜쥔 내 손가락을 하나씩 폈다.

"은신처의 존재를 알았다면 할아버지를 연행할 것 없이 당장 여기에 들이닥쳤겠지. 그러니까 걱정 마. 아직 들킨 게 아니야. 섣불리 움직이면 더 눈에 띄고 말아. 어쩌면 놈들의 목적은 그거일지도 몰라. 내 말 이해했어?"

나는 고개를 끄덕였다.

"그렇다면 왜 할아버지가 표적이 된 걸까요?"

"짚이는 구석은 없어? 검문에 걸려서 소지품 검사를 받았다든가, 페리에 기억 사냥을 왔다든가."

"아니요. 그런 일은 전혀 없었어요."

R씨가 아무리 다정하게 어루만져도 여전히 뻣뻣한 손가락을 바라보며 나는 대답했다.

"그럼 걱정할 필요 없어. 아무 증거도 못 잡았을 테니까. 나와는 무관한 일로 취조를 받는 건지도 몰라. 놈들은 언제나 정보를 갈구하거든. 확실한 증거도 없이 닥치는 대로 사람을 긁어모아서 뭐라도 알아내려고 하지. 이웃에 사는 아무개가 마당의 온실에서 몰래 장미를 키운다든가, 빵을 가족 수보다 많이 사간다든가, 커튼 너머로 수상한 그림자를 봤다든가, 그런 정보 말이야. 아무튼 지금은 얌전히 기다리기로 해. 그게 제일 좋은 방법이야."

"그래요. 그렇겠네요."

나는 심호흡을 한 번 했다.

"그래도 할아버지가 끔찍한 짓을 당하지 않아야 할 텐데……"

"끔찍한 짓?"

"네, 고문요. 그들이 얼마나 악질인데, 무슨 짓을 할지 몰라요. 아무리 할아버지라도 견디지 못하고 은신처에 대해 털어놓을지 몰라요."

"너무 걱정하지 마."

R씨가 어깨에 두른 팔에 힘을 주었다. 전기난로의 빨간 불빛이 우리 발치를 비추었다. 동물이 흐느껴 우는 듯한 소리를 내며 환풍기가 돌아갔다.

"물론 당신이 여기서 나가라고 하면 나갈게."

그가 차분한 목소리로 말했다.

"아니에요. 그런 생각은 해본 적도 없어요. 내가 잡힐까봐 무서운 게 아니에요. 당신이 없어지는 게 무서운 거죠. 그래서 이렇게 벌벌 떠는 거라고요."

나는 몇 번이고 고개를 저었다. 머리카락이 그의 스웨터에 스쳐서 탁한 소리가 났다. 그는 한참 동안 나를 꼭 안아주었다. 바깥의 빛이 들지 않는 은신처에서는 시간의 흐름을 파악할 방법이 전혀 없었다. 소용돌이치는 시간 한복판에 통째로 빠져버린 기분이었다.

얼마나 그러고 있었을까. 그의 체온으로 몸이 따뜻해지면서 겨우 떨림이 잦아들었다. 나는 그의 품에서 일어섰다.

"허둥거려서 죄송해요."

나는 사과했다.

"아니야, 그럴 만도 하지. 우리에게 할아버지는 소중한 사람이니까."

그는 고개를 끄덕였다.

"이제 기도하는 수밖에 없겠네요."

"나도 기도할게."

나는 사다리를 올라가 빗장 모양 자물쇠를 풀고 판자를 밀어올렸다. 도중에 돌아보자 R씨는 침대에 걸터앉은 채 가만히 난롯불을 바라보고 있었다.

다음날, R씨에게 비밀로 하고 비밀경찰 본부에 가보기로 했다. 그에게 말하면 반대할 것이 뻔했기 때문이다. 아닌 게 아니라 이쪽에서 먼저 그들의 본거지를 찾아간다면 얼마나 상황이 복잡해지고 위험해질지 모를 일이다. 하지만 도저히 가만있을 수가 없었다. 할아버지를 직접 만나지는 못할지언정 무슨 사정을 알 수 있을

지도 모르고, 필요한 물건을 넣어줄 수 있을지도 모른다. 그렇게 해서 할아버지에게 조금이라도 도움이 된다면 의미가 있었다.

그날 아침은 밤새 내리던 눈이 그치고 살짝이나마 해가 비쳤다. 막 쌓인 눈이 부드러워서 한 발짝 뗄 때마다 복사뼈까지 푹 빠졌다. 비밀경찰이 신고 다니는 눈길 전용 부츠 같은 건 아무도 가지고 있지 않기에 다들 애를 먹었다. 등을 구부리고 짐을 품에 안고 슬금슬금 조심스럽게 발을 옮겼다. 마치 깊은 생각에 잠긴 늙은 초식동물 같은 걸음걸이였다.

내 신발에도 눈이 들어가서 금세 양말이 젖었다. 손에 든 종이 가방에는 무릎담요와 손난로, 사탕 열 개, 오늘 아침에 구운 롤빵 다섯 개를 넣어왔다. 본부 건물은 전차가 다니는 큰길에 있는 옛날 극장을 개축한 곳이었다. 정면 입구로 이어지는 널따란 돌계단에 조각한 기둥이 늘어서 있다. 지붕 꼭대기에 비밀경찰 깃발이 걸려 있지만 바람이 불지 않아 깃대에 축 감겨 있었다.

정문 양옆에 수위가 한 명씩 서 있었다. 다리를 벌리고 서서 뒷짐진 채 앞만 똑바로 바라보았다. 그들에게 먼저 용건을 알려야 할지, 그냥 들어가도 될지 망설여졌다. 두꺼운 나무로 된 정문은 여자 한 사람 힘으로 열 수 있을지 걱정될 만큼 묵직해 보였다. 하지만 두 수위는 말하는 게 금지된 양 입 한번 벙긋하지 않고 나를 무시했다.

"뭐 좀 물어볼게요……"

132

나는 용기를 내서 오른쪽에 있는 수위에게 말을 걸었다.

"면회와 물품 차입을 하고 싶은데, 어떻게 하면 될까요?"

그는 고개를 돌리기는커녕 눈썹 하나 까딱하지 않았다. 나보다 훨씬 어리고 피부가 뽀얀 청년이었다. 옷깃에 달린 모피가 눈을 머금어 약간 축축해 보였다.

"안에 들어가도 될까요?"

이번에는 왼쪽에 있는 수위에게 물어보았지만 결과는 마찬가지였다. 하는 수 없이 문손잡이를 잡고 당겨보니 생각했던 것보다 훨씬 무거웠다. 종이가방을 어깨에 걸고 양손으로 힘을 주어 당기자 겨우 삐걱거리며 조금씩 열렸다. 물론 두 사람 다 도와주지 않았다.

안쪽 홀은 천장이 높고 약간 어두웠다. 익숙한 제복 차림의 비밀경찰들이 여럿 오갔다. 나 같은 외부인도 드문드문 보였지만 다들 긴장한 표정으로 바쁘게 지나갈 뿐 말소리나 웃음소리는 들리지 않았다. 음악도 흐르지 않았다. 그저 사람들의 발소리가 울릴 뿐이었다.

정면에는 위층 로비로 이어지는 계단이 느슨하게 커브를 그리고 있고, 그 뒤편에는 극장이었던 시절의 흔적이 남아 있는 독특한 디자인의 엘리베이터가, 왼편 안쪽에는 고급 골동품 같은 묵직한 책상과 의자가 보였다. 천장에는 거대한 샹들리에가 매달려 있지만 전구 유리에 먼지가 끼었는지 크기에 비해 불빛은 그리 밝지 못했다. 곳곳의 빈 공간, 엘리베이터 버튼 옆, 벽걸이 시계 위, 계단을 지탱하는 기둥 등에는 비밀경찰을 상징하는 마크가 들어간 삼 각기가 붙어 있었다.

책상 앞에 비밀경찰 한 명이 앉아서 열심히 서류 작업을 하고 있었다. 나는 아마 저기가 접수처이리라 짐작하고 심호흡한 후 그 에게 다가갔다.

"아는 사람에게 물품을 차입하고 싶은데요. 어떻게 하면 되나 요?"

내 목소리가 천장에 반사되어 홀의 공기 중으로 빨려드는 것이 느껴졌다.

"차입?"

남자는 손을 멈추고 손끝으로 만년필을 돌리며, 마치 익숙지 않 은 철학 용어의 뜻을 떠올리려는 듯 차입이라는 말을 되풀이했다.

"네, 그래요. 별건 아니고, 옷가지랑 먹을거리들이에요."

전혀 상대해주지 않은 정문의 수위에 비하면 낫다고 스스로를 위로하며 나는 말했다.

남자는 딸깍 소리를 내며 만년필에 뚜껑을 씌우더니, 책상의 서 류를 정리해 공간을 만들고 그 자리에 양손을 올렸다. 그리고 무표 정하게 나를 올려다보았다.

"가능하면 본인을 직접 만나고 싶어요."

상대가 좀처럼 대답하지 않아서 나는 참지 못하고 덧붙였다.

"어떤 분을 만나고 싶으십니까?"

말투는 정중했지만 목소리 톤이 일정해서 감정을 읽기 어려웠다. 나는 할아버지의 이름을 두 번 반복해서 불러주었다.

"그런 분은 여기 안 계십니다."

남자가 말했다.

"따로 알아보지도 않고 어떻게 아세요?"

나는 물었다.

"알아볼 필요 없습니다. 여기 있는 사람들의 이름을 전부 기억하고 있으니까요."

"하지만, 매일 수많은 사람들이 여기로 끌려오잖아요? 그걸 전부 머릿속에 외우고 있다는 말씀이세요?"

"네. 그게 제 일이니까요."

"할아버지는 그저께 연행됐어요. 부탁이니 한번 알아봐주세요. 분명히 이름이 있을 거예요."

"헛수고입니다."

"그럼 할아버지는 대체 어디 있는 거죠?"

"저희가 소유한 건물은 본부만이 아닙니다. 여러 곳에 지부가 있어요. 어쨌든 당신이 찾는 분이 여기 안 계신다는 것은 확실합니다. 제가 말씀드릴 수 있는 건 그뿐입니다."

"그럼 지부 중 한 곳에 계신다는 거군요. 그 지부를 알려주세요."

"저희에게는 각각 할당받은 직무가 있습니다. 복잡하고 세밀하게 구분돼 있고요. 당신 생각만큼 단순하지 않아요."

"누가 단순하대요? 그저 할아버지에게 차입을 하고 싶다는 거잖아요."

남자는 난감하다는 듯이 미간을 찌푸렸다. 반짝반짝하게 닦은 금색 스탠드의 불빛이 그의 손 언저리를 비추었다. 혈관이 튀어나오고 뼈가 불거진 손가락이었다. 서류에는 무슨 뜻인지 모를 숫자와 글씨가 빽빽하게 적혀 있었다. 그 밖에 파일, 카드, 수정액, 종이칼, 스테이플러 등이 가장 사용하기 편한 위치와 방향에 정돈되어 있었다.

"이곳이 어떻게 돌아가는지 이해가 잘 안 되시는 모양이군요."

남자는 혼잣말처럼 중얼거리더니 내 뒤쪽에 눈짓을 했다. 아주 작은 신호였는데도 금방 어디선가 비밀경찰 두 명이 나타나 내 양옆에 딱 붙어섰다. 접수처의 남자보다 가슴에 달린 배지가 적으니 계급이 낮은 사람인 것 같았다.

그후로는 묵묵히 진행됐다. 명령 없이도 이런 사태에 대응하는 순서가 미리 정해져 있는 듯했다. 두 비밀경찰은 나를 사이에 둔 채 엘리베이터에 태우고, 복잡한 복도를 나아가, 안쪽 깊숙이 있는 방으로 데려갔다.

예상외로 호화스러운 방이라서 혼란스러웠다. 고급 가죽소파를 놓고, 고블랭직 태피스트리로 벽을 장식했으며, 커튼은 주름이 풍성하게 잡혀 있었다. 게다가 일하는 사람이 홍차까지 가져다주었다. 대체 그들이 나를 어떻게 다루려는 건지 알 수가 없었다. 하지만 출두하는 어머니를 데리러 온 차가 어땠는지 생각하면, 방심은 금물이었다. 나는 소파에 앉아 종이가방을 무릎에 올렸다.

"힘들게 눈길을 오셨는데 죄송합니다만, 면회도 차입도 금지입니다."

이번에 내 앞에 앉은 사람은 키가 작고 왜소한 남자였다. 하지만 배지 말고도 술이 달린 훈장을 달고 있는 걸 보아 지위는 그렇게 낮지 않은 듯했다. 눈이 크고, 그만큼 표정을 읽기 쉬웠다. 나를 데려온 두 사람은 문 앞으로 가서 섰다.

"왜요?"

여기에 온 뒤로 질문만 한다고 생각하며 나는 물었다.

"규칙이니까요."

남자는 눈썹을 씰룩이며 대답했다.

"수상한 물건을 들이려는 게 아니에요. 얼마든지 조사하셔도 상관없어요."

나는 종이가방을 거꾸로 뒤집어 내용물을 전부 책상 위에 쏟아냈다. 사탕통과 손난로가 부딪혀 작은 소리가 났다.

"할아버님께는 충분한 식사와 따뜻한 방을 제공하고 있으니 걱정하실 것 없습니다."

책상 위의 물건은 거들떠보지도 않고 남자가 말했다.

"할아버지는 지금까지 확실히 기억이 소멸돼왔고, 이제는 은퇴해서 페리에서 여생을 보내는 노인이에요. 당신들에게 연행당할 이유가 없다고요."

"그건 이쪽에서 판단할 일입니다."

"어떻게 판단하는지를 알려주세요."

"막무가내로 질문만 하는 분이군요."

남자가 검지로 관자놀이를 눌렀다.

"저희 직무는 대부분이 비밀리에 행해져야 합니다. 비밀경찰이라는 이름대로요."

"할아버지가 무사한지 확인하는 것도 힘든가요?"

"물론 무사하십니다. 기억 사냥을 당할 이유가 없다고 방금 본인께서 말씀하지 않으셨습니까. 아니면 무사하지 못할 거라고 짐작하는 이유라도 있으신지요?"

이렇게 빤한 유도신문에 동요해서는 안 된다고 스스로를 타이르며, 아니요, 하고 똑똑히 대답했다.

"그렇다면 전혀 걱정하실 필요 없습니다. 할아버님께 약간의 협력을 부탁드리고 있을 뿐이니까요. 식사는 하루에 세 번, 다 드시지도 못할 만큼 넉넉히 드리고 있습니다. 저희 전속 요리사는 모두 일류 레스토랑 출신이에요. 이런 걸 가져다드려도 드실 일이 없을 겁니다."

남자는 더러운 것이라도 보듯이 책상 위의 종이가방에 힐끔 눈길을 주었다.

"언제쯤 돌려보낼지, 그것도 규칙상 알려줄 수 없겠죠?"

"그렇습니다. 이제 좀 저희의 방침을 이해하신 것 같군요."

남자는 미소 지으며 다리를 바꿔 꼬았다. 훈장의 술이 가슴팍에서 흔들렸다.

"소멸을 순조롭고 완벽하게 적용하는 것, 불필요해진 기억을 신속히 없애는 것, 그것이 가장 중요한 저희 업무입니다. 쓸모없는 기억을 언제까지고 끌어안고 있어봤자 좋을 것이 없습니다. 그렇지요? 엄지발가락이 괴사하면 당장 잘라내야 합니다. 내버려두면 발을 통째로 잃게 되죠. 그것과 똑같아요. 문제는 기억과 마음에는 형태가 없다는 점입니다. 각각의 인간이 혼자만의 비밀을 숨겨놓을 수 있다는 거죠. 눈에 보이지 않는 것을 상대하는 셈이니 저희도 신중해야 합니다. 대단히 섬세한 작업이에요. 모습이 없는 비밀을 찾아내 분석하고, 선별하고, 처리하기 위해서는, 당연히 이쪽도 비밀을 가지고 스스로를 지킬 필요가 있습니다. 뭐, 그런 거예요."

단숨에 여기까지 말한 후 남자는 왼손 손톱으로 책상을 두드렸다.

창문 너머로 노면전차가 달려가는 모습이 보였다. 교차로를 돌 때 지붕에 쌓인 눈이 떨어졌다. 비록 빛이 약해도 오랜만에 고개를 내민 태양 아래 그것은 눈부시게 빛났다. 맞은편 은행 현관에는 돈을 인출하려는 사람들이 바깥까지 줄을 섰다. 다들 어깨를 움츠린 채 양손을 비비고 있었다.

실내 온도는 쾌적했다. 남자가 책상을 두드리는 소리 말고는 아무엇도 들리지 않았다. 문 앞의 두 사람도 변함없이 잠자코 자리를 지킬 뿐이었다. 나는 더러워진 내 신발에 시선을 떨어뜨렸다. 어느새 양말이 다 말랐다.

더이상 할아버지 일을 캐묻기는 힘들 것 같았다. 본부에 도착한 뒤로 비밀경찰과 나눈 대화를 되새겨보았지만, 할아버지가 지금 어떤 상황에 처해 있는지는 끝내 알 수 없었다. 나는 포기하고 책상 위의 물건을 종이가방에 담았다. 집을 나설 때는 따뜻했던 빵이 다 식어버렸다.

"그럼 이번에는 저희 질문에 답해주실 차례군요."

남자는 그렇게 말하고 서랍에서 종이 한 장을 꺼냈다. 번들번들한 회색 종이에 이름, 주소, 직업은 물론 학력, 병력, 종교, 자격증, 신장, 체중, 발 크기, 머리카락 색깔, 혈액형 등 세세한 항목을 기입하는 칸이 줄지어 있었다.

"자, 이걸 쓰십시오."

남자는 가슴주머니에서 볼펜을 꺼내 내 앞에 내밀었다.

그제야 나는 여기 온 것을 후회했다. 내 정보를 제공하면 그만큼 그들과 R씨의 거리가 가까워지는 셈이다. 그런 줄 뻔히 알고 있었으면서. 하지만 동요를 보이면 더 위험하다. 어머니 일도 있었으니, 여기 기입할 내용 정도는 그들이 이미 파악하고 있어도 이상할 것 없다. 그들은 정말로 내 주소와 이름을 알고 싶은 것이 아니라 그저 나를 시험하는 것이다. 그러니 아무렇지 않게 행동하는 것이 중요하다.

그렇게 되뇌며 나는 남자의 시선을 피하지 않고 볼펜을 받아들었다. 특별히 어려운 질문은 없었다. 손이 떨리지 않도록 평소보다 천천히 글씨를 적어나갔다. 필기감이 매끄럽고 비싸 보이는 볼펜이었다.

"식기 전에 드시죠."

남자가 홍차를 권했다.

"감사합니다……"

한 모금 머금고서야 홍차가 아니라는 것을 알았다. 냄새와 맛이 홍차와 미묘하게 다른, 난생처음 마셔보는 종류였다. 마른잎이 쌓인 숲 같은 냄새가 났고, 새콤함과 쌉쌀함이 섞여 있었다. 맛이 없지는 않았지만 그 한 모금을 삼키기에는 용기가 필요했다. 어쩌면 약물을 탔을지도 모른다 싶었기 때문이다. 최면을 걸어서 비밀을 실토하게 만드는 약물이나, 내 유전자를 해석하기 위한 약물, 뭐 그런 것을.

남자와 문 앞의 두 사람은 가만히 내 쪽을 보고 있었다. 나는 잠자코 차를 삼킨 후, 빈칸을 채운 종이를 돌려주었다.

"됐습니다."

남자는 종이를 훑어보고 희미한 미소를 지으며 볼펜을 가슴주머니에 꽂았다. 또 훈장의 술이 흔들렸다.

그날 밤은 눈이 내렸다. 낮 동안 긴장한데다 정체 모를 차를 마신 탓에 이상하게 신경이 곤두서서 좀처럼 잠이 오지 않았다. 소설이나 쓸까 하고 원고지를 펼쳐보았지만 아무 말도 떠오르지 않았다. 하는 수 없이 커튼 틈새로 눈 내리는 풍경을 바라보았다.

나는 책상 위의 국어사전과 속담사전을 치우고 그 뒤에 숨겨둔 간이 스피커용 깔때기를 잡아뺐다.

"주무세요?"

나는 깔때기에 입을 가져가 조심스레 말을 걸었다.

"아니, 아직."

R씨의 목소리가 돌아왔다. 동시에 침대 스프링이 삐걱대는 소리가 들렸다. 은신처의 스피커는 침대 머리맡 벽에 달려 있다.

"무슨 일 있어?"

"아니요, 그런 건 아니에요. 그냥 잠이 안 와서……"

은색 양은 깔때기는 꽤 오래 쓴 물건이었다. 깨끗하게 씻었는데도 부엌에서 밴 조미료 냄새가 희미하게 남아 있었다.

"지금 눈이 와요."

"그래? 전혀 몰랐네. 요즘 자주 오는군."

"네. 올해는 유별나네요."

"벽 하나 건너에서 눈이 오고 있다니, 믿기지 않아."

나는 간이 스피커로 대화할 때의 R씨 목소리를 좋아한다. 저 아래 깊은 곳에서 솟아오르는 샘물 같다. 긴 고무관을 통과하는 사이

불순물이 사라지고, 투명하고 부드러운 목소리의 세포액만 전해진다. 그 액체를 한 방울도 흘리지 않도록 나는 왼쪽 귀를 깔때기로 완전히 덮었다.

"가끔 벽에 손을 대고 바깥 상황을 상상하곤 해. 벽의 감촉으로 뭔가 느낄 수 있지 않을까 해서. 바람의 방향, 냉기, 습기, 당신이 있는 곳, 강물 소리 같은 기척 말이야. 하지만 잘 안 되더군. 벽은 그냥 벽이야. 그 너머에는 아무것도 없고, 무엇과도 연결되지 않지. 여기는 완전히 닫힌 공간이자 허공에 뚫린 동굴이라는 사실을 깨달을 뿐이야."

"R씨가 여기 왔을 무렵과 비교하면 바깥 풍경이 완전히 달라졌어요. 다 눈 때문이죠."

"어떻게 달라졌는데?"

"글쎄요, 한마디로 표현하기 어려워요. 일단 눈에 보이는 모든 것에 눈이 쌓여 있어요. 햇빛이 잠깐 비치는 정도로는 녹지 않을 양이에요. 그 때문에 사물의 윤곽이 전부 둥글어져서 왠지 풍경 전체의 면적이 오분의 사 정도로 작아진 기분이 들어요. 하늘도, 바다도, 언덕도, 숲도, 강도. 그래서 다들 어깨를 움츠리고 돌아다녀요."

"오호."

대답과 함께 또 스프링 소리가 났다. R씨는 침대에 엎드려서 말하고 있는 것 같았다.

"지금은 제법 굵은 함박눈이 내리고 있어요. 하늘의 별들이 전부 떨어져내리는 것처럼 쉴새없이 쏟아져요. 어둠 속에서 나부끼고, 빛나고, 서로 부딪치면서요. 상상이 되세요?"

"어려운걸. 하지만 상상 못할 만큼 아름다운 풍경이라는 건 알겠어."

"네, 정말로 아름다워요. 하지만 이런 밤에도 섬 어딘가에서는 기억 사냥이 이뤄지고 있을까요. 기억은 차가운 눈 속에서도 사라지지 않아요?"

"물론이지. 추위와는 상관없어. 기억은 당신이 생각하는 것보다 훨씬 강인하거든. 그걸 감싸고 있는 마음도 마찬가지야."

"그렇군요……"

"어쩐지 아쉬워하는 눈치인데."

"그야, 어떻게든 당신 마음이 우리처럼 엷어질 수 있다면 그런 곳에 숨어 있을 필요도 없으니까요."

"아……"

그는 탄성 같기도 하고 한숨 같기도 한 소리를 냈다.

간이 스피커로 대화할 때는 깔때기를 귀에서 입으로, 입에서 귀로 자꾸 옮겨야 하기에 그와 내 말 사이에 잠깐씩 침묵이 흘렀다. 그 침묵 덕분에 대수롭지 않은 내용이라도 상대방의 혀 위에서 소중하게 데워진 말처럼 들렸다.

"이렇게 쏟아지면 내일 아침에는 눈을 쓸어야겠어요."

나는 손을 뻗어 커튼을 살짝 걷었다.

"매주 월요일과 목요일에 관공서 트럭이 눈을 모으러 와요. 그리고 할아버지의 페리가 있는 항구에서 바다로 쏟아붓죠. 한꺼번에 와르르. 항구로 운반되는 동안 눈은 구정물처럼 더러워져 있어요. 그리고 거대한 바다의 목구멍에 삼켜져 파도 사이로 사라지죠."

"바다에 버리는구나. 몰랐어."

"네. 버리기 딱 좋은 곳이니까요. 그나저나 파도 사이로 사라진 뒤에 눈은 어떻게 되는 걸까요. 페리 갑판에서 그 광경을 볼 때마다 생각해요. 눈의 앞날에 대해."

"아마 금방 녹아버리지 않을까?"

"녹아서 염분을 머금고, 바닷물과 구분 안 되게 변하면, 그저 물고기 주위를 떠돌거나 해초를 흔들거나 하는 게 다일까요?"

"아마도. 고래가 삼키고 분수를 내뿜을지도 모르지."

나는 깔때기를 오른손으로 바꿔 쥐고 책상에 팔꿈치를 짚었다.

"어쨌거나 사라져버리는 거군요. 어디로도 가닿지 못하고."

"그래."

R씨가 작게 숨을 내쉬었다.

주위 집들의 창문은 모두 컴컴했다. 큰길을 달리는 자동차 소리도, 바람소리도, 사이렌소리도 들리지 않았다. 온 동네가 잠들어 있었다. 깨어 있는 것이라고는 귓가에 흐르는 그의 목소리뿐이었다.

"눈을 보고 있으면 왠지 잠에 대해 생각하게 돼요."

"······잠?"

그는 잠시 간격을 두고 짧게 되물었다.

"네. 이상한가요?"

"아니. 그렇지는 않아."

그는 말했다.

"그렇게 심각하고 어려운 고찰은 아니에요. 좀더 평범하고, 온건하고, 흔한 생각이죠. 누가 먹다가 부엌에 남겨둔 쇼트케이크 같은 존재를 고찰하는 식이에요."

"······"

깔때기를 귀에 댔지만 아무 말도 들리지 않아서 다시 입으로 가져왔다.

"쇼트케이크를 앞에 두고 생각하죠. 먹을까, 쓰레기통에 버릴까, 개한테 줄까. 눈을 보고 있으면 부엌에서 그런 생각을 하는 내 모습이 떠올라요. 아무 맥락도 없이 갑자기. 물론 케이크는 눈처럼 새하얀 생크림에 감싸여 있어요. 잠시 그대로 있다보면 어느새 쇼트케이크가 잠으로 바뀌었다는 걸 깨닫죠. ······ 역시 이상하네요."

"이상하지 않아. 그게 마음의 활동이지. 아무리 구멍투성이가 되었어도, 마음은 역시 뭔가를 느끼려 하는 거야."

"스펀지빵 조각, 설탕 알갱이, 크림이 찐득하게 묻은 포크가 어느새 잠 그 자체로 변해 식탁에 널브러져 있어요. 졸음이 온다는 뜻이 아니에요. 잠의 윤곽이 그곳에 존재하는 거예요. 나는 계속 생각해요. 잠을 집어서 입에 넣을까, 쓰레기통에 버릴까, 개한테 줄까."

"그래서, 어떻게 하는데?"

"모르겠어요. 그저 생각할 뿐이에요. 케이크를 집어서 삼키고 한없이 깊은 잠에 빠져들고 싶기도 하고, 다시는 돌아올 수 없을지도 모른다고 생각하면 무섭기도 해요. 다만 내리는 눈 저편에 쇼트케이크 조각이 남겨져 있는 것만은 확실해요."

할아버지가 아무리 잘 만들어주었다 해도 역시 단순한 장치이다보니 고무관이 조금만 비틀리거나 깔때기가 기울어지거나 하면 금방 목소리가 멀어졌다. 크게 말한다고 잘 들리는 것도 아니었다. 나는 입술을 오므리고 고무관 안쪽으로 굴려넣듯이 말을 했다.

"어릴 적에는 잠의 세계를 동경했어요. 그곳에는 분명 숙제도, 맛없는 급식도, 오르간 연습도, 아픔도 인내도 눈물도 없을 거라고 상상했죠. 여덟 살 때 가출하려고 마음먹은 적이 있어요. 이유는 잊어버렸지만, 아마 별일 아니었을 거예요. 시험을 망쳤다거나, 반에서 혼자 철봉 거꾸로 오르기를 못했다거나. 아무튼 나는 잠의 세계로 가출하기로 결심했어요."

"여덟 살치고는 아주 야심찬 계획이네."

"부모님이 지인 결혼식에 간 어느 일요일에 계획을 실행했어요. 가정부 할머니는 담석 수술을 받아 입원중이었죠. 나는 아버지 책상 서랍에서 수면제 병을 슬쩍했어요. 아버지가 자기 전에 항상 그

병의 약을 하나 먹는다는 걸 알고 있었거든요. 전부 몇 알이나 먹었는지는 기억이 안 나요. 제딴은 양껏 먹는다고 먹었지만, 아마 네댓 알이었겠죠. 금방 물배가 찼고 약을 삼키기도 힘들어서 더이상은 무리였어요. 어쨌든 이윽고 졸음이 몰려왔죠. 아, 이제 나는 잠의 세계로 가는구나, 이렇게 많이 먹었으니 다시는 여기로 돌아오지 않겠지, 하고 만족하면서 잠에 빠졌어요."

"그래서, 어떻게 됐는데?"

R씨가 신중한 투로 물었다.

"아무 일도 없었어요. 확실히 잠들기는 했죠. 하지만 그곳에 세계는 없었어요. 그저 암흑이 펼쳐져 있을 뿐…… 아니, 이건 부적절한 표현이네요. 암흑조차 없었어요. 공기도, 소리도, 중력도, 그리고 저 자신도 그곳에는 존재하지 않았어요. 압도적인 무無였죠. 깨어나니 해질녘이었어요. 대체 며칠이나 잔 걸까. 닷새? 한 달? 일 년? 저는 궁금해하며 주위를 둘러봤어요. 유리창이 석양에 물들어 있더군요. 그러나 곧 같은 날 저녁이라는 걸 알았어요. 부모님이 결혼식에서 돌아오셨거든요. 두 분 다 내가 내내 잠들어 있었던 줄은 전혀 모르셨어요. 답례품으로 받아온 바움쿠헨을 먹자며 들뜨시기만 했죠."

"그 나이에 수면제를 먹었는데, 몸이 안 좋아지지는 않았어?"

"안 좋아지기는커녕, 푹 잔 덕분에 오히려 개운할 정도였어요. 그래서 더 안타까웠죠. 어쩌면 수면제가 아니라 그냥 영양제였을지도 몰라요. 아무튼 저는 어디로도 가지 못했어요. 바다에 버려진 눈과 마찬가지로."

밤이 점점 깊어지면서 깔때기를 쥔 손이 싸늘해졌다. 연료가 모자란지 난롯불이 힘없이 흔들렸다.

"그래요. 눈 오는 소리를 스피커로 들려드릴까요?"

나는 일어서서 창문을 열었다. 생각만큼 춥지는 않았다. 그저 뺨이 얼얼한 정도였다. 고무관이 짧아서 창문까지 닿지 않았지만, 바깥공기가 그에게 흘러들도록 깔때기를 최대한 잡아당겨 눈 쪽으로 향했다. 창문을 열 때 공기의 흐름이 바뀌면서 눈이 잠깐 소용돌이쳤지만, 금방 다시 위에서 아래로 떨어졌다.

"어때요?"

나는 물었다. 방안으로 들어온 눈이 머리카락에 묻었다.

"아, 느껴진다. 눈의 소리가 느껴져."

중얼거리는 그의 목소리가 밤 속으로 스며들었다.

14

할아버지가 석방된 것은 그로부터 사흘 뒤였다. 저녁에 평소처럼 산책을 나갔다가 페리를 살펴보러 갔더니 할아버지가 침실로 쓰는 일등실 소파에 누워 있었다.

"언제 왔어요?"

나는 곧장 소파로 달려가 무릎을 꿇고 이불 끄트머리를 잡았다.

"오늘 아침에요."

할아버지 목소리는 기운이 없고 잠겨 있었다. 수염이 자랐고 입술이 트고 안색도 나빴다.

"다행이다. 무사해서 정말 다행이에요."

나는 할아버지의 뺨이며 머리카락을 연신 어루만졌다.

"걱정을 끼쳐드려 죄송합니다."

"그게 문제가 아니라, 몸은 괜찮아요? 많이 안 좋아 보여요. 어디 다치지는 않았어요? 병원에 가보는 편이 좋지 않을까요?"

"아니요, 괜찮습니다. 아무데도 안 다쳤어요. 좀 피곤해서 쉬고 있었을 뿐입니다."

"정말 괜찮아요? 참, 배가 고프죠? 기운이 날 만한 걸 만들게요. 조금만 기다려요."

나는 이불 위로 할아버지의 가슴팍을 가볍게 두드렸다.

할아버지가 페리를 비운 사이 냉장고 속의 식재료가 전부 시들해졌지만 그런 걸 따질 계제가 아니었으므로 일단 있는 채소들로 수프를 만들고 차를 우렸다. 그리고 할아버지를 일으켜 냅킨을 두르고 숟가락으로 떠먹여주었다.

"그런데 대체 비밀경찰이 왜 그런 거예요?"

수프를 세 숟가락쯤 먹고 할아버지가 조금 안정된 걸 확인하고 나는 물었다.

"안심하세요. 놈들은 은신처에 대해서는 아무것도 모릅니다. 이번 일로 오히려 확신했어요. 놈들이 지금 눈에 불을 켜고 파헤치는 건 밀항 사건입니다."

"밀항 사건?"

"네. 지난달 말에 한 무리가 등대가 있는 절벽 아래에서 배를 타고 섬을 탈출한 모양이에요. 기억 사냥을 피하려고요."

"그런데 그게 가능해요? 섬에 남아 있는 배 중에 움직일 수 있는 게 없을 텐데. 소멸된 지 몇 년이나 지났는걸요. 할아버지의 페리도 그렇잖아요? 무엇보다도 작동법을 기억하는 사람이 없을 거 예요."

"아니요. 기억 사냥에 쫓기는 사람들은 잊지 않았습니다. 배의 엔진음, 휘발유 냄새, 바다를 나아가며 생기는 물결 모양을요."

할아버지는 냅킨으로 입가를 닦고 기침을 한 번 한 후 말을 이었다.

"그 무리에 조선 기술자나 항해사나, 아무튼 배에 관련된 사람이 있었겠지요. 그래서 밀항이라는 얼토당토않은 계획이 실행된 것 같습니다. 지금까지는 다들 숨을 생각만 했지, 설마 바다 건너로 달아나는 방법을 상상이나 했겠습니까. 비밀경찰도 몹시 당황한 눈치더구먼요."

"할아버지가 그들을 도와준 게 아닐까 의심한 거군요?"

"그렇습니다. 배 다루는 기술이 있던 사람은 모조리 연행한 모양이에요. 하나하나 끈덕지게 조사하더군요. 모르는 사람 사진을 수없이 보여주고, 지문을 찍고, 몇 달간의 행적을 물어보고, 신체검사를 하고…… 조사할 거리를 어쩌면 이렇게 많이 찾아내나 싶어 감탄했을 정도입니다. 아, 물론 은신처에 관해서는 입도 벙긋하지 않았습니다. 놈들도 배에 정신이 팔려서 그것까지 의심할 여유는 없었을 거예요."

나는 수프를 휘저어 얇게 썬 당근과 파슬리를 떴다. 할아버지는 내가 스푼을 입으로 가져갈 때마다 미안한 듯이 고개를 숙이며 수프를 삼켰다.

"아무튼 너무하네요. 아무 상관도 없는 사람을 이렇게 녹초가
되도록 취조하다니."

"아이고, 아닙니다. 조금 피곤할 뿐이에요. 저는 그 밀항 사건에
대해서 한 점 숨길 것 없이 떳떳하니 뭘 물어보든 고통스럽지 않았
습니다. 그저 놈들의 집요하고 비정한 태도에 기죽지 않도록 의연
함을 지키는 게 전부였지요."

"그런데 어떻게 비밀경찰의 눈을 피해서 배를 조달했을까요?"

"네. 자세하게는 모르지만, 듣자하니 조선소에 남아 있던 배를
몰래 정비한 모양이더군요. 물론 부품과 도구가 충분하지는 않았겠
지요. 배가 소멸했을 때 엔진을 전부 뜯어내고 분해해서 바다에 폐
기했으니까요. 아마 이런저런 대용품으로 메꿨을 겁니다. 그런 기
술적인 문제도 비밀경찰이 추궁했지만, 물론 대답할 길이 없었습니
다. 배에 관한 기억은 눈곱만큼도 남아 있지 않으니 말입니다."

"네, 그랬군요……"

나는 포트의 차를 잔에 따라 할아버지에게 건넸다. 창밖으로는
평소처럼 바다가 보였다. 바람은 그리 강하지 않았지만 너울이 높
게 일었다. 해초 조각이 파도 사이를 떠다녔다. 수평선 너머에서
땅거미가 내리고 있었다. 할아버지는 양손으로 잔을 감싸고 잠시
내려다보다가 단숨에 차를 마셨다.

"그래도 무서웠겠어요. 밤바다를 헤치고 나아가다니."

나는 말했다.

"네, 그랬을 겁니다. 말이 좋아서 배지, 잡다한 재료를 짜맞춰서 만든 고물이었을 테니까요."

"몇 명이나 그 배에 탔을까요?"

"글쎄요, 그건 모르겠습니다. 정원을 초과한 건 확실하겠지요. 도망칠 길을 찾는 사람은 배 한 척에 다 못 탈 만큼 많을 겁니다."

나는 다시 창밖으로 눈을 돌리고 바다에 떠 있는 배 한 척을 상상해보았다. 옛날 어부가 사용했을 법한 작은 나무배로, 명색뿐인 허술한 지붕이 달려 있다. 페인트칠이 거의 벗겨졌고, 해초와 조개 껍데기로 뒤덮였으며, 엔진은 시원찮고, 여기저기 멀쩡한 데가 없다. 그리고 그 안에 사람들이 다닥다닥 붙어앉아 있다.

당연히 등대 불빛도 없고 바다를 비추는 것은 달빛뿐이라 사람들의 표정까지는 알 수 없다. 어쩌면 그날 밤 눈이 와서 달마저 보이지 않았을지도 모른다. 사람들은 그저 시커먼 덩어리처럼 배를 가득 채우고 있다. 아주 작은 틈도 보이지 않는다. 어디서 조금이라도 균형이 무너지면 옥수수 알갱이가 튕겨나가듯 모두 바다로 뿔뿔이 떨어지지 않을까 걱정될 정도다.

배는 무거워서 도무지 속도가 나지 않는다. 그렇다고 엔진을 최대로 가동하면 소리가 커져서 비밀경찰에게 들킬지도 모른다. 그게 제일 무섭다. 그러므로 겁에 질린 듯이 천천히, 수평선을 향해 나아간다. 다들 한 손으로 배의 한구석을 단단히 붙잡고, 다른 손은 자기 가슴에 대고, 배가 이대로 아무 일 없이 곳을 떠나 멀어지기를 기도한다. ……

나는 눈을 깜박였다. 바다에서는 여전히 해초가 흔들릴 뿐이었다. 움직이는 배를 보지 못한 지 벌써 몇 년이나 지났다. 소멸이 일어난 날, 배에 대한 기억은 한순간에 동결되어 마음속의 무저갱으로 빨려들어갔다. 그러므로 바다를 건너간 사람들을 상상하기란 여간 힘든 일이 아니었다.

"그래서, 그 사람들은 결국 성공했을까요?"

나는 말했다.

"어떻게든 섬을 벗어난 것만은 확실합니다. 하지만 겨울 바다는 거칠어요. 아무도 발견하지 못하는 어딘가에서 침몰했을 가능성도 있지요."

할아버지는 잔을 협탁에 내려놓고 냅킨으로 입가를 닦았다.

"그 사람들은 대체 어디로 가려고 한 걸까요? 수평선 너머에는 아무것도 보이지 않는데."

나는 바다를 가리켰다.

"모르겠습니다. 사라지지 않는 마음이 살아남을 수 있는 곳이 어딘가에 있을지도 모르지요. 하지만 아무도 가본 적은 없습니다."

할아버지는 이불 위에서 냅킨을 작게 접었다.

할아버지가 돌아온 것 말고 기쁜 소식이 하나 더 있었다. R씨의 첫아이가 무사히 태어난 것이다. 2,947킬로그램의 남자아이였다.

할아버지의 몸 상태가 아직 정상이 아니라서 그날은 내가 백엽상으로 갔다. 자전거를 타기에는 눈이 너무 많이 쌓였고 콜택시를 부를 돈도 없어서 언덕 북쪽까지 걸어가야 했다.

섬 북쪽 변두리의 사거리를 돌면 정면에 정련소가 보이고 거기서부터는 쭉 가면 되었다. 셔터를 내린 식당, 단층 사택 건물들, 주유소, 황폐해진 밭의 저편에 철탑이 솟아 있었다. 들은 대로 쇠약해져 죽은 쇳덩어리의 미라였다.

오가는 사람이 적고 눈도 쓸지 않은 길을 걷느라 고생했다. 몇 번이나 미끄러져서 엉덩방아를 찧었다. 가끔 머플러로 머리를 감싼 아주머니와 금방이라도 꺼질 듯 덜덜거리는 오토바이, 꼬질꼬질한 고양이와 마주쳤다.

늦은 오후가 돼서야 간신히 초등학교에 도착했다. 교정은 온통 눈밭이었다. 발자국 하나 없이 깨끗했다. 오른쪽에는 철봉과 시소와 농구 골대가 있었다. 반대쪽에는 동물, 아마도 토끼 같은 것을 키웠을 사육장이 보였지만 물론 안은 텅 비어 있었다. 정면의 학교는 3층 건물이고 같은 크기의 창문이 일정한 간격으로 줄지어 있었다.

그 풍경 속에서 움직이는 것이라고는 하나도 없었다. 바람도 사람도 없고, 그저 내 숨소리만 들렸다. 마치 필요 없어진 풍경의 수거장 같았다.

156

나는 장갑 낀 양손에 입김을 불고 백엽상으로 걸어갔다. 백엽상은 교정을 비스듬히 가로지른 끄트머리에 있었다. 쌓인 눈이 너무 깨끗해서 밟기가 겁날 정도였다. 발자국이 내 뒤를 잘 따라오고 있는지 도중에 돌아보며 확인해야 했다.

백엽상 위에도 모자를 씌운 것처럼 눈이 둥그렇게 쌓였다. 할아버지가 가르쳐준 대로 약간 밀어올리며 당기자 삐걱 소리를 내며 문이 열렸다. 안은 어둡고 거미줄이 쳐져 있었다. 온도계와 습도계 뒤편에 물건들이 보였다. 속옷, 문고본, 과자상자를 양손에 쏙 들어올 만한 크기로 정리해 노끈으로 묶고 제일 위에 아기 그림을 끼워놓았다.

누가 그린 걸까. 나는 그림을 꺼내들었다. 엽서 크기의 뻣뻣한 종이에 색연필로 눈을 감은 아기 얼굴을 그려놓았다. 갈색빛이 도는 보드라운 머리카락, 잘생긴 귀, 또렷한 눈매, 레이스뜨기를 한 하늘색 겉싸개. 결코 잘 그린 그림은 아니었지만 머리카락 한 올한 올, 레이스의 무늬 한 땀 한 땀에 정성이 느껴졌다.

'12일 오전 4시 46분에 태어났어. 조산사가 조산원이 문을 연 뒤로 가장 순산이었다고 하더라. 아기도 건강해. 태어나자마자 내 배 위에서 오줌을 쌌다니까. 준비해둔 파란색과 분홍색 단추 중에 파란색을 오늘 아기 옷에 전부 달아주었어. 우리 걱정은 하지 마. 언젠가 당신이 아기를 안아줄 날이 오리라고 믿고 기다릴게. 건강 조심하길.'

그림 뒷면은 부인의 편지였다. 나는 편지를 세 번 되풀이해 읽고는 다시 노끈 아래 끼우고 백엽상 문을 닫았다. 위에 쌓인 눈이 무너져서 발치에 떨어졌다.

자물쇠가 잠겨 있지 않아서 나는 노크하지 않고 은신처의 문을 열었다. R씨는 그런 줄도 모르고 책상 앞에 앉아 뭔가에 열중하고 있었다. 어제 내가 부탁한 일―우리집에 한 벌뿐인 은식기를 닦아달라고 했다―을 하는 모양이었다.

나는 잠시 아무 말 없이 그의 뒷모습을 바라보았다. 여기 숨은 뒤로 몸이 점점 줄어드는 듯이 느껴지는 건 착각일까. 햇빛을 받지 못해 피부가 하얘졌고 식욕과 함께 몸무게도 줄었겠지만, 내가 느끼는 건 그런 식의 사리에 맞는 변화가 아니라 좀더 추상적인 분위기의 변질이다. 볼 때마다 그의 윤곽이 흐릿해지고, 혈액이 묽어지고, 근육이 쪼그라드는 것 같다.

어쩌면 그것은 몸이 은신처에 순응한다는 증거일지도 모른다. 공기가 희박하고 소리도 들리지 않고 체포의 공포에 휩싸인 이 비좁은 방에서 지내려면, 어쩔 수 없이 과잉한 요소를 증발시켜야 할 것이다. 마음이 모든 것을 담아둘 수 있는 대신, 육체는 점점 에너지를 잃어가는 것이다.

나는 옛날에 텔레비전에서 본 흥행장을 떠올렸다. 그곳에는 팔려온 아이를 가둬놓은 나무상자가 있었다. 아이는 하나뿐인 구멍으로 고개를 내밀고 팔다리는 부자연스럽게 구부린 채 몇 달, 몇 년이나 지내야 한다. 먹을 때나 잘 때도 상자에서 꺼내주지 않는다. 그러면 점점 몸이 굳어서 결국은 팔다리를 뻗지도 못하게 된다. 그리고 기괴하게 변한 곤충처럼 기형이 된 모습을 관객들에게 구경시키는 것이다.

R씨의 뒷모습을 보고 있으면 왠지 흥행장에서 구경거리가 된 소녀의 깡마른 팔다리와 혹처럼 불룩해진 관절, 튀어나온 갈비뼈, 먼지에 뒤덮인 머리카락과 내리뜬 눈이 떠오르고 만다.

그는 여전히 내가 들어온 줄 모르고 은식기를 닦았다. 기도하듯 등을 웅크린 채 오랫동안 포크를 구석구석 문질렀다. 손잡이에 새겨진 움푹한 무늬, 뾰족한 끄트머리 사이사이에도 일일이 천을 밀어넣었다. 책상 위 공간이 부족해서 설탕 단지와 케이크 접시, 핑거볼, 수프용 스푼은 바닥에 신문지를 깔고 늘어놓았다.

이 은식기는 어머니가 혼수로 가져온 것으로 예전에는 특별한 손님이 왔을 때 사용했지만 이제는 찬장 제일 안쪽에 처박아둔 지 오래다. R씨가 아무리 정성스레 닦아도 다시 사용할 일은 없을 것이다. 더는 손님을 초대해 파티를 열지 않고, 비싼 식기에 걸맞은 요리를 차려줄 할머니도 없다.

은신처 안에서 할 수 있고, 피곤할 정도가 아니면서, 잠시나마 지루함을 잊을 수 있는 일거리를 찾기는 의외로 어려웠다. 도움이 되느냐 마느냐는 그다지 문제가 아니었다. 식기 닦기는 내가 생각해낸 것 중에서 그에게 가장 잘 맞는 일거리였다.

"비밀경찰이 들이닥쳐도 포크를 닦을 생각이세요?"

나는 말을 걸었다. R씨는 흠칫 놀라 돌아보더니 왼손에 쥔 포크를 허공에 쳐든 채 아, 소리를 냈다.

"말없이 문을 열어서 죄송해요."

"아니, 괜찮아. 전혀 몰랐네."

"너무 몰두하고 계셔서 그만 말을 걸 타이밍을 놓쳤어요."

"그렇게 몰두할 생각은 아니었는데……"

그는 겸연쩍은 듯이 안경테를 만지고는 포크를 천 위에 내려놓았다.

"잠깐 들어가도 될까요?"

"물론이지. 내려와서 여기 앉아."

나는 바닥에 늘어놓은 식기를 까치발로 넘어서 침대에 앉았다.

"아주 고가품이군. 이제는 못 구할 물건이야."

그는 의자를 반쯤 돌려 나를 보고 앉았다.

"글쎄, 모르겠네요. 어머니의 보물이었던 건 확실하지만."

"닦는 보람이 있어. 꼼꼼하게 닦을수록 보답이 나타나지."

"어떤 보답요?"

"뒤덮고 있던 오래된 시간의 막이 조금씩 벗겨지고, 광택이 돌아와. 그것도 과시하듯 번쩍이는 빛이 아니라 잔잔하고 은은하고 애수 어린 빛이지. 양손에 얹으면 마치 빛 그 자체를 쥐고 있는 기분이야. 내게 뭐라고 말하는 느낌이 들어. 그리고 자꾸 어루만지고 싶어지지."

"은의 빛에 그런 효과가 있는 줄은 몰랐는걸요."

나는 책상 위에 구깃구깃 뭉쳐둔 남색 천을 보며 말했다. 그는 손을 풀듯이 손가락을 구부렸다 폈다 했다.

"옛날 부잣집에서는 은식기를 닦는 하인만 여럿 두었다는 이야기를 들어봤어요."

나는 말했다.

"중정과 마주한 석조 창고에서 계속 식기를 닦는 거예요. 할일은 그것뿐, 다른 건 없어요. 한복판에 길쭉한 탁자가 있고 양쪽으로 하인들이 쭉 앉죠. 각자 앞에는 그날 닦을 식기가 쌓여 있고요. 침이 튀거나 숨이 닿아서 식기가 더러워지면 안 되니까 잡담은 금지예요. 그래서 다들 잠자코 일해요. 창고는 서늘하고 한낮에도 볕이 들지 않아요. 램프 하나가 다예요. 불빛이 너무 밝으면 식기가 제대로 닦였는지 점검할 수 없기 때문이에요. 좀더 직급이 높은 하인이—주방의 비품 책임자 같은 사람이에요—덜 닦인 곳이 없는지 엄밀하게 확인하죠. 돌벽에 걸어둔 램프 아래에서 하나하나 방향을 바꿔가면서요. 아주 작은 얼룩이라도 발견되면 다시 닦아야 해요. 게다가 다음날 할당량이 두 배로 늘어나고요. 그러면 밤을 새워야 하죠. 그래서 하인들은 점검받는 동안 조마조마하게 고개를 숙이고 있어요. ……별로 들을 만한 이야기는 아니네요. 죄송해요."

나 혼자 너무 멋대로 떠든 것 같은 기분이었다.

"죄송하기는."

그가 말했다.

"하지만 지루하죠?"

"아니."

그는 고개를 저었다.

가까이서 보니 그가 발산하는 여리고 부서지기 쉬운 분위기가 더 생생하게 느껴졌다. 바깥세상에서 만나던 시절 그는 좀더 균형 잡힌 사람이었다. 신체의 각 부분이 저마다 제 할 일을 하고 있다는 통일감이 느껴졌다. 빈틈이 없었다. 하지만 지금은 내가 검지로 쇄골을 살짝 찌르기만 해도 실이 끊어진 인형처럼 우당탕 무너져 내릴 것 같았다.

"하인 이야기에서 제일 놀란 부분은요."

나는 이야기를 이었다.

"그 일을 오래 할수록 점점 목소리가 나오지 않는다는 점이에요. 아침 일곱시부터 저녁 일곱시까지 창고에 틀어박혀 식기만 닦다보면 어느새 정말로 말을 못하게 된대요. 창고 밖으로 나와서 더는 식기의 얼룩을 신경쓰지 않아도 되는데도 자기 목소리가 생각이 안 나는 거예요. 하지만 하인들은 모두 가난하고, 교육도 못 받았고, 다른 일자리도 없으니 은식기 닦는 일을 계속할 수밖에 없어요. 돈을 받을 수 있다면 목소리는 아깝지 않은 거죠. 한 명 또 한 명 목소리를 잃고 창고 안은 더더욱 고요해져요. 그저 천으로 은식기 문지르는 소리가 희미하게 떠돌 뿐. 왜 그렇게 되는 걸까요? 은의 빛에는 목소리를 빨아들이는 힘이 있는 걸까요?"

나는 발밑에서 큼직한 디저트 접시를 들어서 무릎에 올렸다. 어머니가 파티 때 초콜릿을 담아 내던 접시다. 하지만 나는 먹을 수 없었다. 어린아이가 초콜릿을 먹으면 가슴속에 벌레가 끓는다고 할머니가 으름장을 놓았기 때문이다. 접시 테두리에는 섬세한 포도무늬가 조각되어 있다. 아직 R씨가 만져줄 차례를 기다리는 중인지, 포도송이와 넝쿨 사이에 먼지가 끼어 있었다.

"어쩌면 정말로 그럴지도 모르지."

잠시 말이 없던 그가 대답했다.

침대 머리맡에 깔때기 스피커가 놓여 있었다. 세탁한 지 얼마 안 된 침대보가 빳빳했다. 벽에 걸린 달력을 보니 지난 날짜에 가위표를 해두었다. 처음에는 썰렁하던 선반도, 올 때마다 조금씩 물건이 늘어나는 것 같았다.

"이건 그렇게 급한 일 아니니까 좀더 여유롭게 하셔도 괜찮아요."

나는 방을 한번 둘러보고 말했다.

"응, 알았어."

"당신 목소리까지 빨려들어가면 안 되니까요."

"걱정 마. 난 아무것도 잃지 않는 인간이니까."

"아 참, 그랬죠."

우리는 얼굴을 마주보고 살짝 웃었다.

방을 나설 때 백엽상 안에서 가져온 물건을 건네주었다. 그는 말없이 아기 그림을 들여다보았다. 뭐라고 한마디해주고 싶었지만 적절한 말이 떠오르지 않았다. 뭐라고 하든 배려가 부족하게 들릴 것 같아서 하릴없이 나도 가만히 있었다.

그는 그렇게 감상적으로 굴지 않았다. 소설 원고를 읽을 때처럼, 은식기의 빛을 따라갈 때처럼 조용히 시선을 던질 뿐이었다.

"축하드려요."

그가 입을 열 낌새가 없어서 참다 못해 내가 먼저 말했다.

"사진은 이제 소멸해버렸더랬지."

그가 중얼거렸다.

"사진?"

그게 무슨 뜻인지 바로 알아듣지 못했다. 속으로 몇 번 되풀이하고 나서야 겨우, 반들반들한 종이에 사람의 모습을 고스란히 베껴내는 사진이라는 것이 존재했다는 사실이 어렴풋이 떠올랐다.

"네, 맞아요. 그리고 보니 사라져버렸네요."

그는 그림을 뒤집어 편지를 읽었다.

"그래도 아기가 정말 귀엽게 생겼어요."

편지를 다 읽었을 즈음에 나는 말했다.

"사진은 전부 사라졌지만 액자는 어디 하나 남아 있을지도 몰라요. 찾아서 가지고 올게요."

나는 사다리에 발을 올렸다.

"고마워."

고개를 숙인 채 그가 말했다.

15

큰일났습니다. 어느 날 아침 갑자기 나의 타자기가 고장나고 말았습니다.

아무리 키를 눌러도 활자 레버가 올라가지 않습니다. 경련하는 메뚜기 다리처럼 살짝 떨릴 뿐입니다. A부터 Z까지, 1부터 0까지, 쉼표며 마침표며 물음표며 모든 레버가 말을 듣지 않았습니다.

어젯밤 마지막으로 그에게 '잘 자'라고 쳤을 때까지는 아무 이상이 없었습니다. 떨어뜨리거나 어디 부딪히지도 않았습니다. 그런데 아침에 일어나자 한 글자도 찍히지 않는다니, 이게 말이 되나요. 물론 지금까지도 자잘한 수리를 받은 적은 있지만—비뚤어진 활자를 조정하거나 롤러에 윤활유를 뿌리거나—정밀하고 튼튼한 타자기였습니다.

어떻게 하다보면 고쳐지지 않을까 해서 나는 타자기를 무릎 위에 놓고 키를 하나하나 힘껏 눌렀습니다. 그는 내 옆에 무릎을 꿇고 앉아 그 모습을 바라보았습니다. ……A, S, D, F, G, H, J, K, L 까지 왔을 때 그가 내 어깨에 팔을 둘렀습니다.

"그렇게 힘하게 다루면 더 망가질 거야. 내가 좀 볼게."

그는 양손으로 타자기를 들어올리더니 덮개를 열고 몇몇 부품을 신중하게 잡아당기거나 돌리거나 했습니다.

'어때 보여요?'

그렇게 물으려 했지만, 물론 목소리는 나오지 않고 타자도 칠 수 없습니다. 그저 습관처럼 손가락으로 허공을 두드릴 뿐입니다.

"이거 골치 좀 아프겠는데. 대대적인 수리가 필요하겠어."

그가 말했습니다.

'어떡하지?'

나는 그를 올려다보았습니다.

"타자 교실 위에 있는 시계실에 가자. 교회에 부탁해서 창고 겸 수리실로 쓰고 있거든. 도구도 다 있고, 만약 수리 못하더라도 다른 타자기를 가져오면 돼. 교회에 남는 타자기가 많아. 그러니 걱정할 것 없어."

교실 위층이 그렇게 사용되는 줄은 몰랐습니다. 그곳이 시계탑 기계실이고, 오전 열한시와 오후 다섯시에 종을 울린다는 건 알았지만 들어가본 적은 없었습니다.

솔직히 말해 나는 어릴 적부터 종소리가 참을 수 없이 무서웠습니다. 그래서 탑 꼭대기에는 올라가볼 생각도 하지 않았습니다.

종소리는 너무나 크고, 묵직하고, 여운이 끝없이 이어지고, 죽어가는 인간의 신음소리 같습니다. 그 소리는 동네 구석구석까지 울려퍼집니다. 교실에서 타자 연습을 할 때도, 시장에서 채소를 고를 때도, 집 침대에서 그와 안고 있을 때도 종이 울리기 시작하면 갑자기 온몸이 굳고 심장이 쿵쿵 뛰고 가슴이 답답해집니다.

그런 소리를 낼 정도라면 시계탑 꼭대기에는 커다란 톱니바퀴와 굵은 쇠사슬, 무거운 납덩이가 가득하고, 시곗바늘이 눈금 하나를 나아갈 때마다 복잡하게 맞물려 돌아가겠지. 그리고 열한시와 다섯시에는 잔뜩 감겨올라간 쇠사슬의 힘이 최고조에 달해 타종봉을 잡아당기는 거야. 함부로 들어갔다가는 톱니바퀴에 몸이 끼거나, 쇠사슬에 목이 졸리거나, 납덩이에 눌려 뭉개질 게 틀림없어…… 그렇게 어린아이 같은 상상이 덮쳐옵니다. 그만큼 무서운 소리입니다.

기계실 문은 잠겨 있었습니다. 그는 윗옷 안주머니에서 열쇠 뭉치를 꺼내더니 망설임 없이 하나를 골라 문을 열었습니다. 늘 안주머니에 넣고 다니는 스톱워치가 슬쩍 보였습니다.

기계실은 내가 상상했던 것과는 조금 달랐습니다. 시계반 뒤에서는 정말로 톱니바퀴, 활차, 태엽감개 같은 기계가 맞물려 움직이고 있었지만, 방의 넓이에 비하면 그 공간은 극히 일부였습니다.

훨씬 압도적으로 방안을 차지하고 있는 것은 산더미처럼 쌓인 타자기였습니다.

나는 한동안 문가에 서서 방을 끝에서 끝까지 둘러보았습니다. 거기에 이렇게 많은 타자기가 숨어 있을 줄은 꿈에도 몰랐기에 당황했던 겁니다.

"자, 들어와."

그가 내 손을 잡고 부드럽게 이끌었습니다. 등뒤에서 문이 닫히는 소리가 났습니다.

천장이 낮고, 탑 끄트머리의 유리 말고는 창문이 없고, 썰렁하고 먼지가 많은 방이었습니다. 바닥을 밟을 때마다 나무 이음매가 삐걱거렸고, 군데군데 튀어나온 못에 구두굽이 걸렸습니다. 천장에 매달린 전구는 전체를 비추기에는 너무 약했고, 바람도 없는데 살짝 흔들리고 있었습니다.

나는 일단 시계로 다가갔습니다. 아래에서 올려다볼 때보다 훨씬 거대했습니다. 기계류와 문자반 사이의 틈으로 화살표 모양 시곗바늘을 만질 수 있었습니다. 튀어나온 부분에 발을 걸치고 드러누워도 꿈쩍하지 않을 만큼 큰 바늘입니다. 멋들어지게 디자인한 로마숫자도 눈앞에 보였습니다. 'XII' 하나만 해도 내 머리의 다섯 배는 됐을 겁니다.

아래를 내려다보니 교회 마당이 작게 보였습니다. 땅은 현기증 날 만큼 멀었습니다. 기계가 끊임없이 철컥철컥 소리를 내고, 기름

냄새가 풍겼습니다.

종은 바로 위에 달려 있었습니다. 구조는 잘 모르겠지만, 정해진 시간에 자동으로 울리도록 시계와 잘 연결되어 있었습니다. 옛날에는 금색으로 빛났을 것이 이제는 우중충한 쥐색으로 변했습니다. 하지만 그만한 소리를 내는 만큼, 육중하고 듬직하고 위엄 있어 보였습니다. 종을 매단 천장이 무게를 못 이겨 무너지지 않을까 걱정될 정도였습니다.

"자, 이리 와서 앉아."

그는 한가운데 있는 테이블과 의자를 가리켰습니다. 이 방의 유일한 가구인 그것들은 낡고 저렴해 보였습니다. 하지만 먼지는 깨끗하게 닦여 있는 것 같았습니다.

"마음에 들어?"

그는 그렇게 말하며 쌓여 있는 타자기 위에 고장난 내 타자기를 아무렇게나 올려놓았습니다. 타자기 더미가 약간 무너지면서 귀에 거슬리는 소리가 났습니다.

타자기를 수리하러 왔는데 왜 방이 마음에 드는지 묻는 걸까 생각하며 나는 의자에 앉았습니다.

그는 기분이 좋았습니다. 미소가 끊이지 않고, 다정함이 넘치고, 전에 없이 들떠 보였습니다.

"어때?"

그는 방에 대한 내 감상을 꼭 듣고 싶은 모양이었습니다. 그러나 나는 그를 보고 웃으며 고개를 끄덕이는 것이 고작이었습니다.

"분명히 마음에 들어할 줄 알았어."

그는 만족스러운 듯했습니다.

타자기가 없으면 아무래도 마음이 놓이지 않습니다. 손 언저리가 허전하기 그지없습니다. 목소리를 잃었음을 깨달았을 때보다, 타자기를 잃은 지금의 불안이 더 컸습니다.

'왜 빨리 수리해주지 않는 걸까.'

나는 속으로 중얼거렸습니다. 하지만 그 마음을 전할 길이 없습니다. 어디 필기구와 종이가 없을까 둘러보았지만 눈에 띄지 않았습니다. 역시 집에서 가져올 걸 그랬다고 후회했습니다.

"금방 고칠 거니까 이런 건 필요 없어."

집을 나설 때 그가 그렇게 말하며 내 호주머니에서 볼펜과 메모지를 빼가버렸거든요.

나는 그의 어깨를 쿡 찌르고 뒤편에 버려진 내 타자기를 가리켰습니다. 하지만 그는 돌아보지도 않고 안주머니에서 스톱워치를 꺼내 벨벳 천으로 닦기 시작했습니다. 내 뜻이 전해지지 않은 건지, 아니면 곧 수리할 테니 보채지 말라는 건지 알 수 없었습니다.

아래쪽에서 누군가의 말소리가 났습니다. 아이들의 웃음소리도 들렸습니다. 교회에 사람들이 모이는 모양입니다. 합창 연습이나 바자회라도 열리는 걸까요. 교회가 바로 옆에 있는데도 손이 닿지 않는 먼 동네에서 웅성거리는 것처럼 들렸습니다.

아무리 기다려도 그는 스톱워치 닦는 손을 멈추지 않았습니다. 저렇게 작은 물건에 어쩌면 이렇게까지 시간을 들일 수 있는지 신기했습니다. 그의 손길은 버튼의 홈 하나하나, 쇠사슬의 이음매 하나하나, 뒤에 새겨진 마크 하나하나까지 놓치는 것이 없었습니다.

"오늘은 중급반 시험이 있으니까 꼼꼼히 닦아야 해. 그러고 보니 너는 속기 시험 점수가 형편없었지. 원고가 항상 엉망이었어."

그는 고개를 숙인 채 말했습니다. 얼굴을 마주보지 않으면 고개를 저어도, 손가락으로 가리켜도, 입술을 깨물어도, 미소를 지어도 소용없기 때문에 나는 무표정을 지켰습니다.

나는 다시 한번 방을 살펴보았습니다. 시계와 관련된 기계로 막혀 있지 않은 벽은 어디건 타자기가 내 키만큼 쌓여 있었습니다. 대체 몇 대나 될까. 짐작도 가지 않습니다. 이렇게 많은 타자기를 한꺼번에 보는 건 난생처음입니다.

모양은 다양했습니다. 투박하고 묵직해 보이는 것, 장난감처럼 앙증맞은 것, 키가 네모나거나 타원형인 것, 나무 받침대가 달린 것, 고급스러운 것, 조악한 것…… 그것들이 온갖 방향으로 빈틈없이 포개어져 있었습니다. 내 타자기는 그가 좀전에 올려놓은 자리를 가만히 지키고 있었습니다. 저 아래쪽에 깔린 타자기는 짓눌려서 레버나 커버가 변형되었습니다. 겉모양이 무사한 것들도 대부분 녹슬고 먼지를 뒤집어썼습니다.

이 타자기들은 전부 수리를 기다리고 있는 걸까. 그렇다기에는 너무 많은데. 쓸모없는 건 버리면 될 것을. 나는 그렇게 생각하며 일어서서 타자기 더미로 다가갔습니다. 그때 문득 좋은 생각이 떠올랐습니다. 나 좀 봐. 왜 이렇게 간단한 걸 여태 몰랐을까. 너무 많은 타자기를 한꺼번에 봐서 정신이 나간 거야. 그래, 이중에 하나를 쓰면 돼. 아무거나 골라잡으면 되잖아. 그러면 평소처럼 그와 이야기할 수 있어.

나는 되도록 새것 같고 흠집이 없는 타자기를 골랐습니다. 하지만 아무리 힘주어 눌러도 키가 움직이지 않았습니다. 그 옆의 타자기는 잉크 리본이 구깃구깃 엉켜 있었습니다. 다음으로 고른 것은 활자가 절반이나 뭉개져 있었습니다. 다음 것은 롤러가 빠져 있었습니다. 그다음 것은…… 몇 대를 골라봐도 마찬가지였습니다. 쓸 만한 것은 하나도 없었습니다. 그래도 단념이 되지 않아 나는 타자기 더미에서 어떻게든 멀쩡한 것을 끄집어내려고 했습니다. 하지만 조금이라도 힘을 쓰면 산더미 같은 타자기들이 우당탕 무너질 것 같았습니다.

"아무리 애써도 헛수고야."

그가 말했습니다. 여전히 스톱워치만 바라보면서요.

"여기 있는 걸로는 한 글자도 못 쳐."

그때 나는 간단한 사실을 또하나 깨달았습니다. 여기에는 종이가 없습니다. 타자 용지는 물론, 메모지 한 장 없습니다. 기를 쓰고 멀쩡한 타자기를 찾아낸들 아무 소용 없습니다.

말을 꺼낼 방법이 전혀 없다는 걸 알자, 그 말들이 점점 증식해 가슴을 틀어막는 것 같아서 숨이 막혔습니다.

'빨리 고쳐줘.'

무의식중에 손가락이 '빨리 고쳐줘'라고 움직였습니다. 하지만 두드릴 키가 없는 손가락은 허무하게 허공만 휘저었습니다. 인내심이 바닥난 나는 내 타자기를 다시 그에게 가져갔습니다.

'왜 안 고쳐주는 거야? 어디가 잘못된 건데? 당신에게 말을 전하지 못하면 불안해서 견딜 수가 없어.'

나는 그의 어깨를 붙잡고 표정으로 어떻게든 마음을 전하려 했습니다.

그는 손을 멈추고 길게 숨을 내쉰 후 스톱워치를 벨벳 천으로 감싸서 테이블에 내려놓았습니다.

"네 목소리는 이제 두 번 다시 돌아오지 않아."

그가 왜 그런 말을 하는지 이해가 가지 않았습니다. 지금 문제는 목소리가 아니라 타자기니까요.

'이건 이제 못 고치는 거야?'

나는 마구잡이로 키를 눌렀습니다. 활자 레버는 여전히 1밀리미터도 올라가지 않았습니다.

"네 목소리는 몽땅 이 타자기에 갇혔어. 이건 고장난 게 아니야. 역할을 다하고 봉인된 거지."

봉인, 봉인, 봉인…… 그 말의 여운만 머릿속에서 한없이 소용돌이쳤습니다.

"이것 봐. 멋진 광경이지 않아? 여기 쌓인 것들은 전부 목소리야. 다시는 공기를 진동시키지 못하고, 그저 가만히 웅크려서 쇠약해지기만 기다리는 목소리의 무덤이지. 그리고 오늘로 네 목소리가 함께하게 된 거야."

그는 한 손으로 타자기를 들어올려 아까와 같은 곳에 내던졌습니다. 단단한 물건끼리 맞부딪치는 둔탁한 소리가 났습니다. 내 목소리가 도망칠 길이 두꺼운 문으로 가로막히는 소리처럼 들렸습니다.

'왜? 왜 그러는 거야?'

나는 입술만 달싹였습니다.

"모자라기는. 이제 말하려는 노력은 안 해도 돼."

그는 왼손으로 내 입을 막았습니다. 서늘한 손바닥이었습니다. 희미하게 금속 냄새가 나는 것 같았습니다. 스톱워치의 냄새였을까요.

"자신한테 목소리가 있었다는 생각은 잊어버려. 물론 한동안은 낯설고 당혹스럽겠지. 아까처럼 입을 뻐끔거리거나, 타자기에 의존하려 하거나, 메모지를 찾거나 할 거야. 하지만 곧 얼마나 허무한 짓인지 깨달을걸. 넌 말할 필요가 없어. 목소리를 낼 필요가 없다고. 괜찮아. 걱정 안 해도 돼. 이로써 드디어 넌 나만의 것이 되었으니까."

그는 내 입을 막고 있던 손으로 뺨부터 턱까지 쓰다듬고, 똑바로 목 앞쪽으로 내렸습니다. 그리고 울대의 굴곡을 하나하나 시간을 들여 어루만졌습니다. 마치 정말로 목소리를 잃었는지 확인하는 것 같았습니다.

나는 힘껏 고함을 지르고 싶은 기분이었습니다. 그를 뿌리치고 여기서 달아나고 싶었습니다. 하지만 실제로는 옴짝달싹 못하고 굳어버렸습니다. 그의 손길이 철사처럼 나를 칭칭 옭아맸기 때문입니다.

"내가 왜 타자 교사가 됐는지 알아?"

그가 내 목에 손을 댄 채 말했습니다.

'그런 걸 어떻게 알아. 난 아무것도 몰라.'

나는 몇 번이고 고개를 내저었습니다. 하지만 그의 손은 목에서 떨어지지 않았습니다.

"교실에서 너희는 내가 가르친 대로 손가락을 움직이지. T는 왼손 검지를 비스듬히 오른쪽 위로, I는 오른손 중지를 똑바로 위로, Q는 왼손 소지를 비스듬히 왼쪽 위로, 마침표는 오른손 약지를 비스듬히 오른쪽 아래로…… 모든 움직임에 규칙이 있어. 학생들은 그 규칙을 열심히 외우려고 해. 마음대로 움직이는 건 용납되지 않아. 자기 편한 대로 규칙을 수정하거나, 새로운 아이디어를 더할 수는 없어. 내 앞에 앉은 여학생들은 모두, 내가 지시하는 순서와 방향으로 손가락을 움직여야 하지. 만약 하나라도 지키지 않으면 나는 원하는 대로 벌을 줄 수 있어. 틀린 글자를 천 번씩 치게 할 수도, 좋지 않은 예시로 교실에 걸어놓고 창피를 줄 수도 있어. 내 자유야. 내 앞에서 너희 손가락은 무력해."

'무슨 소리야? 난 그저 당신한테 타자를 배웠을 뿐이야. 그게 전부잖아.'

"타자 치는 데 목소리는 필요 없어."

그는 내 목에 댄 손에 힘을 주었습니다. 손끝이 피부를 파고들었습니다. 아직 남아 있을지도 모르는 목소리의 조각을 쥐어짜내려는 걸까요.

"교실에서는 다들 말이 없어. 키를 누르면서 떠드는 학생은 없지. 손가락에만 신경을 집중하면 돼. 손가락에는 규칙이 있지만 목소리에는 없어. 그게 내 마음을 어지럽히는 가장 큰 사실이야. 타자 치는 소리만 울려퍼지는 가운데, 내 명령에 따라 조금이라도 정확하게, 한 글자라도 더 많이 치려고 부지런히 움직이는 손가락들…… 멋진 광경 아니야? 하지만 수업이 끝나고 손가락이 키에서 떨어지면 너는 멋대로 재잘거리지. 집에 가는 길에 케이크 먹고 싶다. 맛있는 가게를 찾았어. 참, 이번주 토요일에 시간 있어? 오랜만에 영화라도 볼래? ……지긋지긋해. 방금까지 순종적이었던 손가락이 통제에서 벗어나 가방 지퍼를 닫고, 머리장식을 만지고, 내 팔에 들러붙지."

'당연하지. 나는 하고 싶은 말을 하고, 원하는 대로 손가락을 움

직일 거야. 당신이 명령할 수 있는 건 타자 교실에 있을 때뿐이야.'

"네 목소리를 없앨 수 있게 돼서 기뻐. 그거 알아? 곤충은 칼로 더듬이를 잘라내면 얌전해져. 제자리에서 쭈뼛거릴 뿐 먹이도 못 먹지. 그것과 똑같아. 목소리 하나 없어졌을 뿐인데 넌 너라는 존재를 지켜나갈 수 없어. 하지만 걱정 마. 넌 영원히 여기 있을 거니까. 타자기에 갇혀 쇠약해진 목소리들 사이에서 사는 거야. 앞으로 내가 그림자처럼 붙어서 너를 제어해줄게. 어렵지 않아. 타자를 배우는 것과 마찬가지야."

드디어 그가 손을 거두었습니다. 나는 테이블에 엎드려 숨을 크게 한 번 들이마셨습니다. 목이 욱신거리며 아팠습니다.

"슬슬 중급반 수업을 시작할 시간이야. 내려갔다 올게."

그가 스톱워치를 안주머니에 넣었습니다.

"오늘 시험 문제는 의학 논문이야. 상당히 어렵지. 기대되는걸. 그럼 얌전히 기다리고 있어."

그가 문을 닫았습니다. 튼튼해 보이는 자물쇠가 잠기고, 그의 발소리가 멀어졌습니다. 나는 홀로 남았습니다. …………

결국 소설 속의 그녀도 갇히고 말았구나 생각하며, 나는 그날 쓴 원고를 정리해 문진을 얹고 전기스탠드를 껐다. 원래는 그와 그녀가 따뜻한 애정으로 맺어지고 함께 목소리를 찾아 타자기 공장, 곶의 등대, 병리학 연구실의 냉동고, 문방구 창고 등을 돌아다니는 흔한 이야기였는데, 어느새 이렇게 흘러가버렸다. 하지만 소설을 쓰다보면 구상 단계에서는 예상 못했던 방향으로 나아가는 건 자주 있는 일이기에 신경쓰지 않고 잠자리에 들었다.

다음날 일어나자 달력이 소멸했다.

집에 있는 달력을 다 모아도 서너 개밖에 되지 않았다. 전부 회사 홍보물이나 상점가 경품이라 특별한 애착은 없었다. R씨도 달력 가지고는 지난번 사진 때처럼 뭐라고 하지 않을 것이다. 생각해보면 그저 숫자의 나열일 뿐이다. 물론 처음에는 불편함이 있겠지만, 날짜를 헤아리는 방법은 이것 말고도 얼마든지 있을 것이다.

나는 마당 소각로에서 달력을 태웠다. 금방 활활 타버리고 소용돌이 모양의 철사 세 개만 남았다.

소각로 바닥에는 재가 소복이 쌓여 있었다. 부드러운 덩어리를 부지깽이로 쿡 찌르자 바로 가루가 되어 풀풀 피어올랐다. 재를 보고 있자니 소멸은 비밀경찰의 생각만큼 거창한 일이 아니라는 생각이 들었다. 대개는 이렇게 불을 붙이면 사라진다. 그리고 원래 모습이 어땠는지는 상관없이 재가 되어 바람에 날려갈 뿐이다.

근처 집들의 마당에서도 연기가 피어올랐다. 연기는 낮게 드리운 구름 속으로 빨려들었다. 눈은 그쳤지만 여전히 매섭게 추운 아침이었다. 아이들은 두꺼운 코트 위로 꽉 끼게 책가방을 맸다. 옆집 개는 개집에서 머리만 내놓고 잠이 덜 깬 눈으로 눈밭에 코를 박고 있었다. 앞길에서는 동네 이웃들이 모여 대화를 나누고 있었다.

"요즘 할아버지가 안 보이는데, 잘 지내셔?"

한때 모자 장수였던 아저씨가 담 너머로 말을 걸었다.

"네, 몸이 좀 안 좋으셨는데 이제 나으셨어요."

비밀경찰에 연행된 사실을 아는가 싶어 움찔했지만 그건 아닌
듯했다.

"이렇게 매일 추워서야 다들 골골댈 수밖에."

"맞아요. 게다가 요즘은 이동 마켓이 싣고 오는 상품도 시원치
않아서 뭘 사든 길게 줄을 서야 하잖아요. 눈 위에 삼십 분씩 서 있
으면 몸속까지 얼어붙는다니까요."

대각선 맞은편 집의 아주머니가 말했다.

"사흘 전쯤 손주가 편도선이 부어서 푸딩이 먹고 싶다길래 여기
저기 찾아다녔는데, 아무데도 없더라고."

관공서에 근무하는 서쪽 옆집 할아버지가 말했다.

"푸딩은 이제 고급품이에요. 추워서 닭이 알을 안 낳거든요. 어
제도 한 시간이나 줄을 서서 달걀을 산 게 고작 네 개예요."

"나는 콜리플라워 하나 사겠다고 채소가게를 다섯 군데나 돌아
다녔어요. 그런데도 갈색으로 시든 것밖에 없더라고요."

"정육점 진열대도 점점 빈 곳이 많아져. 전에는 천장이 안 보일
만큼 소시지가 달려 있었는데, 요즘은 기껏해야 한두 줄이야. 그것
도 열시 반이면 다 팔리고 없고."

사람들은 제각기 식료품 때문에 고생한 이야기를 했다.

"식료품만이 아니야. 난로 연료도 아슬아슬해. 얼마 전에는 밤에 연료가 딱 떨어졌는데, 너무 춥고 무릎까지 아파서 하는 수 없이 옆집에 가서 하룻밤 치만 빌려줄 수 없겠냐고 부탁했더니, 인정사정없이 거절하더라고."

두 집 건너에 사는 할머니가 말했다.

"아, 그 집에는 부탁하면 안 돼요. 길에서 마주쳐도 알은체 한번 안 하고, 주민회비를 걷으러 가도 퉁명스럽기 짝이 없고, 뭐하는 사람인지 모르겠더라니까."

우리집 동쪽, 개를 기르는 집 얘기다. 나도 잘은 모르지만 삼십대 후반의 맞벌이 부부 단둘이 산다.

그때부터 그 부부의 험담으로 화제가 바뀌었다. 나는 어서 집에 들어가고 싶었지만 핑곗거리를 찾지 못해서 담 위에 쌓인 눈을 부지깽이로 떨어뜨리며 적당히 맞장구를 쳤다. 험담하는 낌새를 느끼기라도 한 듯 도중에 개가 두세 번 짖었다.

"그건 그렇고……"

한때 모자 장수였던 아저씨가 말했다.

"봄이 오려면 아직 멀었나."

모두 동시에 고개를 끄덕였다.

"어쩌면 다시는 안 올지도 몰라."

무릎이 안 좋은 할머니가 중얼거렸다.

"네?"

누가 먼저랄 것 없이 되묻는 소리가 나왔다. 아저씨는 점퍼 지퍼를 제일 위까지 올리고, 나는 부지깽이를 고쳐 잡았다.

"예년 같으면 슬슬 계절풍의 방향이 바뀌고, 새싹이 움트고, 바닷빛이 밝아질 무렵이야. 그런데 올해는 아직까지 눈이 이렇게 남아 있지. 아무래도 이상해."

"하지만 삼십 년에 한 번은 이런 이상기후도 오잖아요?"

"아니, 그렇게 단순한 문제가 아니야. 생각해봐. 달력이 사라졌으니 한 달이 끝날 때 그 장을 쭉 찢어낼 수 없잖아. 즉, 아무리 기다려도 우리에게 새로운 달은 오지 않아. 봄이 오지 않는 거야."

할머니는 털실로 짠 보호대 위로 무릎을 쓰다듬었다.

"그럼 앞으로는 어떻게 된다는 거요?"

"봄이 오지 않으면 여름도 안 온다는 건가? 밭이 눈에 덮여 있으면 어떻게 농작물을 키우지?"

"계속 추울 거라니. 지금도 연료가 부족할 판인데."

사람들이 저마다 불안을 드러냈다. 한층 싸늘한 바람이 길 맞은편에서 불어왔다. 진흙으로 더러워진 차 한 대가 느릿느릿 지나갔다.

"괜찮아. 너무 지나친 생각이야. 달력은 그냥 종잇조각이잖아. 조금만 더 참으면 돼. 괜찮아, 괜찮아."

한때 모자 장수였던 아저씨가 스스로를 타이르듯 되풀이해 말했다.

"그래, 맞아."

다른 사람들도 동의했다.

하지만 결국은 무릎이 안 좋은 할머니의 말이 맞았다. 아무리 기다려도 봄은 오지 않았다. 우리는 달력의 재와 함께 눈 속에 갇힌 것이다.

은신처에서 할아버지의 생일을 축하하기로 했다.

"달력이 사라져서 제가 언제 태어났는지도 기억나지 않으니, 신경 안 쓰셔도 됩니다."

할아버지는 그렇게 사양했지만, 우리집에서 생일을 챙기는 건 내가 태어나기 전부터 이어져온 관례였다. 날짜가 생각나지 않아도 매년 벚꽃 봉오리가 살짝 벌어지는 무렵이었던 건 확실하고, 그 시기가 머지않았다는 예감이 뚜렷했다. 게다가 R씨를 위해서라도 무미건조한 은신처 생활에 조금이나마 재미를 더할 필요가 있었다.

나는 일주일 내내 시장을 오가며 생일상 재료를 장만했다. 이웃 사람들이 수군대던 대로 어느 가게든 상품 진열대가 썰렁했고, 여기저기 길게 줄을 서 있었다. 조금이라도 호화롭고 질 좋은 것을 사려고 하니 더 힘들었다. 그래도 나는 끈기 있게 시장 구석구석을 돌아다녔다.

채소가게 앞에 '내일 아침 아홉시 토마토 20킬로그램, 아스파라거스 15킬로그램 입하 예정'이라는 종이가 붙어 있었다. 토마토와 아스파라거스를 못 본 지도 벌써 몇 달째다. 저걸 사면 신선한 샐러드를 만들 수 있다. 다음날 두 시간이나 앞서 채소가게로 달려갔지만 이미 긴 줄이 서 있었다. 내 순서까지 올지 걱정돼서 몇 번이나 앞에 몇 명이 있는지 세어보았다. 겨우 차례가 됐을 때는 골판지박스 바닥에 몇 개밖에 남아 있지 않았다. 더구나 토마토는 알이 작고 파랬으며, 아스파라거스는 끝부분이 상했다. 그래도 같은 시간 줄 서서 아무것도 못 산 사람에 비하면 행운이었다.

그 외에 시장의 채소가게를 전부 돌아다니면서 피를 맑게 해주는 청경채 한 단, 이름 모를 호리호리한 버섯, 벌레 먹은 자국이 선명한 콩 한 줌, 빨간색과 초록색 피망 세 개씩, 그리고 잎이 시들시들해진 셀러리 한 포기를 샀다.

하지만 셀러리는 구걸하는 할머니에게 줘버렸다.

"실례해요, 아가씨. 거기 종이봉투 밖으로 보이는 이파리는 셀러리 아닌가요? 혹시 괜찮으면 조금 나누어줄 수 없을까요?"

할머니는 공손한 투로 말하며 다가왔다.

"눈길에서 넘어지면서 지갑을 잃어버려서 막막하네요. 이렇게 눈이 많이 오면 늙은이는 고생이랍니다. 보다시피 장바구니가 텅 비었어요."

할머니는 비닐 끈으로 엮은 장바구니를 내 눈앞에 내밀었다. 아닌 게 아니라 아무것도 없었다. 물론 무시하고 지나갈 수도 있었지만 텅 빈 장바구니가 왠지 서글퍼 보여서 셀러리를 넣어주고 말았다.

다음날도 그 다음날도, 그 할머니가 시장 한복판에서 누군가의 눈앞에 빈 장바구니를 들이미는 모습을 보았다. 나는 다시 셀러리를 구하려 했지만 어디서도 팔지 않았다.

시장은 언제 가도 사람들로 북적거렸다. 가게와 가게 사이의 골목에는 채소 부스러기, 생선 비늘, 주스병 뚜껑, 비닐봉지 등이 뒤섞인 눈이 쌓여 있었다. 사람들은 구입한 것들을 떨어뜨리지 않으려 꼭 쥐고서, 어디 더 좋은 물건이 없는지 눈에 불을 켜고 돌아다녔다. 여기저기서 웃음소리와 작은 말다툼 소리가 오갔다.

그 밖에도 사고 싶은 것이 많았다. 케이크를 구울 버터, 와인, 향신료, 프루트펀치에 넣을 과일, 꽃, 레이스 테이블보, 새 냅킨…… 하지만 그중 절반도 사지 못했다. 제일 중요한 선물을 살 돈을 남겨두어야 했기 때문이다.

고기와 생선은 쉽게 구했다. 두 곳 다 가게 주인이 할아버지의 친구다.

"부드러운 일등급 닭고기를 따로 챙겨뒀어."

정육점 주인은 그렇게 말하고 가게 안쪽에서 꾸러미를 꺼내왔다. 선물처럼 나비 모양으로 끈을 묶었다.

생선가게 주인은 양동이에 든 활어 중에서 한 마리를 고르라고 했다. 나는 한참 망설이다가 등지느러미에 반점이 있는 40센티미터 정도의 생선을 골랐다.

"아가씨, 보는 눈이 있구먼. 이놈은 살이 단단하니 맛이 기가 막히거든. 이만한 놈은 여간해서는 못 잡아. 운이 좋군."

주인은 그렇게 말하며 퍼덕거리는 생선을 도마에 올리고 나무 공이 같은 막대기로 머리를 딱 때려 기절시킨 후 솜씨 좋게 비늘과 내장을 제거했다. 나는 그 생선을 소중히 품에 안고 돌아왔다.

그날 할아버지는 약속한 시간에 딱 맞춰 도착했다. 한 벌뿐인 양복에 줄무늬 넥타이를 매고, 머리는 포마드로 깔끔하게 넘겼다.

"와주셔서 기뻐요. 자, 어서 들어오세요."

할아버지는 넥타이 매듭이 신경쓰이는지 목 언저리를 만지작거리며 예, 예, 하고 머리를 꾸벅 숙였다.

은신처 사다리를 내려가자 할아버지는 놀란 듯 탄성을 질렀다.

"어이구야, 이렇게 멋질 수가……"

"아무리 좁아도 꾸미면 태가 나는 법이죠? R씨와 함께 준비했어요."

나는 자랑스럽게 말했다.

생일 파티와 관계없는 물건은 전부 선반으로 치우고, 선반과 침대 사이에 길쭉한 접이식 좌탁을 놓았다. 그것만 해도 남는 공간이 거의 없었다. 좌탁에 미리 차려놓은 음식에서 김이 피어올랐다. 접시 사이는 길가에서 꺾어온 여러 가지 들풀로 장식했다. 오래된 테이블보의 얼룩을 가리기 위해서 되도록 접시를 많이 늘어놓았다. 나이프와 포크, 유리잔, 냅킨은 제일 예뻐 보이는 방향으로 배치했다.

"자, 앉아요. 할아버지 자리는 여기예요."

세 사람이 각자 자리잡는 것도 만만치 않았다. 음식과 꽃에 부딪히지 않도록 발끝을 세우고 신중하게 비좁은 틈새로 움직여야 했다. R씨가 손을 잡고 이끌어준 덕분에 겨우 할아버지와 나는 침대에, R씨는 하나뿐인 의자에 앉을 수 있었다.

와인은 R씨가 땄다. 흠집 가득하고 오래된 유리병에 담겨 있어서 탁한 비눗물처럼 보였다. 철물점 주인이 뒷마당에서 밀조하는 수상한 와인밖에 구할 수 없었던 탓이다. 그래도 잔에 따르자 천장의 불빛에 예쁜 연분홍색으로 빛나서 안심했다.

"그럼 건배하죠."

아주 살짝 손을 들었는데도 잔 세 개가 맞닿을 만큼 가까워졌다.

"할아버지, 생일 축하해요."

나와 R씨가 입을 모아 말했다.

"두 분이 평안하시기를 빌며."

할아버지가 덧붙였다.

"건배."

우리는 잔을 살짝 부딪쳤다.

셋 다 이렇게 들뜬 건 오랜만이었다. R씨는 평소보다 말이 많았고, 할아버지의 얼굴에서는 미소가 떠나지 않았고, 나는 와인을 한 모금 마시자마자 얼굴이 달아오르며 기분이 좋아졌다. 다들 여기가 어떤 곳인지 잊어버린 것 같았다. 그래도 가끔 무심코 웃음소리가 커지거나 하면 당황해서 마주보며 손바닥으로 입을 막았다.

생선을 나누는 것도 일이었다. 술찜을 하고 커다란 타원형 접시에 담아 주위를 청경채로 장식해놓았다.

"잘될까 모르겠네요. 손재주가 없어서 다 부스러질 것 같은데. 대신 해주면 안 돼요?"

"안 되지. 메인 요리를 나누는 건 주최자의 역할인걸."

"그나저나 생선이 참 좋군요."

"그렇죠? 등지느러미에 예쁜 반점이 있었는데, 익히니까 없어졌어요."

"여기 머리꼭지가 약간 우그러졌구먼요."

"생선가게 주인이 기절시키려고 막대기로 때려서 그래요. 방금 전까지 팔팔하게 살아 있었으니까 맛없을 리가 없어요. 셀러리 잎으로 향을 입혔으면 더 좋았을 테지만."

"어서, 등살이 부드러우니까 할아버님께 많이 떼어드려."

"응, 그래야죠. 할아버지, 가시 조심하고요."

"네, 감사합니다."

대화는 끊임없이 이어졌다. 세 사람의 목소리, 식기 부딪치는 소리, 와인 따르는 소리, 침대 삐걱거리는 소리가 어디로도 달아나지 못하고 전부 뒤섞여 은신처를 가득 채웠다.

생선 외에도 콩 수프, 채소 샐러드, 버섯 소테, 치킨 필라프를 차렸다. 전부 소박한 요리고 양도 많지 않았다. R씨와 나는 할아버지의 접시가 비지 않았는지 계속 주의를 기울이다가 제일 맛있는 부분을 덜어주었다. 할아버지는 한입 한입 시간을 들여 맛보고 황송한 듯이 삼켰다.

음식을 다 먹자 접시를 책상 밑으로 치우고 케이크를 올렸다.

"죄송해요. 이렇게 작은 것밖에 못 구했어요."

나는 케이크를 할아버지 앞에 놓았다. 크기는 겨우 손바닥만하고, 표면을 장식할 생크림도 초콜릿도 딸기도 없이 초라했다.

"무슨 말씀을요. 이렇게 고마운 케이크는 세상 어디에도 없을 겁니다."

할아버지는 그렇게 말하고 접시를 한 바퀴 돌리며 케이크를 바라보았다.

"초를 꽂죠."

R씨가 준비해둔 가느다란 초를 호주머니에서 꺼내 검지와 엄지로 신중하게 꽂았다. 함부로 다루다가는 케이크가 금방이라도 허물어질 것 같았다. 달걀과 버터, 우유 모두 요리책에 나오는 분량보다 훨씬 적게 사용해서 탄력이 없고 부슬부슬해졌기 때문이다.

"불 끌게요."

R씨는 성냥으로 초에 불을 붙인 후 팔을 뻗어 전구를 껐다. 주위가 어두워지자 우리는 무의식중에 몸을 더 바싹 붙였다. 촛불이 뺨이 따뜻해질 만큼 가까이에 있었다.

우리 뒤로는 암흑이 펼쳐졌다. 세 사람을 가려주는 부드러운 천 같은 어둠이었다. 바깥세상의 소리도, 추위도, 바람도, 무엇 하나 전해지지 않았다. 그저 우리의 숨결이 촛불을 흔들 뿐이었다.

"자, 불어서 꺼요."

내가 말했다.

"네."

할아버지는 초와 케이크가 어딘가로 한꺼번에 날아가버릴까봐 걱정스러운듯이 조심스레 숨을 후 불었다.

"축하해요."

"축하드립니다."

나와 R씨는 박수를 쳤다.

"별건 아니지만 선물이에요. 받아주세요."

R씨가 전구를 켜는 사이 나는 침대보 아래 숨겨둔 선물을 꺼냈다. 잡화점에서 발견한, 도자기 비누받침과 면도기 거치대, 파우더 세트였다.

"아이고, 선물까지 준비하셨을 줄이야…… 정말 고맙습니다."

할아버지는 내게 선물을 받을 때 늘 그러듯이, 신단에 공물을 바치는 것처럼 양손으로 공손히 받아들었다.

"와, 아주 멋있는걸."

R씨가 감탄했다.

"페리 세면대에 놓고 매일 아침 쓰시면 좋겠어요."

"물론이지요. 소중히 사용하겠습니다. 그런데 아가씨, 이 폭신 폭신한 물건은 뭡니까?"

할아버지는 파우더를 바르는 퍼프를 집어들고 신기한 듯이 들여다보았다.

"면도하고 이 분을 바르면 피부가 트지 않아요. 자, 이렇게 쓰는 거예요."

내가 퍼프로 할아버지의 턱을 가볍게 두드리자, 할아버지는 속눈썹이 눈꺼풀 안으로 숨어버릴 정도로 눈을 꼭 감고 간지러운 듯이 입술을 삐죽거렸다.

"이거 참으로 기분이 좋구먼요."

퍼프의 감촉이 영 사라지지 않는지 할아버지는 몇 번이나 턱을 쓰다듬었다. R씨는 웃으면서 케이크에서 초를 뽑았다.

"저도 선물을 준비했습니다."

겨우 세 입 만에 케이크를 다 먹은 후, 한 잔씩밖에 돌아가지 않는 홍차를 천천히 마시고 있을 때 R씨가 말했다.

"어허, 그것참. 선생님은 지금 몹시 고생스러운 처지이시니까, 이 늙은이까지 챙기실 것 없습니다."

할아버지가 송구한 투로 말했다.

"아니요. 저도 어떻게든 할아버님께 고마운 마음을 전하고 싶어서요. 물론 대단한 건 아니지만⋯⋯"

R씨가 의자를 반쯤 돌려 책상 서랍에서 꺼낸 것은 내가 구운 케이크와 비슷한 크기의 나무상자였다. 호오, 하고 할아버지가 감탄했다. 우리는 눈앞에 놓인 나무상자를 주의깊게 살폈다.

전체적으로 암갈색 칠을 하고, 마름모꼴을 조합한 기하학무늬를 조각했다. 바닥에는 고양이 발톱처럼 작은 다리가 네 개 달렸다. 경첩으로 고정한 뚜껑 한복판에는 파란색 유리구슬을 하나 박아넣었는데, 보는 각도에 따라 빛깔이 미묘하게 달라졌다. 특별히 눈을 끄는 디자인은 아니었지만 왠지 모르게 집어들어 뚜껑을 열어보고 싶어지는 친근감을 자아내는 상자였다.

"제가 예전부터 가지고 있었던 겁니다. 넥타이핀이나 커프스단추를 보관하는 데 사용했죠. 새것이 아니라 죄송합니다. 하지만 이제는 어느 가게에서도 구할 수 없는 종류의 상자예요."

그렇게 말하며 R씨는 뚜껑을 열었다. 그 순간 그의 양손에서 따스한 빛이 나온 것 같은 착각이 들었다. 나와 할아버지는 동시에 얼굴을 마주보고 흠칫 놀랐다. 경첩이 잠깐 삐걱한 후 갑자기 상자 속에서 음악이 들렸던 것이다.

그러나 과연 이걸 음악이라고 칭해도 될지 의문이었다. 상자 안쪽에 펠트 천을 입혔고 뚜껑 뒷면은 거울이었지만, 그것 말고는 아무 장치도 보이지 않았다. 레코드가 돌아가는 것도, 악기가 숨어 있는 것도 아니었다. 그런데도 상자 안쪽에서 멜로디가 흘러나오는 것이었다.

자장가나 옛날 영화의 삽입곡, 또는 종교음악 같았다. 어머니가 가끔 흥얼거렸던 것 같기도 하지만 똑똑하게 기억나지는 않았다. 음색은 현악기도 금관악기도 아닌, 지금까지 들어본 적 없는 악기 같았다. 소박하지만 운치 있고, 중얼거리는 듯하면서 연약하지는 않았다. 가만히 귀기울이자 소멸이 일어날 때마다 모든 것을 삼키는 마음속의 무저갱이 조용히 휘저어지는 듯한 감각이 솟구쳤다.

"이 소리는 대체 어디서 나는 겁니까?"

할아버지가 먼저 입을 열었다. 아닌 게 아니라 그게 제일 궁금했다.

"상자가 연주하는 겁니다."

"그렇지만 이 상자는 그냥 가만히 있는데요. 아무도 손대지 않았고, 움직이지도 않잖아요. 그런데 왜 소리가 나는 거죠? 무슨 마술인가요?"

내가 물었다. 하지만 R씨는 말없이 미소만 지었다.

그러는 동안 점점 리듬이 느려졌다. 균형이 어그러지고 소리가 한 음씩 똑똑 떨어지는 것처럼 들렸다. 할아버지는 불안한 듯이 고개를 기울여 거울을 들여다보았다. 마침내 마지막 음이 울리고 멜로디가 뚝 끊기자 은신처에는 다시 정적이 찾아왔다.

"고장난 것 아닌가요?"

할아버지가 걱정스레 중얼거렸다.

"아니요, 괜찮습니다."

R씨가 상자를 뒤집어 바닥에 달린 금속을 끼릭끼릭 세 번 돌렸다. 그러자 바로 아까보다 훨씬 힘차게 음악이 흘러나왔다.

"우아……"

나와 할아버지는 동시에 놀란 소리를 냈다.

"마술 같구면요. 이렇게 대단한 물건을 정말로 받아도 되겠습니까?"

자기가 만지면 마법이 사라질지도 모른다고 생각했는지, 할아버지는 상자로 살며시 손을 뻗었다가 아무데도 건드리지 않고 다시 무릎 위로 올렸다. 그러기를 몇 번 반복했다.

"마술이라니, 그렇게 거창한 건 아닙니다. 이건 오르골이에요."

R씨가 말했다.

"오르……"

"……골?"

나와 할아버지는 그 단어를 반씩 나누어 말했다.

"네, 오르골요."

"발음이 아주 예쁘네요."

"희귀한 꽃이나 동물의 이름 같습니다그려."

그 말을 외우기 위해 우리는 속으로 몇 번 오르골, 오르골, 하고 되뇌어야 했다.

"태엽장치로 음악을 연주하는 장식품입니다. 기억 안 나시나
요? 이걸 봐도 아무것도 떠오르지 않는지요. 아마 이 집에도 한두
개 있었을 겁니다. 장식장이나 서랍, 경대 한구석에요. 그리고 가
끔 생각날 때 태엽을 감죠. 그러면 한동안 정겨운 멜로디가 반복해
서 흘러나옵니다."

나는 어떻게든 R씨가 만족할 만한 대답을 하고 싶었지만, 아무
리 집중해도 눈앞에 있는 건 그저 신기한 상자로밖에 보이지 않
았다.

"말씀인즉, 이것은 이미 소멸한 물건이겠구먼요."

할아버지가 말했다.

"그렇습니다. 먼 옛날에요. 제가 보통 사람들과 다르게 아무것
도 잃지 않는 인간임을 알아차린 게 언제쯤이었는지 기억은 잘 안
나지만 아마 오르골이 소멸한 무렵이었을 겁니다. 저는 제 비밀을
아무에게도 밝히지 않았습니다. 숨겨야 한다는 걸 본능적으로 느
낀 거죠. 그리고 소멸한 것들을 최대한 감추어두려고 했습니다. 도
저히 쉽게 버릴 수가 없었거든요. 물건을 만질 때 느껴지는 감촉으
로, 제 마음의 확실성을 맛보고 싶었습니다. 그래서 가장 먼저 감
춘 물건이 이 오르골이에요. 스포츠가방 바닥을 뜯어서 집어넣고
꿰맸죠."

R씨는 검지로 안경테를 밀어올렸다. 빈 케이크 접시와 찻잔이

상자를 둘러싸고 있었다.

"그렇게 소중한 물건이라면 더더욱 받을 수 없습니다."

"아니요. 할아버님 선물이라면 제가 감추어둔 물건 중 하나를 드리는 게 제일이라고 생각했습니다. 물론 두 분이 저를 위해 무릅쓴 갖가지 위험을 이렇게 하찮은 물건으로 보상할 수는 없을 겁니다. 그건 잘 알아요. 하지만 조금이라도 두 분의 마음이 쇠약해져가는 걸 막을 수 있었으면 하는 바람이 있습니다. 그러려면 뭘 어째야 할지는 저도 모르겠습니다. 다만 이렇게 소멸한 물건을 손에 들고 감촉과 무게, 냄새와 소리를 느끼는 것이 좋은 영향을 끼치지 않을까 싶었어요."

R씨는 다시 한번 상자를 뒤집어 태엽을 감았다. 상자는 또 처음부터 멜로디를 연주하기 시작했다. 거울에는 할아버지의 넥타이 매듭과 내 왼쪽 귀가 비쳤다.

"역시 우리 마음은 쇠약해진 걸까요?"

나는 R씨에게 시선을 돌렸다.

"쇠약하다는 표현이 적절한지는 모르겠지만, 어떤 방향을 향해 변질되고 있는 것만은 확실해. 그것도 쉽게 되돌릴 수 없는 유의 변질이지. 나 같은 사람의 입장에서는 그 방향의 끝이 어떨지가 몹시 걱정스러워."

R씨는 찻잔 손잡이를 오른쪽으로 돌렸다 왼쪽으로 돌렸다 했다. 할아버지는 여전히 상자를 바라보고 있었다.

"끝……이라."

나는 혼잣말을 했다. 그런 생각을 안 해본 것은 아니었다. 최후, 끝, 마지막 같은 말로 마음의 행선지를 유추하려 시도한 적이 몇 번 있었다. 하지만 언제나 잘되지 않았다. 마음속 무저갱에 몸을 담그면 모든 감각이 마비되고 숨이 막혀버려서 도저히 그 문제를 오래 생각할 수 없다. 할아버지에게 이야기해도 그저 걱정 마세요, 만 되풀이할 뿐이다.

"그나저나 사라져버린 물건이 이렇게 눈앞에 있으니 기분이 이상하네요."

나는 말했다.

"사실 이건 더이상 이 세상에 존재하지 않는 물건이잖아요? 그런데 우리는 이렇게 상자의 모양을 바라보고, 음악을 듣고 있어요. 오, 르, 골이라고 이름도 말하고요. 신기하지 않아요?"

"신기할 것 없어. 오르골은 우리 앞에 분명하게 존재해. 소멸하기 전에도 후에도 변함없이 음악을 연주하지. 태엽을 감은 만큼 멜로디를 충실하게 반복하는 거야. 오르골의 역할은 언제든 오직 그것뿐이지. 변한 건 사람들의 마음이야."

"네, 잘 알아요. 오르골이 소멸한 건 오르골 탓이 아니라는 걸요. 하지만 어쩔 수 없어요. 소멸한 것이 눈앞에 있으면 너무 혼란스럽단 말이에요. 고요한 늪에 갑자기 뾰족하고 단단한 물건을 던져넣은 것 같은 느낌이에요. 물결이 일고, 바닥에서 소용돌이가 치고, 진흙이 솟구치죠. 그래서 다들 하는 수 없이 소멸한 것을 태우거나, 강에 떠내려보내거나, 땅에 묻거나 해서 최대한 자기에게서 떼어놓으려 하는 거예요."

"오르골 음색을 듣는 게 그렇게 고통스러워?"

R씨는 등을 웅크리고 무릎 위에 깍지를 꼈다.

"아니요. 고통스럽다니 당치도 않습니다. 감사히 받겠습니다."

할아버지가 허둥지둥 말했다.

"아마 익숙해지면 그런 혼란은 가라앉을 거야. 오르골 음색은 마음을 진정시키는 데 제격이거든. 그러니 할아버님, 하루에 한 번이라도 좋으니 페리의 제일 안쪽 방에서 아무도 모르게 살짝 태엽을 감아보세요. 그러다보면 분명 이 음색을 받아들일 수 있을 겁니다. 부탁드립니다."

R씨가 깍지 낀 손 위로 이마를 댔다.

"물론이고말고요. 소중히 간직하겠습니다. 세면대 수납장에 넣어둬야겠군요. 치약통이며 포마드병이며 비누 따위가 들어 있으니까 이런 상자가 하나쯤 섞여 있어도 수상해 보이지 않을 겁니다. 아가씨가 주신 선물로 아침에 수염을 깎을 때와 밤에 이를 닦을 때 뚜껑을 열어보겠습니다. 음악을 들으며 세면대 앞에 서다니, 얼마나 우아한 일입니까. 이 나이 먹어서도 생일을 축하받다니 저는 정말로 행복한 사람입니다."

할아버지는 우는 건지 웃는 건지 모를 표정으로 얼굴을 잔뜩 찡

그렸다. 나는 할아버지 등을 손바닥으로 토닥였다.

"정말 근사한 생일 파티였어요."

"응. 나도 이렇게 즐거운 파티는 처음이었어. 자, 할아버님. 여기 받으세요."

R씨가 손을 뻗어 상자를 할아버지 앞으로 밀어주었다. 오르골 음색이 은신처 벽에 반사되어 우리 주위에서 춤췄다. 할아버지는 조금이라도 힘을 줬다가 망가지면 큰일이라는 듯이 양손으로 살며시 뚜껑을 닫았다. 다시 경첩이 삐걱대고, 숨이 멎은 것처럼 음악이 그쳤다.

그 순간, 현관의 초인종이 시끄럽게 울렸다.

17

나도 모르게 할아버지 팔을 붙잡고 굳어버렸다. 할아버지는 무릎에 오르골을 얹은 채 다른 팔로 내 어깨를 안아주었다. R씨는 꿈쩍도 하지 않고 그저 허공만 쳐다보았다.

그사이에도 초인종은 쉴새없이 울렸다. 문을 주먹으로 두드리는 소리도 들렸다.

"기억 사냥이에요."

나는 중얼거렸다. 내 목소리가 아닌 것처럼 떨렸다.

"현관문은?"

할아버지가 물었다.

"잠가놨어요."

"일단 문을 여십시다."

"이대로 집에 없는 척하는 편이 낫지 않을까요?"

"아니요. 놈들은 문을 부수고서라도 들어올 겁니다. 그러면 더 의심받아요. 시치미 뚝 떼고 들여서 마음껏 조사하게 둡시다. 괜찮습니다. 잘될 거예요."

할아버지가 힘주어 말했다.

"죄송합니다만, 이건 잠시 여기에 대피시켜두겠습니다."

할아버지는 그렇게 말하고 오르골을 좌탁에 내려놓았다. R씨는 말없이 고개를 끄덕였다.

"자, 아가씨, 서두릅시다."

우리는 손을 잡고 침대에서 사다리까지 몇 걸음을 휘청이다시 피 걸어갔다.

"걱정 마세요. 이따 꼭 소중한 생일 선물을 가지러 오겠습니다."

할아버지가 사다리를 올라가다 말고 R씨에게 말했다. 그는 그 저 고개를 끄덕일 뿐이었다.

우리 말고 다른 사람이 이 문을 열지 않기를 바라며, 나는 은신 처 출입구를 닫았다.

"비밀경찰이다. 수색이 끝날 때까지 집안 물건에 절대 손대지 마라. 둘 다 양손을 뒤로 돌려서 깍지를 끼도록. 대화도 금지다. 지금 부터 전부 우리 명령에 따른다. 따르지 않으면 당장 체포하겠다."

그들은 전부 대여섯 명쯤 되었다. 여러 집의 현관에서 수없이 되풀이한 대사이리라. 한 명이 빠르게 고지한 후 일제히 집으로 들

202

어왔다.

바깥에는 눈이 꽤 많이 내리고 있었다. 다른 이웃집들 앞에도 진녹색 트럭이 서 있었다. 밤의 정적 속에 억누를 수 없는 긴장감이 감돌았다.

그들의 방식은 여전했다. 효율적이고, 철두철미하며, 체계적이고, 무감각했다. 부엌, 식당, 응접실, 욕실, 지하실을 착착 수색해 나갔다. 그들은 부츠도 코트도 벗지 않았다. 미리 역할을 분담한 듯 누구는 가구를 치우고, 누구는 벽을 살피고, 누구는 서랍을 뒤졌다. 부츠에 묻은 눈이 녹아서 바닥에 얼룩이 생겼다.

우리는 시킨 대로 양손을 뒤로 돌려 깍지 낀 채 툇마루 기둥 뒤에 서 있었다. 그들은 자신들의 임무에 집중한 듯하면서도 결코 우리에게서 눈을 떼지 않았기에 섣불리 눈짓을 보내거나 몸을 접촉할 수 없었다. 부랴부랴 은신처에서 나온 탓에 할아버지는 넥타이가 삐뚤어졌지만, 눈으로는 앞만 똑바로 쳐다보았다. 나는 마음을 진정시키기 위해 방금까지 듣던 오르골의 멜로디를 소리 없이 되살려보았다. 아주 잠깐 들었는데도 처음부터 끝까지 다 기억났다.

"넌 누구지? 여기는 무슨 일로 왔나?"

우두머리로 보이는 남자가 할아버지를 가리켰다.

"저는 이 댁에서 잡일을 하는 사람입니다. 한집안 식구처럼 드나들고 있지요."

할아버지는 숨을 한 번 고르고 또박또박 대답했다. 남자는 할아버지를 머리부터 발끝까지 훑어본 후 다시 수색을 시작했다.

"개수대가 더럽군. 요리하는 중이었나?"

부엌을 조사하던 남자가 이쪽을 돌아보고 물었다.

개수대에는 파티를 준비하며 쓴 냄비, 프라이팬, 사발, 거품기가 산더미처럼 쌓여 있었다. 확실히 여자 혼자 사는 집의 부엌치고는 너무 어수선했다. 게다가 아직 은신처를 정리하지 않았으므로 더러워진 식기류는 하나도 없다. 식탁에도 식사한 흔적이 남아 있지 않다. 그런 부자연스러움을 비밀경찰이 눈치챈 걸까. 속으로 읊조리는 멜로디의 속도가 점점 빨라졌다.

"네."

똑똑히 대답하려 했지만 숨소리가 가냘프게 새어나왔다. 할아버지가 격려하듯 반걸음 다가붙었다.

"일주일 치 음식을 만들어서 냉동했어요."

용케 그런 거짓말이 떠올랐다고 생각하며 나는 덧붙였다. 그렇다. 세 사람 몫의 식기가 개수대에 있었으면 더 의심받을 판이다. 그러니 쭈뼛대지 말고 이 행운을 기뻐해야 한다고 스스로를 타일렀다.

남자는 청경채를 데친 냄비와 케이크 생지를 반죽할 때 쓴 사발을 들어올려 힐끗 보더니, 개수대 앞을 떠나 수납 선반으로 수색의 손길을 옮겼다. 나는 안도감에 침을 꼴깍 삼켰다.

"다음은 2층이다."

우두머리가 지시하자 부하들이 한 줄로 서서 재빨리 계단을 올라갔다. 우리도 뒤따랐다.

이런 소란과 발소리가 R씨의 귀에도 들릴까. 아마 그는 몸이 작아지면 작아질수록 더 안전하다는 듯이 등을 바짝 웅크린 채 무릎을 끌어안고 있으리라. 의자와 침대는 삐걱거리는 소리가 나니까 바닥에 주저앉아 있을 것이다. 숨소리가 밖으로 새어나가지 않도록 가늘게 호흡하고 있을 것이 틀림없다. 그리고 옆에서는 오르골이 지켜보고 있다.

방이 적은 만큼 2층 수색이 더 꼼꼼했다. 일부러 거칠게 소리를 내거나, 뭔가를 들고 불빛에 비추어보거나, 허리에 찬 무기에 손을 대거나 하는 그들의 몸짓 하나하나에 중대한 의미가 숨어 있는 것만 같아서 숨도 쉬기 힘들었다.

우리는 북쪽 복도의 창문에 기대어 있었다. 뒤로 돌린 팔이 점점 아래로 늘어졌다. 창 아래 강은 어둠에 잠겨서 보이지 않았다. 근처의 다른 집들도 한창 기억 사냥 중인 듯 집집마다 불빛이 환했다. 할아버지가 작게 기침을 한 번 했다.

반쯤 열린 문 사이로 작업실이 보였다. 비밀경찰 한 명이 책장에 꽂힌 책을 전부 끄집어내고, 뒤판과 벽 사이를 손전등으로 비추며 확인하고 있었다. 한 명은 침대 매트리스를 들어내고 침대보를 벗기려 했다. 한 명은 책상 서랍에 가득한 원고지를 훑어보고 있었다. 뻣뻣하고 털이 긴 롱코트 때문에 다들 커 보였다. 모든 것을 위에서 내려다보는 듯한 위압감이 느껴졌다.

"이건 뭐지?"

원고지 뭉치를 든 남자가 물었다. 책상에 흥미를 보이는 건 위험했다. 사전 뒤쪽에 깔때기 스피커를 숨겨놓았기 때문이다.

"소설이에요."

나는 문틈을 향해 대답했다.

"소설?"

남자는 상스러운 단어를 입에 올리듯 말하더니 코웃음 치며 원고지를 바닥에 내팽개쳤다. 종이가 우수수 흩어졌다. 그는 아마 태어나서 지금까지 한 번도 소설을 읽어본 적이 없고, 앞으로도 죽을 때까지 읽지 않을 부류의 인간일 것이다. 나로서도 그편이 훨씬 나았다. 그는 원고지에 흥미를 잃으면서 사전에서도 멀어졌다.

그들의 부츠가 카펫을 수없이 짓밟았다. 구두약을 넉넉히 발라서 잘 닦은, 벗는 데 오래 걸릴 것 같아 보이는 묵직한 부츠였다. 그때 나는 중대한 사실을 알아차렸다. 아주 약간이지만 카펫 모서리가 젖혀져 있었다.

마지막으로 출입구 판자를 닫고 카펫을 덮은 건 나다. 아무리 당황했다지만 왜 제대로 확인하지 않았을까. 만약 비밀경찰들이 눈치채고 조금이라도 걷어올리면 은신처로 통하는 통로가 그대로 드러난다.

나는 젖혀진 카펫에서 눈을 뗄 수가 없었다. 그러면 그들에게 들킬 위험성이 더 커진다는 걸 알면서도 마음대로 되지 않았다. 할아버지는 알고 있을까. 나는 곁눈질로 옆을 살폈다. 할아버지는 밤의 끝자락을 내다보는 듯한 눈으로 그저 먼 곳을 바라볼 뿐이었다.

부츠가 몇 번이고 젖혀진 카펫 위를 오갔다. 고작 4, 5센티미터 정도이니 평소 같으면 신경도 쓰지 않았겠지만, 지금은 눈앞의 풍경에서 거기만 선명하게 확대된 듯 시야를 가득 채웠다. 불과 몇 센티미터지만 바닥에서 말려올라온 모양새가 엄지와 검지로 잡아서 뒤집기에 딱 적당해 보였다.

"이건 뭐지?"

갑자기 비밀경찰 한 명이 말을 걸었다. 젖혀진 카펫을 알아차렸구나 싶어 나는 의미 없이 양손으로 대뜸 입을 막았다.

"이거 어떻게 된 거야."

남자가 이쪽으로 성큼성큼 다가왔다. 나는 오르골 멜로디를 태엽이 끊어져라 빠르게 흥얼거렸다. 그러지 않으면 비명을 지를 것 같았기 때문이다.

"양손은 뒤로 돌려서 깍지 껴."

남자가 굵고 쩌렁쩌렁한 목소리로 명령했다. 나는 벌벌 떨리는 손을 꼭 쥐면서 천천히 뒤로 돌렸다.

"왜 이런 게 남아 있나?"

남자가 작고 네모난 뭔가를 눈앞에 들이댔다. 나는 눈을 깜박였다. 그것은 내내 핸드백에 처박아두었던 수첩이었다.

"특별한 이유는 없어요."

나는 오르골 멜로디를 도중에 끊고 대답했다.

"잊어버렸을 뿐이에요. 거의 사용하지 않아서……"

남자가 문제삼고 있는 건 수첩이다. 카펫을 본 게 아니다. 나는 스스로를 타일렀다. 저 수첩은 문제없다. 별다른 내용을 써두지 않았다. 기껏해야 세탁소에 맡긴 옷을 찾으러 가는 날이나, 길가 배수구를 청소하는 날, 치과 예약일을 적어놓은 정도다.

"달력이 소멸했다는 건 요일과 날짜도 우리에게 필요 없어졌다는 뜻이야. 사라진 것을 계속 가지고 있으면 어떻게 되는지 잘 알 텐데."

남자는 수첩을 팔락팔락 넘겼지만 내용에는 흥미가 없는 눈치였다.

"이런 건 한시바삐 처분해야 해."

남자는 그렇게 말하고 코트 호주머니에서 라이터를 꺼내 수첩에 불을 붙이더니, 북쪽 창문으로 강을 향해 내던졌다. 남자의 양다리 사이로 카펫이 보였다. 수첩은 불꽃놀이처럼 불티를 휘날리며 빙글빙글 돌다가 강에 빠졌다. 불티가 그린 곡선이 한동안 사라지지 않고 어둠 속에 남아 있었다. 멀리서 물 튀는 소리가 짧게 들렸다.

그 순간, 마치 수첩이 떨어지는 소리를 신호로 삼기로 처음부터 정해놓은 것처럼 우두머리가 "철수"라고 소리쳤다. 그들은 재빨리 담당 구역을 벗어나 한 줄로 서서 계단을 내려갔다. 그리고 인사 한마디 없이, 선반이고 서랍이고 하나도 원래대로 돌려놓지 않고, 그저 허리에 찬 무기를 철컥거리며 밖으로 나갔다. 나는 더 이상 견디지 못하고 할아버지 품에 기댔다.

"이제 괜찮습니다."

할아버지는 미소 지으며 중얼거렸다. 젖혀진 카펫은 그 자리에서 가만히 비밀경찰들을 배웅하고 있었다.

밖으로 나가자 기억 사냥을 마친 비밀경찰들이 속속 트럭에 올라타고 철수하는 참이었다. 이웃 사람들도 모두 문설주 뒤편에서 상황을 살피고 있었다. 뺨과 목덜미, 손등에 닿는 눈이 차가웠지만 춥지는 않았다. 긴장감과 공포심이 아직 몸에 남아서 추위를 느낄 여유가 없었다.

트럭의 전조등과 가로등과 눈이 어둠을 비추었다. 이렇게 많은 사람이 모여 있는데도 주위는 적막에 감싸여 있었다. 눈이 밤공기와 스치는 소리마저 들릴 것 같았다.

그때 동쪽 옆집에서 나오는 세 사람이 눈에 들어왔다. 표정까지는 알아볼 수 없지만 셋 다 등을 웅크리고 힘없이 눈 위를 걸어갔다. 뒤에서 비밀경찰들이 그들을 재촉했다. 무기가 둔중하게 빛났다.

"저 집에 사람이 숨어 있었을 줄이야. 꿈에도 몰랐네."

한때 모자 장수였던 아저씨가 혼잣말했다.

"저런 사람들을 원조하는 비밀단체에서 부부가 함께 활동한 모양이야."

"그래서 이웃과 가깝게 지내지 않았던 거군."

"저기 봐. 아직 어린애 아냐."

"딱하게도……"

사람들이 수군거리는 소리가 띄엄띄엄 들렸다.

나는 할아버지와 손을 맞잡은 채, 천막을 씌운 트럭 짐칸에 올라타는 그들의 모습을 말없이 지켜보았다. 아닌 게 아니라 부부 사이에 반쯤 안겨 있는 사람은 열대여섯 살 먹은 소년이었다. 체격은 컸지만 술 장식이 달린 머플러에서 앳된 분위기가 보였다.

트럭은 천막을 내리고 줄지어 떠났다. 이웃 사람들도 집으로 들어갔다. 나와 할아버지만 손을 꼭 잡은 채 어둠 저편을 바라보았다. 홀로 남은 옆집 개가 눈에 얼굴을 비비며 콧소리를 냈다.

그날 밤, 나는 은신처에서 울었다. 이렇게 오랫동안 쉬지도 않고 눈물을 흘린 건 난생처음이었다. 결국 R씨는 무사했으니 실은 기뻐해야 마땅한데, 이상하게 감정이 억제되지 않고 생각지 못한 방향으로 끌려가기만 했다.

하지만 울었다는 표현이 과연 적절한지는 알 수 없었다. 절대 슬픈 건 아니었다. 안도해서 긴장이 풀린 것도 아니었다. 그저 그를 숨긴 후로 내내 가슴속을 떠돌던 여러 생각이 눈물로 모습을 바꾸어 흘러나왔을 뿐이다. 그걸 멈출 방법은 어디에도 없었다. 이를 악물어도, 이렇게 꼴사나운 모습을 그에게 보여서는 안 된다고 스스로를 타일러도, 그가 다정하게 위로해주어도 소용없었다. 나는 흘러가는 눈물 옆에서 가만히 웅크리고 있는 수밖에 없었다.

"은신처가 좁은 게 이렇게 고마운 적은 처음이에요."

나는 침대에 엎드린 채 말했다.

"왜?"

그는 내 옆에 앉아 조금이라도 내 마음을 진정시키는 데 도움이 되었으면 하는 듯이 머리를 쓰다듬고 등을 문질러주었다.

"좁으면 좁을수록 서로를 더 가깝게 느낄 수 있으니까요. 오늘처럼 도저히 혼자 있을 수 없는 밤에는 이 좁은 공간이 평온함을 주네요."

뺨에 닿은 침대보가 미지근하게 젖어 있었다. 파티에 사용한 접이식 좌탁과 접시를 치우고 나자 방은 완전히 원래대로 돌아왔다. 다만 달콤한 케이크 냄새가 희미하게 남아 있는 것 같았다.

"원하는 만큼 있어도 돼. 하룻밤에 두 번이나 기억 사냥을 오지는 않을 테니까."

그는 몸을 기울여 내 얼굴을 들여다보며 말했다.

"미안해요. 원래는 내가 당신을 위로해줘야 하는 건데."

"아니야. 당신이 몇 배는 더 무서운 일을 겪었는걸. 나는 그냥 여기에 가만히 있었잖아."

"비밀경찰들이 셀 수 없이 몇 번이고 은신처 위를 오갔어요. 그 사람들 발소리가 들렸죠?"

"응."

그는 고개를 끄덕였다.

"카펫 끄트머리가 살짝 젖혀져 있었어요. 할아버지랑 같이 나가면서 너무 서두르는 바람에 제대로 덮지를 못했어요. 발각되면 끝이구나 싶었죠. 딱 카펫을 걷어서 아래를 들여다보고 싶을 정도로 젖혀져 있었거든요. 이런 카펫 한 장에 한 사람의 운명이 걸려 있다니 너무 무자비해요. 나는 달려가서 젖혀진 부분을 힘껏 밟고 싶은 충동에 휩싸였어요. 카펫이 바닥에 들러붙을 만큼 세게, 콱콱 짓밟고 싶었죠. 물론 그럴 수는 없었지만요. 그저 물에 빠진 토끼처럼 흠칫거리기만 했어요."

말하는 동안에도 눈물은 계속 흘렀다. 이렇게 울면서도 어째서 말은 끊임없이 나오는지 신기했다. 감정과 눈물과 말이 내 손이 닿지 않는 곳에서 각자 따로따로 흘러넘치고 있었다.

"몰랐어. 당신이 그렇게 절박했을 줄은……"

그는 발치의 난로로 시선을 떨어뜨렸다.

"아니요. 당신을 탓하는 게 아니에요. 그렇게 꼴사나운 감정 때문에 우는 게 아니라고요. 믿어줘요. 기억 사냥이 두려웠다면 처음부터 당신을 숨겨주지 않았겠죠. 그런데 나는 지금 왜 우는 걸까요. 모르겠어요. 스스로도 설명이 안 돼요. 그래서 더 멈출 수가 없는가봐요."

나는 침대보에서 고개를 들고 이마에 내려온 머리카락을 쓸어 올렸다.

"설명이 안 되는 걸 억지로 설명할 필요는 없어. 안 그래도 당신 과 할아버님은 나 때문에 늘 조마조마하게 지내잖아. 여기 있을 때 만은 얼마든지 편하게 있어도 돼."

"어쩌면, 이유도 없이 이렇게 눈물이 나는 건 내 마음이 스스로 도 구제할 길 없을 만큼 쇠약해졌다는 증거일지도 모르겠어요."

"그렇지 않아. 오히려 그 반대지. 마음이 자기 존재를 주장하려 고 기를 쓰고 있는 거야. 비밀경찰이 아무리 많은 종류의 기억을 앗아가도 마음을 텅 비우기는 불가능해."

"그런가요……"

나는 R씨를 쳐다보았다. 몸을 약간만 기울여도 간단히 그에게 닿을 것 같았다. 그가 손을 들어 내 눈가에 맺힌 눈물을 닦아주었 다. 손가락이 뜨거웠다. 손등을 타고 흘러내리는 눈물이 보였다. 그대로 그는 나를 끌어안았다.

고요한 밤이 돌아왔다. 조금 전에 초인종이 울리고 난폭한 발소 리가 이 위를 마구잡이로 오갔다는 것이 거짓말 같았다. 지금은 그 저 그의 심장 소리만 스웨터 너머에서 전해져왔다.

그는 부드러운 물건을 감싸듯이 힘을 빼고 양팔을 내 등에 둘렀 다. 나는 드디어 울음을 그칠 수 있었다. 장 보기, 기절한 생선, 케

이크에 꽂은 촛불, 오르골, 불타며 떨어진 수첩 등 모든 것이 먼 옛
날 일 같았다. 그와 함께 있는 지금 이 시간만이 어디로도 흘러가
지 않고 언제까지나 우리 주위를 맴돌았다.

'이 심장 소리 저편에 내가 잃어버린 기억이 가득차 있을까.'

그의 가슴에 뺨을 댄 채 나는 생각했다. 가능하다면 그것들을
하나하나 전부 꺼내서 눈앞에 늘어놓고 싶었다. 기억들은 분명 그
의 마음속에서, 건드리자마자 손끝이 촉촉하게 물들 만큼 생생히
살아 숨쉬고 있을 것이다. 내가 가지고 있는 어렴풋한 기억, 물결
에 삼켜지는 시든 꽃잎, 소각로 바닥에 쌓인 재와는 비교도 되지
않으리라.

나는 눈을 감았다. 속눈썹이 스웨터를 스쳤다.

"동쪽 옆집에 사는 사람이 비밀경찰의 트럭에 실려갔어요."

나는 중얼거렸다.

"아직 어린 소년을 숨겨주고 있었더라고요. 언제부터 그랬던 걸
까. 이렇게 가까이에 당신처럼 숨죽이고 살던 사람이 있었다니, 전
혀 몰랐어요."

"그 소년은 어디로 끌려갔을까."

그의 목소리가 내 머리카락에 스며드는 게 느껴졌다.

"나도 그게 알고 싶었어요. 그래서 트럭 후미등이 사라진 후에
도 어둠 저편을 뚫어져라 바라봤죠. 코트도 장갑도 없이, 얼굴에
눈이 내려도 아랑곳 않고 가만히 서서. 오랫동안 그러고 있으면 언

젠가 기억의 행선지가 보일 거라는 듯이요."

그가 내 양어깨를 붙잡고 살짝 밀어내더니, 우리 사이에 생긴 작은 틈으로 시선을 떨어뜨렸다.

'하지만, 아무리 기다려도 보이는 건 없었어요'

나는 그렇게 말하려고 했지만, 그가 입술을 막는 바람에 목소리를 낼 수 없었다.

18

시계탑에 갇힌 지 며칠이나 지났을까요. 도무지 짐작도 되지 않습니다.

물론 이곳에는 거대한 시계가 있으니 시간은 알고 싶을 때 언제든 알 수 있습니다. 매일 두 번, 오전 열한시와 오후 다섯시에는 종도 울립니다. 처음 며칠은 아침이 될 때마다 의자 다리에 손톱으로 눈금을 새겨 날짜를 헤아렸지만 이제는 그러기도 힘듭니다. 원래부터 의자가 흠집투성이라 날이 갈수록 어떤 것이 내가 새긴 눈금인지 구분이 되지 않기 때문입니다.

오늘이 몇월 며칠 무슨 요일인지와는 관계없이 그저 하루 치의 시간이 냉담하게 되풀이해서 흘러갈 뿐입니다. 하지만 무수한 목소리의 주검들 사이에 그의 의도대로 갇혀 있는 지금의 내게는 그걸로 충분한지도 모르겠습니다. 날짜나 요일을 안다 한들 무슨 소용일까요.

처음에는 타자기와 시계 부품밖에 눈에 들어오지 않았지만, 시간이 흐르면서 이 방의 세부가 보이기 시작했습니다.

서쪽 벽 한복판쯤에서 타자기 더미의 높이가 확 낮아집니다. 거기를 넘어가면 간소한 세면실과 화장실로 통하는 문이 나옵니다. 수도꼭지 위에는 작은 창문도 있습니다. 나는 가끔 세면대 위에 기어올라가 창문을 열고 바깥 풍경을 바라봅니다. 집들의 지붕, 밭, 실개천, 공원이 보입니다. 동네에서 가장 높은 건물이 이 시계탑이기에 나보다 위에는 아무것도 없습니다. 하늘이 펼쳐져 있을 뿐입니다. 이렇게 잠깐이나마 바깥공기를 쐬면 기분이 좋습니다. 하지만 세면대가 내 몸무게를 지탱할 만큼 튼튼하지는 않은지 법랑과 타일 이음매에 금이 가서 물이 새게 돼버렸습니다.

테이블 서랍 속에서도 수확을 거두었습니다. 그렇다고 문의 자물쇠를 부술 망치처럼 특별히 주목할 만한 물건을 찾아낸 건 아닙니다. 지혜의 고리 퍼즐, 압정, 튜브형 멘톨밤, 빈 초콜릿통, 담배 한 갑, 이쑤시개, 조개껍데기, 손가락장갑, 체온계, 안경집……그런 것들입니다. 하지만 아무리 사소한 물건이라도 없는 것보다는 낫습니다. 생활에 자극이 되는 건 확실하니까요.

이런 물건들이 어떤 경위로 여기 왔을지 나는 상상의 나래를 펼쳐봅니다. 옛날, 시계가 아직 자동으로 움직이지 않던 무렵 이 방에는 틀림없이 시계지기 할아버지가 살았을 겁니다. 태엽을 감고,

기름을 치고, 정해진 시간이 되면 종을 울리는 일을 하죠. 한가할 때는 교회 일을 도울지도 모릅니다. 가족 하나 없고 무뚝뚝하지만 성실한 할아버지입니다. 담뱃갑과 안경집은 아마 할아버지 것이었을 겁니다. 안에 담배가 아직 몇 개비 남아 있지만 냄새는 거의 빠져나갔습니다. 최근에는 잘 볼 수 없는 고풍스러운 디자인의 담뱃갑입니다. 천으로 만든 안경집은 많이 해졌습니다. 할아버지는 이 방에서 숨을 거두지 않았을까요.

아니면 나는 지혜의 고리를 가지고 놉니다. 아무 생각 없이 그저 은색 고리만 바라보며 시간을 보내는 겁니다. 뭐가 됐든 손가락으로 도구를 만지작거리면 건전한 정신 상태에 도움이 됩니다. 타자기를 빼앗겼을 때 손가락이 얼마나 불안했는지 생각하면 불평할 수 없습니다. 하지만 지혜의 고리 구조를 다 외워버리는 바람에 푸는 시간이 점점 짧아지는 것이 고민입니다.

멘톨밤도 유용합니다. 관자놀이, 코밑, 목덜미에 바르고 알싸한 냄새를 맡고 있으면 기분이 살아납니다. 흥분되는 게 아니라 신경의 일부가 날카로워지는 듯한, 서늘한 바람이 몸속을 통과해나가는 듯한 기분이 듭니다. 멘톨이 증발할 때까지 몇십 분은 그런 기분이 지속됩니다. 양이 절반 정도밖에 남지 않아서 조금씩 아껴 쓰고 있습니다.

또하나 방의 인상을 바꾼 것은 침대입니다. 그가 들여놓은 것입니다. 접이식 소파 같은 간이침대지만, 그래도 그걸 들고 시계탑의 좁고 구불구불한 계단을 올라오느라 고생했을 겁니다. 그가 들어왔을 때 몸은 매트리스에 가려서 거의 보이지 않았고 침대 다리는 바닥에 끌려 칠이 다 벗겨져 있었습니다. 손바닥이 빨갰고 어깨를 들썩거렸으며 이마에는 땀이 맺혀 있었습니다. 여간해서는 육체적으로 지친 티를 내지 않는 그이기에 당황스러웠습니다. 그는 언제나 스스로를 통제합니다. 옷차림도, 머리카락도, 손가락의 움직임도, 쓰는 말도, 전부 자신의 의지로 관리합니다. 땀 흘리는 모습을 보이는 건 분명 그의 의도가 아니었을 겁니다.

하지만 그렇게까지 해서 침대를 들여놓을 만한 가치는 있었습니다. 그 침대 위에서 우리는 많은 일을 했으니까요.

이 방에 있으면 종소리가 마을에서보다 훨씬 공포스럽게 덮쳐옵니다. 종이 손으로 만질 수 있을 만큼 가까이에 있으니까 당연하죠. 열한시와 다섯시가 다가오면 나는 방구석에 웅크리고 앉아 무릎에 얼굴을 꼭 묻습니다. 눈을 감고 숨도 멈춥니다. 최대한 감각을 차단해야 충격이 덜하지 않을까 싶어서입니다. 하지만 마지막 일 초가 철컥 움직이고 타종봉이 좌우로 흔들리면, 그렇게 하찮은 저항은 아무 의미도 없다는 걸 깨닫습니다.

종소리는 천장을 기어와, 벽에 부딪히고, 바닥널을 뒤흔들며, 어디도 가지 않고 오랫동안 온 방안을 가득 채웁니다. 파도처럼 끈질기게 나를 뒤덮습니다. 떨쳐내려고 몸을 흔들어도 소용없습니다.

여기 갇힌 첫날, 다섯시에 종이 울렸을 때 나는 타자기가 일제히 비명을 지르는 게 아닌가 착각했습니다. 타자기에 갇힌 목소리가 울부짖는 것처럼 들린 겁니다. 실제로 이 많은 키가 일제히 활자를 찍으면 종소리에 뒤지지 않을 만큼 엄청난 소리가 나겠지요.

이제는 어느 게 내 타자기인지도 모르겠습니다. 처음 한동안은 금속 레버가 빛나고 커버도 새것처럼 반질반질했지만, 점점 먼지가 쌓여 칙칙해지자 다른 타자기와 구분되지 않았습니다. 이제는 완전히 타자기 더미와 하나가 되었습니다.

그의 말처럼 정말로 여기 있는 타자기 하나하나에 서로 다른 사람의 목소리가 갇혀 있을까요? 육체와 마찬가지로 목소리도 쇠약해지는 법이라면, 아래쪽에 깔려 짓눌린 것들은 대부분 숨이 끊겨 말라비틀어졌을지도 모르겠습니다.

하루는 내 목소리가 어땠는지 기억나지 않아 깜짝 놀랐습니다. 없어진 기간의 몇 배나 오래 들어왔던 자기 목소리를 이렇게 간단히 잊어버릴 줄은 몰랐습니다.

세상이 뒤집어져도 이것만은 나만의 소유라고 믿었던 것들도, 알고 보면 의외로 간단히 나를 떠나버리는지 모르겠습니다. 몸을 분해해서 다른 사람의 몸과 섞어놓고 "자, 본인의 왼쪽 눈알을 찾아보세요" 한다면 분명 정답을 맞히기 어려울 겁니다. 그것과 똑같습니다. 지금쯤 내 목소리는 타자기 안쪽 레버 사이에 조용히 웅크리고 있겠죠.

그는 나를 제 마음대로 다룹니다. 말 그대로 '마음대로'입니다.

식사는 그가 가져옵니다. 타자 교실 뒤쪽에 있는 탕비실에서 만드는 모양입니다. 호화롭지는 않지만 나름대로 충실한 식단입니다. 스튜, 그라탱, 찜 등 걸쭉한 요리가 많은 것 같습니다.

그는 쟁반을 테이블 위에 놓고 맞은편에 앉아 한 손으로 턱을 괸 채 내 쪽을 가만히 바라봅니다. 그는 일절 아무것도 입에 넣지 않습니다. 먹는 사람은 나 혼자입니다.

아직도 그런 식사 자리에는 익숙해지기 힘듭니다. 음악도 웃음도 대화도 없이, 한순간도 떨어지지 않는 그의 시선을 느끼며 음식을 삼키다보면 가시방석이 따로 없습니다. 식욕도 나지 않습니다. 목구멍을 내려간 음식물이 갈비뼈 언저리에 걸렸다가 힘겹게 위에 다다르는 모습이 눈앞에 떠오릅니다. 항상 반 정도 먹다가 진저리가 나지만, 억지로 다 먹습니다. 아니면 남은 음식으로 그가 또 내게 무슨 짓을 할지 모르니까요.

"입술에 소스가 묻었어."

가끔 그가 말을 겁니다. 나는 황급히 입술을 핥습니다. 냅킨이 없으니 하는 수 없습니다.

"좀더 오른쪽."

그가 지시합니다.

"좀더 위쪽."

이렇게 그는 내가 입술을 구석구석 핥게 만듭니다.

"자, 계속 드시죠."

그는 고급 레스토랑의 종업원같이 우아한 몸짓으로 재촉합니다. 나는 다시 빵을 잘게 뜯고, 느릿느릿 고기를 썰고, 물을 마시고, 사이사이 눈을 치켜뜨며 그의 동태를 살핍니다.

밤이 되면 그는 나를 홀딱 벗겨서 전구 바로 밑에 세우고 더운 물로 몸을 닦습니다. 양동이에 받아온 물은 방안에 김이 자욱해질 정도로 아주 뜨겁습니다. 그 김이 완전히 사라질 때까지 오랫동안 그는 정성껏 내 몸을 닦습니다. 스톱워치를 닦는 손길과 비슷합니다.

사람의 몸이 이렇게 많은 부위로 이루어져 있구나 싶어 나는 놀랍니다. 끝이 있을지 의심스러운 작업입니다. 눈꺼풀, 헤어라인, 귀 뒤, 쇄골, 겨드랑이 아래, 젖꼭지, 배, 등골, 넓적다리, 종아리, 손가락 사이…… 그는 아무리 사소한 부분도 소홀히 하지 않습니다. 피곤한 기색이나 땀 한 방울 내비치지 않고 표정 변화도 없이, 내 몸을 한 군데도 빠짐없이 만집니다.

그뒤에 어떤 옷을 입을지도 물론 그가 정합니다. 대개는 어느 옷집에서도 본 적이 없는 기묘한 스타일의 옷입니다. 옷이라고 해도 될지조차 의문입니다.

일단 소재부터 별납니다. 비닐, 종이, 금속, 나뭇잎, 과일 껍질 등으로 만들었습니다. 함부로 다루면 금방 떨어져나가거나, 피부에 상처를 내거나, 가슴을 옥죄거나 합니다. 그래서 조심스럽게 천천히 몸에 걸쳐야 합니다.

그런 옷들은 직접 만든다고 어느 날 그가 고백했습니다. 일단 이미지를 떠올리고, 스케치북에 데생을 하고, 옷본을 뜨고, 여기저기서 재료를 주워온다고요. 그때 나는 스스로도 뭐라 설명할 수 없는 부조리한 느낌을 받았습니다. 옷을 만드는 그의 손가락은 틀림없이 아름답겠지. 그런 생각이 든 겁니다. 바늘에 실을 꿰고 가위로 과일 껍질을 자르는 그의 모습을 상상하는 것은 타자를 치는 그의 모습을 상상하는 것만큼이나 매혹적이었습니다.

모양이 기묘한 옷을 입기 위해 내가 어깨를 움츠리고, 다리를 접고, 허리를 비꼬며 애쓰는 동안, 그는 옆에서 만족스럽게 웃고 있습니다. 완전히 식어버린 양동이의 물에 천장 불빛이 비칩니다. 그리고 아침이 되면 그 옷은 쓰다 버린 걸레처럼 뭉쳐져서 바닥에 널브러져 있습니다.

목소리가 존재하지 않는 곳에서 반복하는 일상은 역시 정신적인 긴장을 가져옵니다. 갇혀 있다는 사실보다 목소리가 나오지 않는다는 사실이 훨씬 강하게 나를 옭아맵니다. 그의 말마따나 목소리를 빼앗는 것은 육체의 주체성을 무너뜨리는 짓이나 마찬가지입니다.

"목소리를 내고 싶어?"

가끔 그는 냉정한 눈빛으로 묻습니다. 나는 세차게 고개를 젓습니다. 끄덕여본들 별 소용이 없다는 걸 알기 때문입니다. 그보다는 고개를 젓는 편이 조금이나마 정신을 안정시키는 운동이 됩니다.

요즘 들어 육체가 내 마음에서 멀어져가는 것을 느낍니다. 목도, 양팔도, 젖꼭지도, 몸통도, 다리도 손이 닿지 않는 곳을 떠도는 것 같습니다. 그가 그것들을 가지고 노는 모습을 그저 바라보는 수밖에 없습니다. 다 목소리를 잃은 탓입니다. 육체와 마음을 연결하던 목소리가 사라지자, 내 감촉과 의지를 말로 표현할 수 없어진 겁니다. 나는 점점 뿔뿔이 흩어져갑니다.

여기서 도망칠 수는 있을까요. 생각해보지 않은 건 아닙니다. 그가 문을 연 순간, 온몸으로 밀치고 계단을 뛰어내려간다. 타자기로 바닥을 내리쳐서 교실 학생들에게 알린다. 타자기를 분해해 부품을 창밖으로 던진다. ……전부 시원찮은 방법뿐입니다. 그리고 만약 바깥세상으로 나간다 한들, 뿔뿔이 흩어진 나를 원래 모습으로 되돌릴 수 있을까요.

그가 타자 교실에서 수업하는 동안 나는 시계 문자반 뒤에서 바깥을 내다봅니다. 잘 손질된 교회 정원에는 늘 꽃이 피어 있습니다. 정원에는 수많은 사람이 모여듭니다. 나무 그늘에서 이야기를 나누거나, 벤치에 앉아 책을 읽거나, 아이들끼리 배드민턴을 치거나, 타자 교실 학생이 자전거를 타고 지나가곤 합니다. 가끔 누군가가 시간을 확인하려고 시계탑을 올려다보지만, 내 존재를 알아차리는 사람은 물론 없습니다.

귀기울이면 사람들의 목소리가 들리지만, 무슨 이야기를 하는 지는 모르겠습니다. 처음에는 거리가 너무 멀어서 목소리가 여기까지 닿지 않는 줄 알았습니다. 하지만 실은 아니었습니다. 내가 사람들의 말을 이해할 수 없을 뿐입니다.

어느 날 그가 정원에서 학생들과 담소를 나누는 모습이 보였습니다. 멀리서 보는 그는 세련되고 이지적이고 기품 있었습니다. 그를 둘러싼 학생들 모두 가슴 설레하는 눈치였습니다. 그가 시계탑 꼭대기에서 어떻게 변하는지 아는 사람은 나뿐입니다.

"어떤 유혹이 있어도 절대로 자판을 보면 안 돼. 그게 실력을 키우는 최고의 비결이야. 키는 눈이 아니라 손가락으로 찾는 거야."

타자 기술에 대해 이야기하는 것 같았습니다. 그의 목소리는 똑똑히 들렸습니다. 바람을 타고, 문자반 틈새를 지나 곧장 귀에 와닿았습니다. 그후에 귀걸이를 달랑거리는 단발머리 여학생이 그에게 뭐라고 말했습니다.

"……"

목소리는 분명히 들렸지만 무슨 말인지 알아듣지 못했습니다. 목소리가 바람을 타고 시계탑을 지나쳐 하늘로 빨려드는 느낌이었습니다.

"눈을 감고 손가락으로 타자기를 구석구석 만져봐. 키의 위치는 물론이고 레버의 모양, 롤러의 굵기, 전체적인 윤곽을 손가락으로 기억하는 거야."

그는 옛날에 내게 가르쳐준 것과 똑같은 말을 했습니다. 한마디 한마디가 분명히 들렸습니다.

"……"

"……"

"……"

여학생 몇 명이 차례로 입을 열었습니다. 하지만 말다운 말은 하나도 없었습니다.

"다음부터 교실에서 자판을 보면 벌점을 매길 거야."

그가 말했습니다.

"……"

역시 마찬가지였습니다. 학생들의 말은 알아들을 수가 없었습니다.

"옳지, 그게 좋겠군. 당장 내일 시작하자."

그가 손뼉을 쳤습니다. 여학생들은 일제히 몸을 뒤로 젖히며 비명인지 웃음인지 모를 목소리를 냈습니다.

그때 확실히 알았습니다. 나는 이제 그의 말밖에 이해하지 못한다는 것을. 바깥세상의 다른 사람들이 하는 말은 조율이 제대로 안 된 악기가 아무렇게나 내는 소리처럼 들릴 뿐입니다.

이건 나의 존재가 퇴화하고 있다는 증거겠지요. 시계실에 필요 없는 것은 점점 사라져갑니다. 그리고 언젠가 이 장소에 딱 들어맞게 변할 겁니다.

이제 와서 달아나도 늦은 것 같습니다. 이미 퇴화가 많이 진행된 것 같으니까요. 밖으로 한 발짝 내디디자마자 몸이 산산조각날지도 모릅니다.

지금 나를 유지해주는 것은 그뿐입니다. 그의 손가락뿐입니다. 그래서 나는 오늘밤도 그의 발소리가 탑을 올라오기를 기다립니다. …………

기억 사냥 이후로 나는 은신처에 발을 들이지 않았다. 평소와 다름없이 식사와 물을 가져다주면서 그와 마주했지만, 사다리 위와 아래에서 하잘것없는 잡담을 두세 마디 나누는 것이 전부였다. 자연스럽게 사다리를 내려갈 핑계를 이리저리 궁리해보았지만, 결국 아무 말도 꺼내지 못하고 문을 닫곤 했다.

R씨는 기억 사냥의 충격이 뒤늦게 밀려온 듯, 웃어도 힘이 없고 식사도 남길 때가 많았다. 그날 밤 내가 너무 난리를 치는 바람에 정작 그는 감정을 방출할 기회를 놓쳤는지도 모른다. 남아 있던 응어리가 이제야 욱신거리기 시작한 모양이었다. 문을 닫을 때마다 그가 미처 못한 말을 떠올릴지도 모르겠다는 생각에 손을 멈추고 무거운 판자를 든 채 잠깐 아래를 내려다보지만, 그는 등을 돌리고 말없이 책상 앞에 앉거나 침대 속으로 파고들기만 했다.

그가 안쪽 자물쇠를 풀어 문을 밀어올리고 카펫 아래로 빠져나와 나를 보러 올 가능성은 없다고 생각하자 견딜 수 없는 기분이 들었다. 물론 그가 처한 상황 때문이지만, 아무리 스스로를 타일러도 어쩌면 나를 보기 싫은 것일지도 모른다는 생각에 사로잡혔다.

그날 밤을 자꾸 떠올리면 떠올릴수록, 있었던 일들이 하나하나씩 현실에서 멀어져가는 것 같았다. 갖가지 요리, 케이크, 수북이 쌓인 냄비, 선물, 와인, 부츠, 불탄 수첩, 젖혀진 카펫, 끌려가는 세 사람, 천막을 친 트럭, 눈물, ……그것들 전부 하룻밤 사이 내가 겪은 일이라는 게 믿기지 않았다. 그렇기에 그 엄청난 하룻밤을 무사히 넘기기 위해서는 그와 끌어안을 수밖에 없었던 것이다. 우리는 그저 서로를 지키기 위해, 유일한 도피처로 숨었을 뿐이다. 나는 그렇게 스스로를 위로했다.

나는 그날 쓴 원고를 옆으로 치우고 사전 뒤에서 깔때기 스피커를 꺼내 귀에 댔다. 처음에는 아무 소리도 들리지 않았지만 참을성 있게 귀기울이자 은신처의 작은 기척이 조금씩 고무관을 타고 전해졌다.

일단 물 튀기는 소리가 났다. 그리고 그의 헛기침 소리와 천이 비벼지는 소리, 환풍기 모터 소리가 들렸다. 나는 깔때기를 고쳐 잡고 귀에 더 힘주어 눌렀다.

그는 몸을 씻는 중이다. 저녁에 대야와 온수를 가득 채운 포트, 비닐시트, 수건을 넣어주자 그는 "아 참, 오늘 목욕하는 날이었지.

깜박했어"라고 말했다.

"목욕이라고 할 만큼 변변히 챙겨주지 못해서 미안해요."

사다리 손잡이에 대야 바닥이 살짝 부딪혔다.

"달력이 사라져도 당신이 일정을 잊어버리지 않아서 다행이야."

그는 목욕 도구를 양손으로 받아들며 말했다.

중얼거리는 듯한 물소리가 띄엄띄엄 들렸다. 그가 어떤 식으로 몸을 씻는지는 물론 본 적 없지만, 이렇게 깔때기를 들고 있자니 그의 움직임이 귀를 통해 전해지는 것 같았다.

우선 바닥이 젖지 않도록 비닐시트를 깐 후, 그 위에 알몸으로 책상다리를 하고 앉는다. 벗은 옷은 침대에 놓아둔다. 대야에 부은 온수가 식기 전에 우선 수건의 물기를 짜서 목에서 등, 어깨, 가슴을 양손으로 문지른다. 수건이 마르면 다시 물에 적신다. 바깥공기를 멀리한 피부는 창백하고 세게 문지르면 대번에 수건의 솔기 자국이 남는다. 그는 무표정한 얼굴로 묵묵히 손을 움직인다. 비닐시트에 떨어진 물방울이 빛난다. ……

나는 그의 몸 윤곽을 정확하게 그려볼 수 있었다. 근육 하나하나가 어떻게 움직이고, 관절이 어떤 각도로 구부러지며, 혈관이 어떤 모양으로 비치는지 떠올릴 수 있었다. 깔때기에서 들려오는 기척은 미미했지만 고막에서 기억으로 전해지는 사이 감촉이 점점 선명해졌다.

웬일로 커튼 사이로 별이 보였다. 온 동네를 뒤덮은 눈도 한밤중에는 어둠으로 칠해졌다. 가끔 바람이 유리창을 흔들었다. 나는 꼬인 고무관을 풀었다. 깔때기는 손바닥의 온기로 따뜻했다. 책상 위 원고지는 가지런히 정리해서 문진으로 눌러놓았다. 내게는 그 것이 은신처로 내려갈 수 있는 유일하고도 정당한 티켓처럼 느껴 졌다.

대아에 뜨거운 물을 더하는 소리가 가늘고 길게 들렸다.

19

할아버지의 생일 파티 이후로 몇 주일이 지났다. 그동안 크고 작은 사건이 몇 번 있었지만 기억 사냥에 비하면 대단한 문제는 아니었다.

첫번째 사건은 어느 날 저녁 산책하다가 농가 할머니와 마주치면서 시작됐다. 할머니는 길가에 돗자리를 펼쳐놓고 채소를 팔고 있었다. 종류는 적었지만 시장의 채소가게보다 가격이 싸서, 나는 기쁜 마음으로 봉지 가득 양배추와 콩나물, 피망을 샀다. 값을 치르는데 갑자기 할머니가 얼굴을 가까이 가져와 속삭였다.

"안전한 은신처 몰라요?"

나는 놀라서 잔돈을 떨어뜨릴 뻔했다. 잘못 들었나 싶어 "네?" 하고 되물었다.

"누구 숨겨줄 사람을 찾고 있어요."

이쪽에는 시선을 주지 않고 허리에 찬 주머니에 돈을 넣으며 할머니는 분명히 그렇게 말했다. 나는 주위를 둘러보았다. 맞은편 공원에서 아이들 몇 명이 놀고 있을 뿐 다른 사람은 없었다.

"비밀경찰에 쫓기고 계세요?"

물건을 사면서 잡담을 나누는 척 나는 물었다. 할머니는 아무 말이 없었다. 쓸데없는 소리는 하고 싶지 않은 것이리라.

나는 새삼스레 할머니를 살펴보았다. 몸은 왜소한 편이 아니지만 옷차림이 초라했다. 낡은 옷을 뜯어서 고친 듯한 바지는 후줄근했고, 어깨에 걸친 숄은 보풀투성이였다. 운동화 앞코에는 구멍이 났다. 눈가에 눈곱이 잔뜩 끼었고, 손은 동상에 걸려 빨갛게 부었다. 아무리 곰곰 생각해도 아는 얼굴은 아니었다.

그나저나 왜 생판 모르는 사람에게 이렇게 중요한 부탁을 하는 걸까. 나는 머릿속이 혼란스러웠다. 내가 비밀경찰에 밀고하면 어쩌려고. 그만큼 절박한 걸까? 그렇다면 은신처까진 힘들지언정 뭐라도 도와주고 싶기도 하다. 그러나 비밀경찰의 함정일 수도 있다. 일부러 동정심을 살 만한 몰골을 하고 손님에게서 은신처의 비밀을 캐내려는 것이다. 그들이라면 그만큼 더러운 수단을 사용하고도 남는다. 아니, 어쩌면 이 할머니는 우리집에 비밀 방이 있다는 걸 아는지도 모른다. 그래서 자기도 도움을 받으려고 매달리는 건…… 하지만 그럴 가능성은 낮다. 우리의 비밀은 절대로 새어나가지 않았을 것이다. 비밀경찰조차 눈치채지 못했으니까.

잠깐 사이 온갖 생각이 머리를 스쳤지만, 정작 입에서 나온 것은 아주 짧은 한마디였다.

"도움을 드릴 수 없을 것 같아요."

나는 채소가 든 봉지를 품으로 끌어당겼다. 할머니는 더이상 아무 말도 하지 않았다. 표정 하나 바뀌지 않고 허리에 찬 돈주머니를 짤랑거리며 남은 채소의 위치를 바로잡았다.

"죄송해요."

그렇게 말하고 나는 종종걸음으로 할머니 곁을 떠났다.

나중에 빨갛게 튼 손이 떠오를 때마다 가슴이 아팠지만, 역시 다른 방법은 없었다. 경솔하게 행동하면 R씨에게 위험이 닥치기 때문이다. 그래도 할머니가 마음에 걸려서 매일 산책길에 그곳을 들렀다. 채소를 살 때도 있었고, 말없이 지나칠 때도 있었다. 할머니는 변함없이 몇 안 되는 채소를 벌여놓고 장사하고 있었지만, 내 얼굴을 보고도 아무 반응이 없었고 은신처에 대해서도 묻지 않았다. 그렇게 중대한 문제를 꺼내놓고 내 존재를 싹 잊어버린 것만 같았다.

일주일쯤 지나서 갑자기 할머니가 자취를 감추었다. 팔 채소가 바닥났는지, 다른 곳에서 장사하는 건지, 은신처를 찾은 건지, 기억 사냥을 당한 건지, 확인할 방도는 없었다.

또다른 사건은 한때 모자 장수였던 맞은편 집 아저씨와 부인을 우리집에 하룻밤 재워준 일이다. 집안의 벽을 전부 새로 칠해서 페인트 냄새가 빠질 때까지 하루만 침실을 빌려달라고 한 것이다.

물론 나는 1층 전통식 방—은신처에서 제일 먼 방—을 내주었다. 비록 단 하루라 해도 들키지 않도록 경계하려면 나나 R씨나 고생이겠지만, 거절할 핑계를 찾기가 더 어려웠기 때문이다.

"페인트가 마를 때까지 최소 하루나 이틀은 걸리거든. 그렇다고 이 추위에 창문을 열고 잘 수도 없는 노릇이니, 원. 신세를 져서 미안해."

아저씨는 그렇게 말했다.

"마음 쓰지 마세요. 저희 집에는 남는 방이 많은걸요."

나는 최대한 싹싹하게 웃어 보였다.

그날 나는 일찍 일어나서, 아저씨 부부가 오기 전에 샌드위치와 홍차를 잔뜩 준비해 은신처로 가져갔다.

"오늘 식사는 이걸로 참아주세요."

내 말에 R씨는 잠자코 고개를 끄덕였다. 그 역시 약간 긴장한 기색이었다.

"발소리 내지 않게 조심하고요. 그리고 화장실 물도 내리면 안 돼요."

나는 몇 번이고 신신당부한 후 내일까지 열지 못할 문을 신중하게 닫았다.

아저씨 부부는 수더분하고 염치를 아는 사람들이라 집안 여기저기를 돌아다니거나 사적인 질문을 하거나 하지는 않았다. 아주머니는 낮 동안 방에 틀어박혀 뜨개질을 했다. 아저씨가 일을 마치고 돌아오자 셋이서 저녁을 먹고 한동안 같이 텔레비전을 보며 잡담을 나누다가, 두 사람은 아홉시쯤 잠자리에 들었다.

그동안 내 정신은 온통 2층에 가 있었다. 아무리 작은 소리가 나도, R씨와는 관계없는 바닷소리나 자동차 경적, 바람소리에도 일일이 흠칫거리며 슬그머니 아저씨 부부의 표정을 살폈다. 하지만 그들은 아무 의문도 품지 않는 것 같았다. 설마 천장 위에 다른 사람이 숨죽이고 있을 줄은 상상도 못하리라. 나조차 가끔 그 공간이 꿈속에 나온 허상의 장소가 아닐까 하는 착각에 빠지니까.

다음날, 페인트가 무사히 마르고 아저씨 부부는 집으로 돌아갔다. 감사의 표시로 밀가루 한 봉지와 정어리 병조림, 아저씨가 만든 튼튼한 검은색 우산을 받았다.

다음으로, 사건이라 할 정도는 아니지만 동쪽 옆집에 혼자 남은 개를 내가 기르기로 했다. 기억 사냥 다음날 비밀경찰이 다시 트럭을 타고 와서 가재도구를 싹 실어갔지만 어째선지 개는 건드리지 않았다. 잔반과 우유를 울타리 너머로 넣어주며 한동안 상황을 지켜보았지만 아무도 거두러 오지 않는 듯해서 주민회장과 상의해 내가 데려왔다.

할아버지 도움을 받아 개집을 우리집 마당으로 옮기고, 목줄을 묶어둘 말뚝을 박았다. 눈밭에 널브러져 있던 양은 밥그릇도 가져왔다. 개집 지붕에 매직펜으로 '돈'이라고 적혀 있었기에 나도 그개를 돈이라고 부르기로 했다. 돈 후안의 돈인지, 돈키호테의 돈인지는 모르겠지만 개는 얌전하고 말을 잘 들었다. 나랑 할아버지와도 금방 친해졌다. 갈색 무늬가 있는 잡종견으로, 왼쪽 귀 끝이 약간 접혀 있었다. 개인데도 흰살생선을 좋아하고, 목줄 사슬의 이음매를 핥는 버릇이 있었다.

제일 따뜻한 낮시간에 돈을 산책시키는 것이 일과에 추가되었다. 밤에는 현관 한구석에 낡은 이불을 깔아 잠자리를 만들어주었다. 원래 주인이었던 부부와, 숨어 있던 소년과, 이누이 씨 가족과, 그들의 고양이 미조레를 대신해 돈을 귀여워해주기로 나는 마음먹었다.

그렇게 무사히 몇 주일이 지난 후 다시 소멸이 찾아왔다. 이미 익숙해질 대로 익숙해진 줄 알았는데, 이번에는 그리 쉽게 넘어갈 수 없었다. 소설이 사라진 것이다.

소멸은 여느 때처럼 아침에 찾아왔지만 진행 속도가 느렸다. 오전 동안 동네에는 특별한 변화가 없었다.

"우리집에는 소설이 한 권도 없어서 편하지만, 그 집은 고생이겠어. 직접 소설을 쓰기까지 했으니. 도울 일이 있거들랑 언제든지 말해. 책은 무거우니까."

집 앞 도로에 서서 주변을 살피는 내게 한때 모자 장수였던 아저씨가 말을 붙였다.

"네, 감사합니다."

나는 힘없이 대답하는 것이 고작이었다.

물론 R씨는 소설을 없애는 데 크게 반대했다.

"집에 있는 책을 몽땅 여기로 가지고 내려와. 물론 당신이 지금 쓰는 원고도."

그는 말했다.

"그랬다가는 이 방이 책으로 가득찰 거예요. 당신 있을 곳이 없어진다고요."

나는 고개를 저었다.

"나는 누울 자리만 있으면 충분해. 여기 숨기면 들킬 염려 없어."

"그래서 뭘 어쩌자고요? 소멸해버린 책을 쌓아두는 게 무슨 도움이 되는데요?"

그는 관자놀이를 누르며 한숨을 쉬었다. 소멸에 대해 이야기할 때는 늘 이렇다. 아무리 상대의 말을 이해하려 노력해도, 우리의 마음은 작은 교차점 하나 공유할 수 없다. 이야기하면 할수록 섭섭해진다.

"당신은 지금까지 소설을 써온 사람이야. 도움이 되느냐 안 되느냐로 나눌 수 없다는 걸 잘 알잖아."

"네, 분명 그랬죠. 어제까지는요. 하지만 이제 아니에요. 마음이 더 쇠약해졌으니까요."

나는 '쇠약'이라는 말을 유독 깨지기 쉬운 물건을 내밀듯이 공들여 발음했다.

　"나도 소설을 잃는 건 괴로워요. 당신과 나를 이어주는 소중한 끈이 풀려버린 기분이라고요."

　나는 그를 쳐다보았다.

　"원고를 불태우면 안 돼. 소설을 계속 쓰는 거야. 그러면 끈은 풀리지 않아."

　그가 말했다.

　"그건 안 돼요. 이미 소설이 사라져버린걸요. 설령 원고와 책을 남겨둔다 해도 그건 빈 상자에 불과해요. 속이 텅 비었다고요. 아무리 들여다보고, 귀기울이고, 냄새를 맡아도 아무것도 나타나지 않는데 대체 나더러 뭘 쓰라는 거예요?"

　"서두를 것 없어. 천천히 떠올려가면 돼. 당신이 어디서 어떻게 말을 찾아냈는지, 그 경로를 말이야."

　"자신 없어요. 이러는 사이에도 소설이라는 말을 발음하기가 점점 어려워져요. 소멸이 침투했다는 증거예요. 머잖아 모조리 잊어버릴 거예요. 떠올리기는 불가능해요."

　나는 고개를 숙이고 머리카락을 움켜쥐었다. 그는 아래에서 들여다보듯이 허리를 구부리고 내 무릎에 양손을 얹었다.

　"아니, 걱정 마. 소멸할 때마다 기억이 사라진다고 여기겠지만, 실은 그렇지 않아. 빛이 닿지 않는 물속을 떠돌고 있을 뿐이야. 그러니 손을 한껏 깊이 집어넣으면 분명 뭔가가 만져질 거야. 그걸 빛이 비치는 곳까지 건져올리는 거지. 난 더이상 당신 마음이 쇠약 해져가는 걸 잠자코 지켜보고 있을 수 없어."

그는 내 손을 잡고 손가락을 하나하나 덥혀주었다.

"이야기를 계속 쓰면 내 마음을 지킬 수 있을까요?"

"그럼."

그는 고개를 끄덕였다. 숨결이 손가락에 닿았다.

저녁이 되자 소멸의 속도가 단숨에 빨라졌다. 도서관에 불길이 치솟고, 사람들은 가지고 있던 책을 공원, 밭, 빈터에서 불태웠다. 섬 곳곳에서 피어오르는 불길과 연기가 구름에 빨려들어 하늘이 잿빛으로 물들어가는 모습이 작업실 창문으로 보였다. 쌓인 눈도 그을음이 묻어 지저분해졌다.

결국 나는 책장에서 책을 열 권쯤 골라내어 쓰다 만 원고와 함 께 R씨의 방에 감추었다. 나머지는 할아버지와 리어카에 싣고 나 가서 태우기로 했다. 전부 숨기기는 물리적으로 힘들고, 소설가인 내가 이번 소멸에서 아무 움직임도 보이지 않으면 수상쩍게 여겨 질 것이 뻔하기 때문이다.

뭘 남기고 뭘 처분할지 판단하기는 어려웠다. 책을 집어들어도 이제는 어떤 내용이었는지 생각나지 않는다. 하지만 비밀경찰이 순찰을 나올 수도 있으니 꾸물거릴 틈은 없었다. 하는 수 없이 소중한 사람들에게 선물받은 책과, 표지 그림이 예쁜 책을 남겨두기로 했다.

다섯시 반, 해가 거의 기울었을 무렵에 나는 할아버지와 리어카를 끌고 출발했다.

'저는 안 데려가세요?'

그렇게 말하듯 돈이 발치에 엉겨붙었다.

"느긋하게 산책 가는 게 아니야. 중요한 볼일이 있어. 집 잘 지키고 있으렴."

나는 그렇게 말하고 돈을 현관 이불 위에 앉혔다.

가는 길에 무거워 보이는 종이가방이나 보자기를 껴안은 사람들을 몇 번 마주쳤다. 길이 군데군데 얼어붙은데다 눈 덩어리가 떨어져 있어서 리어카를 끌기 힘들었다. 짐칸에 쌓은 책이 금방 우르르 무너졌지만, 어차피 불태울 테니까 개의치 않고 걸음을 옮겼다.

"피곤하시면 사양 말고 쉬십시오. 짐칸에 타셔도 됩니다."

할아버지가 말했다.

"고마워요. 하지만 괜찮아요."

나는 대답했다.

큰길을 나아가다 시장을 지나쳐 중앙공원에 다다르자 묘한 빛과 열기가 가득했다. 공원 한복판에 산더미처럼 쌓인 책이 밤하늘에 불티를 흩날리며 활활 타오르고 있었다. 수많은 사람들이 주위를 둘러싸고 있었다. 나무 사이로 비밀경찰의 모습도 보였다.

"이건…… 참으로…… 엄청난 광경이구먼요."

할아버지가 혼잣말을 했다.

불길은 거대한 생물같이 구불거리며 가로등보다, 전봇대보다 높이 뻗어올랐다. 바람이 불자 재가 된 종잇조각이 일제히 날아올라 허공을 떠돌았다. 주변의 눈이 완전히 녹아서 걸음을 옮길 때마다 신발이 진창에 붙들렸다. 오렌지색 불빛이 미끄럼틀과 시소, 벤치, 공중화장실 벽을 비추었다. 화염의 기세에 놀라 뿔뿔이 흩어진 듯 달도 별도 보이지 않았다. 그저 소멸해가는 소설의 유해만이 하늘을 그을리고 있었다.

열기에 얼굴이 달아오른 사람들이 아무 말 없이 그 광경을 올려다보고 있었다. 불티가 날아와도 떨어내려 하지 않고, 엄숙한 의식을 지켜보듯 우두커니 서 있었다.

책더미는 내 키보다 컸다. 안쪽에는 아직 불이 붙지 않은 책도 있었지만 제목은 읽을 수 없었다. 읽는다 한들, 그것이 내가 아는 소설인들 뭐가 달라지는 것도 아닌데 나는 한 권 한 권을 열심히 바라보았다. 사라지는 마지막 순간까지 바라보면 책장에 적힌 뭔가를 기억에 남길 수 있지 않을까 싶어서였다.

박스에 든 것, 가죽을 씌운 것, 두꺼운 것, 작은 것, 귀여운 것, 어려워 보이는 것…… 다양한 책들이 있었다. 그것들은 빈틈없이 빽빽하게 쌓여 불타기를 가만히 기다리고 있었다. 가끔 흐리터분한 소리를 내며 책더미가 무너지고, 그때마다 불길은 모양을 바꾸어 더욱 기세를 올렸다.

그때 갑자기 한 젊은 여자가 사람들 무리를 빠져나와 벤치에 올라가더니 뭐라고 외치기 시작했다. 나와 할아버지는 놀라서 동시에 얼굴을 마주보았다. 주위 사람 몇 명도 소란을 알아차리고 여자를 돌아보았다.

너무나도 필사적으로 악을 써서 뭐라고 하는지 알아들을 수가 없었다. 감정이 격해졌는지 손을 치켜들고, 침을 튀기고, 화를 내는 건지 우는 건지 잘 모를 표정이었다.

긴 머리를 땋아내린 여자는 허름한 오버코트와 체크무늬 슬랙스를 입고 머리에는 기묘한 물건을 얹고 있었다. 부드러워 보이는 천으로 된 그 물건은 약간 비스듬히 기운 모양새로 머리꼭지를 덮고 있었다. 여자가 몸을 마구 흔들 때마다 그것이 떨어지지는 않을까 걱정됐다.

"정신이 나간 걸까요?"

나는 할아버지에게 작게 말했다.

"글쎄요. 불을 끄자고 주장하고 있는 것 같습니다만."

할아버지는 팔짱을 꼈다.

"왜요?"

"소설의 소멸을 막으려는 겁니다."

"그럼, 저 사람은 즉……"

"기억을 잃을 수 없는 분이겠지요. 딱한 일입니다."

여자의 고함소리가 점점 비명에 가까워졌다. 그러나 물론 아무도 이 거대한 불덩어리를 끄려고 하지 않았다. 그저 불쌍하다는 눈으로 여자를 바라볼 뿐이었다.

"저러다가 잡혀가겠어요. 당장 도망가야 해요. 가만있다가는."

내가 벤치로 다가가려 하자 할아버지가 냉큼 제지했다.

"아가씨, 이미 늦었습니다."

나무 사이에서 나타난 비밀경찰 세 명이 여자를 벤치에서 끌어내렸다. 여자는 벤치에 매달리며 저항했지만 별 도움은 되지 않았다. 머리 위에 얹혀 있던 물건이 진창에 떨어졌다.

"이야기의 기억은 아무도 지울 수 없어!"

비밀경찰에 끌려가며 마지막으로 외친 여자의 말은 분명히 알아들을 수 있었다.

사람들은 안타깝다는 듯이 한숨을 쉬고 다시 시선을 앞쪽으로 돌렸다. 나는 여자가 땅에 떨어뜨린 것을 내려다보았다. 머리에 얹혀 있을 때와 달리 힘없이 찌그러졌고, 진흙이 묻어 더러웠다. 이야기의 기억은 아무도 지울 수 없어, 여자의 목소리가 귓속에 울려 퍼졌다.

"그래. 모자."

갑자기 생각이 났다.

"맞은편 집에 사는 아저씨가 옛날에 만들던 모자예요. 몇 년 전에 소멸한 거요. 아까 그 여자처럼 머리에 얹는 물건이잖아요. 맞죠?"

나는 할아버지를 올려다보았지만, 할아버지는 고개를 갸웃거릴
뿐이었다.

그때 사람들 사이에서 누군가가 나와 모자를 주워서 진흙을 떨
고 말없이 불속에 던져넣었다. 그것은 빙글빙글 돌며 손이 닿지 않
는 곳에 떨어졌다.

"자, 아가씨. 이만 시작하실까요."

할아버지가 말했다.

"그래요."

나는 모자가 떨어진 자리에서 시선을 거두고 대답했다.

우리는 급수대 옆에 리어카를 댄 후 책을 한아름 끌어안고 불
쪽으로 다가가려 했다. 하지만 열풍이 몸을 감싸고 불티가 스웨터
와 머리카락을 태우는 통에 좀처럼 다가가기 힘들었다.

"위험하니까 아가씨는 물러나 계시는 편이 좋겠습니다. 제게 맡
기시고요."

"아니요, 괜찮아요. 아무튼 더는 가까이 가기 힘들겠네요. 여기
서 책을 던지죠."

나는 책 한 권을—황록색 표지에 과일 그림이 있었다—불속에
던져넣었다. 제딴은 힘껏 던진다고 던졌지만 불길에는 한참 못 미
치고 책더미 아래쪽에 떨어졌다. 할아버지가 던진 책은 좀더 위쪽
에 걸렸다. 주위 사람들은 힐끗 쳐다볼 뿐 말을 걸지는 않았고 표

244

정에도 변화가 없었다.

우리는 차례차례 책을 던졌다. 이제는 일일이 표지를 바라보거나 책장을 넘기지 않았다. 정해진 업무를 해치우듯이 담담하게 같은 동작을 되풀이했다. 그래도 한 권씩 손을 떠나는 순간에는 기억의 구멍이 희미하게 삐걱이며 더욱 깊어지는 듯한 느낌이 들었다.

"책이 이렇게 잘 타는 줄은 몰랐네요."

나는 말했다.

"크기는 작습니다만, 온통 종이로 돼 있으니까요."

할아버지는 손을 쉬지 않고 대답했다.

"책에 적힌 말이 전부 사라지려면 제법 오래 걸리겠어요."

"걱정하실 것 없습니다. 내일이면 무사히 끝날 거예요."

할아버지는 호주머니에서 수건을 꺼내 이마의 땀과 검댕을 닦았다.

반쯤 태웠을 즈음 우리는 중앙공원을 나서서 다시 리어카를 끌고 동네를 돌아다녔다. 뜨거운 불가에서 작업하기가 생각보다 힘들어서 좀더 작은 불을 찾기로 한 것이다.

동네는 조용했다. 소멸이 일어났을 때 특유의 껄끄러움이 공기에서 느껴졌지만 소란스럽지는 않았다. 비밀경찰의 트럭 말고는 지나다니는 차가 거의 없었고, 사람은 많지만 쓸데없는 대화는 들리지 않았다. 어디에 있건 그저 책이 불타는 소리만 들려왔다.

우리는 경로를 따지지 않고 내키는 대로 걸었다. 짐칸이 가벼워진 만큼 리어카를 끌기가 쉬워졌다. 전찻길에서 북쪽으로 꺾은 후, 관공서 주차장을 가로질러 주택가로 들어갔다. 여기저기 빈터에서 소멸이 진행되고 있었다. 생각대로 불길은 중앙공원의 그것만큼 크지 않았으며, 손을 쬐기에 딱 적당한 모닥불 수준이었다.

"실례지만 같이 태워도 괜찮을까요?"

그렇게 부탁한 후 우리는 리어카를 세우고 책 몇 권을 불태웠다.

"그러세요. 리어카에 있는 책을 전부 태워도 괜찮습니다."

대부분 친절하게 허락해주었지만 나는 거절했다.

"아니요. 한꺼번에 많이 태웠다가 집까지 불이 번지면 큰일이니까요. 다른 모닥불을 다시 찾아볼게요."

책을 던져넣고, 리어카를 끌고, 불을 발견하면 세우기를 반복했다. 어느덧 날이 저물고 밤이 찾아왔다. 섬에 있는 소설을 다 모아도 얼마 안 될 줄 알았는데, 하늘로 피어오르는 연기는 그렇게 간단히 사라질 것 같지 않았다.

주민회관, 주유소, 통조림 공장, 직원 기숙사 앞을 지나 삼거리에 이르자 그 너머는 바다였다. 해안길을 따라 다시 나아갔다. 모래밭에도 사람들이 모여 있었다. 어둠에 녹아든 바다는 저멀리 컴컴하게 퍼져나가다가 이윽고 하늘과 합쳐졌다. 리어카의 책은 이제 얼마 남지 않았다.

언덕이 보였다. 중턱이 한층 거세게 불타고 있었다.

"도서관이에요."

나는 중얼거렸다.

"그래 보입니다그려."

할아버지는 손차양을 하고 눈부신 듯이 실눈을 떴다.

언덕 오르막길이 좁고 가팔라서 우리는 리어카를 놓아두고 나머지 책을 다 꺼내 들고 가기로 했다. 평소에는 발을 들이기 힘들 정도로 어두운 곳인데 도서관이 불타고 있는 덕분에 대낮처럼 환했다. 올라가는 길에 꽃이 완전히 사라진 식물원이 나왔다. 이제는 반쯤 시든 가지가 드문드문 외로이 뻗어 있을 뿐이다. 불티가 그 위를 빛나는 꽃잎처럼 날아다녔다.

도서관은 온통 불길에 휘감겨 있었다. 무언가가 이렇게까지 근사하고 아름답게 불타는 광경을 보기는 처음이었다. 그 압도적인 빛과 열기와 색채가 공포도 쓸쓸함도 날려버렸다. 나를 열심히 설득하던 R씨의 모습과 모자를 쓴 여자가 외친 말이 점점 멀어져가는 것 같았다.

"그렇다고 건물을 통째로 불태울 건 없었는데 말이야."

"아니지, 어차피 도서관에는 책밖에 없으니까 한꺼번에 불을 지르는 편이 빨라."

"도서관 터는 어떻게 될까."

"식물원과 함께 싹 정리해서 비밀경찰 관련 건물을 짓는다는 소문이 있던데."

멀찍이 둘러서서 구경하는 사람들의 목소리가 들렸다.

우리는 들새관측소까지 좀더 언덕을 올라갔다. 거기까지 가니 다른 사람은 보이지 않았다. 낮에 산책하며 들를 때는 잘 몰랐는데, 밤에 와보니 관측소는 심하게 황폐했다. 유리가 깨지고, 사방에 거미줄이 보이고, 캐비닛과 책상은 전부 뒤집혀 있었다. 바닥에는 쓸모없는 머그컵, 연필꽂이, 이불, 찢어진 서류 등이 널려 있었다. 우리는 넘어지지 않도록 조심하며 방을 가로질러서 아버지와 쌍안경을 들여다보던 창문 앞에 책을 내려놓았다.

"유릿조각이 떨어져 있을지도 모르니 조심하십시오."

할아버지가 말했다. 나는 고개를 끄덕이고 창틀에 기댔다.

관측소에서 비스듬히 아래쪽, 무성하게 우거진 수풀 너머로 도서관이 보였다. 손을 뻗으면 닿을 것 같기도 하고, 영화 스크린을 보고 있는 것 같기도 했다. 어둠 속에서 움직이는 것은 불길뿐이었다. 바다도, 나무들도, 우리도 이 아름다운 광경을 흐트러뜨릴까 두려운 양 가만히 웅크리고 숨을 죽였다.

"옛날에 누가 이런 말을 했던 기억이 나요. '책을 불태우는 자는 결국 인간을 불태우게 된다.'"

내 말에 할아버지는 턱에 손을 대고 나지막이 호오, 하는 소리를 냈다.

"어느 분이 그런 말씀을 하셨는지요?"

"잊어버렸어요. 무슨 위인이었는데. 그런데, 정말 그렇게 될까요?"

나는 물어보았다.

"글쎄요…… 어떠려나요. 어려운 질문이구먼요."

할아버지는 천장을 올려다보고 눈을 깜박이며 턱을 문질렀다.

"누가 뭐라고 하셨든 이건 소멸이니 어쩔 도리가 없습니다. 무턱대고 분서하는 것이 아닌걸요. 아무도 소멸을 거스를 수 없다는 걸 그 위인도 아실 테니, 분명 용서해주실 겁니다. 인간을 불태우다니, 그렇게 무시무시한 일이 쉽게 일어날 리 없지요."

"만약에, 인간이 소멸하면요?"

내가 이어서 질문하자 할아버지는 헙, 하고 숨을 들이마시더니 더 빠르게 눈을 깜박였다.

"아가씨는 여전히 복잡한 생각을 하시는군요. 음…… 그러니까…… 뭐랄까…… 옳지, 알았습니다, 아가씨. 인간은 소멸과 무관합니다. 가만있어도 언젠가는 반드시 죽으니까요. 괘념치 마십시오. 수명에 맡겨두면 됩니다."

어찌어찌 답변을 찾아내어 안도한 듯 할아버지는 망가진 유리창 스토퍼를 찰카닥 돌렸다.

그사이에도 도서관은 쉬지 않고 타올랐다. 나는 바닥에 내려놓은 책을 한 권 집어 창밖으로 던졌다. 책은 허공에서 활짝 펼쳐졌다가 수풀을 넘어 천천히 불속으로 떨어졌다. 책장이 바람을 받아 펄럭였다. 떨어진다기보다 춤추듯이 내려앉는 느낌이었다.

이번에는 할아버지가 던졌다. 얇고 가벼운 책이라 좀더 우아하게 책장을 펄럭이며 사라졌다.

　우리는 차례대로 같은 동작을 반복했다. 한 권 한 권 조심히 다루었다.

　바람의 방향이 바뀌어 관측소까지 열풍이 끼쳤다. 오랜 시간 눈길을 걸은 탓에 발끝이 얼어붙었지만 얼굴만은 뜨끈했다.

　"할아버지는 페리가 사라졌을 때 기분이 어땠어요?"

　나는 물었다.

　"먼 옛날 일이라, 이제는 잊어버렸습니다."

　할아버지는 대답했다.

　"내일부터 어떻게 살아가면 될까요?"

　다음으로 집어든 것은 하도롱지 커버를 씌운 두껍고 튼튼한 책이었다.

　"걱정하실 것 없습니다. 저도 그랬는걸요. 직업을 잃으면 불안한게 당연하지만, 알게 모르게 금방 적응되는 법입니다. 금방 다른 일거리를 찾고, 전에 무슨 일을 했었는지는 잊어버리실 거예요."

　할아버지는 창밖에 시선을 고정한 채 말했다.

　"하지만, 앞으로도 몰래 소설을 쓰려고 해요."

　할아버지가 네? 하며 돌아보았다. 나는 두꺼운 책을 양손으로 힘껏 내던졌다. 하도롱지가 흐느끼는 듯한 소리를 냈다.

　"그게 가능하답니까?"

　"나도 모르겠어요. 하지만 그 사람이 꼭 그래야 한다고, 아니면

250

내 마음이 죽어버릴 거라고 했어요."

"그렇습니까……"

할아버지는 다시 턱에 손을 대고 얼굴을 잔뜩 찌푸리며 생각에 잠겼다.

"저도 선생님이 권하신 대로 매일 오르골을 듣고 있습니다만, 특별한 변화는 없습니다. 사라진 기억이 되살아나는 것도 아니고, 마음이 건강해지는 것도 아니에요. 변함없이 나무상자에서 신기한 음색이 나는구나 싶을 뿐입니다."

"노력한들 소용없을지도 모르죠. 그래도 쓰던 원고는 잘 감춰놨어요. 소멸한 소설을 이어 쓰기란 막막한 일이고, 위험한 일이기도 해요. 하지만 그를 실망시키고 싶지 않아요. 마음이 쇠약해지는 건 전혀 괴롭지 않지만, 그 사람의 울적한 얼굴을 보는 건 괴로워요."

"저도 포기하지 않고 오르골을 계속 듣겠습니다. 고마운 생일 선물이니까요."

할아버지는 그렇게 말하며 내 머리카락에 묻은 재를 떨어주었다.

"부디 무리하진 마시고. 제가 도울 일이 있거들랑 언제든 말씀해주십시오."

"고마워요."

나는 말했다.

마침내 마지막 한 권이 손을 떠났다. 도서관은 점차 건물의 윤곽을 잃어갔다. 가끔 큰 소리와 함께 지붕이 무너지고 벽이 쓰러졌다. 대출 카운터도, 열람실 의자도 불탔다.

나는 턱을 괸 채 마지막 한 권이 그리는 곡선을 눈으로 좇았다. 문득 그 모습이 뭔가와 비슷하다는 기분이 들었다. 옛날에 이 창가에 아버지와 나란히 서서 비슷한 것을 바라본 적이 있다. 나는 숨을 깊이 들이마셨다. 마음속 무저갱에 불티가 하나 떨어진 듯, 어렴풋한 통증이 느껴졌다.

"새다."

기억났다. 새도 저렇게 날개를 펼치고 멀리 날아갔다. 하지만 그 기억도 금방 불길에 지워지고, 그뒤에는 오로지 밤이 펼쳐질 뿐이었다.

20

할아버지 말대로 새로운 직업은 금방 찾았다. 주민회장이 지인의 회사를 소개해준 것이다.

"향신료 도매업을 하는 작은 회사인데, 사장 인성도 좋고 제법 탄탄한 직장입니다. 타자수 겸 사무원을 찾고 있대요."

"타자수요?"

나는 되물었다.

"마음에 안 드세요?"

"아니요. 그런데 타자기는 학창 시절에 조금 만져본 게 전부라서. 제가 잘할 수 있을지 걱정이……"

나는 타자수라는 말을 속으로 몇 번이나 중얼거려보았다. 왠지 특별한 단어처럼 느껴졌기 때문이다.

"괜찮습니다. 일하면서 조금씩 배우면 돼요. 그쪽에서도 그렇게 말했어요. 뭐, 한동안은 잡일이 많겠지만요."

"정말 감사합니다. 여러모로 수고를 끼쳐서 죄송해요."

그렇게 말하고 고개를 숙이는 동안에도 그 단어가 머릿속을 떠나지 않았다. 홀쩍 빈약해진 기억을 휘저어보았지만 아무것도 잡히지 않았다.

"아니요, 마음에 두지 마세요. 저는 그저 다리를 놓았을 뿐인걸요. 소멸을 당했을 때는 서로 도와야죠."

주민회장은 만족스럽게 웃었다.

어쨌든 나는 향신료를 취급하는 회사에서 일하게 되었다. 당연히 일상의 시간표를 바꾸지 않을 수 없었다. 아침 일찍 일어나서 낮 동안 R씨에게 부족하지 않을 만큼의 음식과 물, 일용품을 챙겨 은신처에 넣어주었다. 저녁에 퇴근하면 가장 먼저 은신처를 들여다보고 이상이 없음을 확인한 후 돈을 산책시키고 저녁을 준비했다. 처음에는 하루 열 시간 가까이 집을 비우려니 걱정이 이만저만 아니었다. 만약 내가 없는 사이 돌발적인 사고가, 화재, 강도, 질병, 기억 사냥 같은 일이 발생하면 어쩌나 자꾸 상상이 되었다.

시간으로 따지면 예전보다 바빠졌다. 규칙적으로 회사에 다니며 R씨의 안전을 지키고 돈을 돌보고 집을 정돈하기란 매우 힘들었다. 할아버지의 페리에 놀러가는 횟수도 줄었다. 그래도 그럭저럭 무사히 하루하루가 흘러갔다.

회사는 오붓하고 가정적이었다. 업무 내용은 청소, 전화 받기,

단순한 서류 정리 등이었다. 타자는 교재와 타자기 한 대를 빌려 집에서 연습하기로 했다. 밖에서 일하기는 처음이었지만 어쩌어찌 잘해나갈 수 있을 것 같았다.

다만 사무실 뒤쪽 창고에 보관중인 상품이 이따금 바람에 따라 고약한 냄새를 풍기는 것이 고민이었다. 여러 종류의 향신료가 뒤섞인, 쓰디쓴 약초나 썩은 과일 같은 냄새가 온몸에 배기 때문이다.

하지만 향신료를 취급하는 덕분에 거래처에서 식료품을 얻는 행운을 누리기도 했다. 이제는 시장을 샅샅이 뒤져도 구할 수 없는 소시지와 치즈, 콘비프는 R씨와 할아버지와 나의 소중한 끼니가 되어주었다.

내가 왜 타자수라는 말에 민감하게 반응했는지 깨달은 것은, 다시 소설 쓰기에 도전하려고 은신처에 숨겨놓은 원고를 꺼내와 읽으면서였다.

정확하게 말하면 나는 더이상 소설을 감상할 수 없다. 단어 하나하나를 읽기는 해도, 전후 관계를 지닌 이야기로 이해하기가 불가능했다. 그저 원고지 칸을 메우고 있는 글씨일 뿐, 아무런 감정도 분위기도 이미지도 자아내지 못했다.

원고지 칸을 하나씩 손가락으로 짚어나가다가 '타자수'라는 단어를 보고서야 내가 타자수에 대한 이야기를 쓰고 있었음이 생각났다. 이런 상태에서 소설을 이어 쓰기란 R씨의 말만큼 쉽지는 않왔다.

금요일과 토요일 밤 나는 책상 앞에 앉는다. 문진을 치우고 원고지를 첫 장부터 신중하게 훑어나간다. 하지만 잘되지 않는다. 같은 줄을 몇 번씩 반복해서 읽거나, 같은 단어를 한참 들여다보거나, 리듬을 붙여서 시선을 움직이거나, 이런저런 수를 써보지만 별효과는 없다. 다섯째 장, 여섯째 장 하고 나아가는 중에 끈기가 없어진다. 원고지를 팔락팔락 넘기다가 끊어 읽기 좋을 만한 부분부터 다시 시도해보지만, 결과는 마찬가지다. 결국에는 체력이 바닥나서 원고지 칸의 직선만 봐도 현기증이 난다.

읽기는 안 되더라도 쓰기는 될지도 모른다고 마음을 다잡고, 이번에는 새 원고지를 꺼낸다. 손가락을 풀기 위해 일단 아, 이, 우, 에, 오를 적어본다. 원고지 칸과 글자 크기의 균형을 확인하며 카, 키, 쿠, 케, 코를 적어나간다. 비록 무의미한 말일지라도 이렇게 적고 있으니 조금씩 R씨의 바람에 다가가는 듯해 만족스러워진다. 그러나 그 한 줄을 지우개로 지우고 다시 원고지 칸이 비면, 손가락이 굳고 불안이 몰려온다.

대체 무슨 이야기를 쓰고 있었을까. 나는 스스로에게 물었다. 밤중에 책상 앞에 앉아서 찾던 그 말들을 뭐든 좋으니 떠올리려 애썼다. 책상 구석에 놓아둔 타자기가 나를 가만히 엿보고 있다. 회사 사람들이 뭐라고 다그치진 않아서 타자 연습에는 별로 진척이 없다. 키를 아무렇게나 눌러본다. 찰칵, 찰칵, 찰칵, 금속이 서로 스치는 소리가 난다. 그 순간 문득 이야기의 감촉이 되살아날 듯한 예감이 들어서 나는 무심결에 그 감촉을 붙잡으려고 한다. 하지만 손안에 남은 건 작은 구멍뿐이다.

오랫동안 새하얀 원고지 칸을 보고 있으려니 견딜 수가 없어서 나는 다시 아, 이, 우, 에, 오를 적는다. 이번에야말로 뭔가 쓸 수 있을지도 모른다고 기대하며 글씨를 지운다. 하지만 역시 아무것도 떠오르지 않는다. 하는 수 없이 아, 이, 우, 에, 오로 돌아온다. 그 짓을 반복한다. 결국에는 원고지가 지우개에 닳아 너덜너덜해진다.

"무리할 것 없어. 천천히 기억을 풀어나가면 돼."

미안하다는 말과 함께 백지인 원고지를 내밀자 그는 실망한 기색 없이 나를 위로해주었다.

"아무리 노력해도 이제는 소용없지 않을까요?"

"그렇지 않아. 소설을 쓰던 때나 지금이나 당신 자신은 하나도 변한 데가 없어. 달라진 점은 책이 불타버렸다는 것뿐이지. 종이는 사라졌지만 말은 남아 있어. 그러니까 괜찮아. 우리는 이야기를 잃어버린 게 아니야."

그는 여느 때처럼 나를 끌어안았다. 침대는 부드럽고 따뜻했다. 그의 피부는 더욱 하얘져서 근육의 모양까지 비쳐 보일 것 같았다. 머리카락도 많이 길어서 눈을 반쯤 가렸다.

"불은 하룻밤 내내 꺼지지 않았어요. 이대로 영영 밤이 계속되는 게 아닐까 싶었을 정도로요. 들고 온 책을 전부 태워도 자리를 뜨는 사람은 아무도 없었어요. 다들 불길을 가만히 바라봤죠. 종이 타는 소리가 한시도 쉬지 않고 들리는데, 왠지 정적에 휩싸인 듯한 착각이 들었어요. 고막이 경련을 일으킨 것처럼요. 그렇게 엄숙한 소멸은 처음이에요. 난 할아버지의 손을 잡고 있었어요. 그러지 않으면 나도 불길 속에 빨려들 것 같아서."

나는 그날 밤에 있었던 일을 자세히 들려주었다. 일단 입을 열자 하고 싶은 이야기가 꼬리를 물고 떠올라서 멈출 수 없었다. 리어카를 끄느라 고생한 것, 중앙공원의 놀이기구가 빨갛게 물든 것, 진창에 떨어진 '모자', 무너진 도서관, '새'…… 아무리 말해도 가장 중요한 이야기를 빠뜨린 기분을 지울 수 없었다. 그는 참을성 있게 귀를 기울였다.

말하다 지친 내가 길게 숨을 내쉬자 그는 시선을 들고 먼 곳을 바라보는 듯한 눈빛을 지었다. 그의 등뒤로 빈 식기가 보였다. 그릇 한가운데 완두콩이 한 알 남아 있었다. 선반에는 불태우지 않은 책이 가지런히 꽂혀 있었다.

"내가 없는 동안 바깥세상은 많이 변했겠지."

그는 내 머리를 쓰다듬으면서 말했다. 목소리가 우리의 몸 사이를 메우는 것을 알 수 있었다.

"머리카락에서 이상한 냄새 안 나요?"

나는 물었다.

"어떤?"

"향신료 냄새."

"안 나는데. 아주 향긋한 샴푸 냄새만 나."

그가 내 머리카락 사이로 손가락을 밀어넣었다.

"다행이다."

나는 중얼거렸다.

그후에 그는 타자수 이야기를 소리 내어 읽어주었다. 내 귀에는
먼 나라의 옛날이야기처럼 들렸다.

"익숙지 않은 일을 하느라 피곤하지는 않으신지요?"

할아버지가 테이블에 차도구를 늘어놓으며 물었다. 두꺼운 셔
츠 위에 내가 예전에 선물한 스웨터를 입고, 발에는 털실로 짠 실
내화를 신었다.

"아니요. 다들 친절하게 대해줘서 편해요."

나는 대답했다.

페리에서 둘이 차를 마시는 건 오랜만이었다. 더구나 오늘은 팬
케이크까지 있었다. 웬일로 달걀과 꿀이 구해져서 함께 구운 것이
다. 반죽을 정확하게 삼등분해 세 장 굽고, 한 장은 냅킨으로 싸서
R씨 몫으로 남겨두었다.

소파 밑에 엎드려 있던 돈이 금세 냄새를 맡고는 테이블보 가장

자리를 코끝으로 흔들며 먹고 싶다고 보챘다.

"타자가 어렵긴 하지만 연습해보니 재미있더라고요. 손가락만 움직이는데 어느새 문장이 완성되다니, 꼭 마술사가 된 기분이에요. 돈, 테이블보를 잡아당기면 못써. 너도 줄 테니까 얌전하게 기다리렴."

나는 돈의 목을 쓰다듬었다.

"이제 거의 다 됐습니다."

할아버지는 한 방울도 흘리지 않도록 주의하며 팬케이크 위에 꿀을 뿌렸다.

"회사 경기도 좋은 모양이에요. 향신료는 좁은 땅에서도 키울 수 있으니까, 눈만 내리는 이런 날씨에도 수확량이 많아요. 식료품 사정이 안 좋아져서 상태가 안 좋은 고기와 채소도 예사롭게 유통되잖아요. 그래서 다들 냄새를 잡아줄 조미료를 필요로 하죠. 상여금이 많이 나올 것 같다며 회사 사람들이 기대하고 있어요."

"그것참 잘됐습니다."

할아버지는 그렇게 말한 후 포트 뚜껑을 열고 차가 잘 우러났는지 확인했다.

우리는 잡담을 나누고, 차를 마시고, 돈과 놀아주고, 느긋하게 팬케이크를 먹었다. 한입에 들어갈 만큼 나이프로 잘라서, 최대한 오래 달콤함을 음미할 수 있도록 혀로 녹여가며 먹었다. 남은 양이 줄어들수록 한 번에 자르는 크기도 점점 작아졌다.

나와 할아버지는 팬케이크 한 조각씩을 돈에게 주었다. 돈은 제대로 맛보지도 않고 덥석 삼킨 후, '설마 이게 다는 아니죠?'라고 말하고 싶은 듯한 눈으로 우리를 올려다보았다.

어쩌면 봄이 오는지도 모르겠다 싶을 만큼 환한 햇살이 창문으로 비쳐들었다. 바다는 잔잔했고, 파도에 흔들려 항상 어딘가는 삐걱거리던 페리도 조용했다. 선착장에 쌓인 눈더미는 표면이 녹아서 빛을 내는 것처럼 보였다.

팬케이크를 다 먹자 세면실에 숨겨둔 오르골을 꺼내 테이블 한가운데 놓고 둘이서 음악을 들었다. 오르골은 변함없이 같은 멜로디를 충실하게 되풀이했다. 우리는 대화를 멈추고, 자세를 바로 하고, 눈을 감았다. 오르골이란 것을 원래 어떤 상황에서 어떤 자세로 들어야 하는지는 모르겠지만, 눈을 감아야 R씨가 기대하는 '효과'가 좀더 잘 나타나지 않을까 싶었다.

상자에서 흘러나오는 멜로디는 단순하지만 따사롭고 순수했다. 그건 느낄 수 있었다. 하지만 그 멜로디가 쇠약해지는 마음을 막을 수 있을지는 자신이 없었다. 소리는 마음속 무저갱에 빨려들자마자 스르르 사라질 뿐, 희미한 진동조차, 작은 거품 알갱이조차 남기지 않았기 때문이다.

돈도 신기하다는 듯이 오르골을 쳐다보았다. 태엽을 감아 다시 음악이 나오는 순간에는 귀를 움찔하고 배를 바닥에 비비다시피 뒤로 물러나면서도, 호기심을 억누르지 못하는 눈치였다. 내가 상

자를 손바닥에 얹어 코끝에 가져다대자 황급히 할아버지 다리 사
이로 도망쳤다.

"아가씨, 쓰신다는 그…… 소설은 어떻게 됐는지요?"

오르골 뚜껑을 닫고 할아버지가 물었다. 소설이라는 말을 벌써
발음하기 힘들어진 모양이었다.

"그게, 노력은 하고 있는데 역시 잘 안 되네요."

나는 대답했다.

"소멸한 개념에 관여하기란 쉽지 않습니다. 솔직히 말씀드리면
저는 이 상자의 태엽을 감을 때마다 허무한 기분이 들어요. 이번에
야말로 뭔가 새로운 걸 발견할지도 모른다고 스스로를 격려하지
만, 그 기대는 늘 어긋납니다. 하지만 소중한 선물이니 기운 내서
다시 태엽을 감지요."

"나도 책상 위에 새 원고지를 펼쳐놓기는 하지만 거기서부터 한
발짝도 나아가지 못해요. 내가 어디 있는지도 모르겠고, 이제 어디
로 가야 할지도 모르겠어요. 짙은 안개 속에 남겨진 기분이에요.
그래서 어떻게든 실마리를 찾고 싶은 마음에 타자기를 두드려요.
책상에 회사에서 빌려온 타자기를 놔뒀거든요. 자세히 보면 타자
기는 참 매력적으로 생겼어요. 복잡하고 섬세하고 사랑스럽죠. 마
치 악기 같아요. 그래서 활자 레버가 올라가는 용수철 소리에 귀를
기울이면서, 거기서 소설로 이어질 어떤 소리도 같이 들리지 않을
까 기다리고 있지만……"

"그날처럼 섬 전체가 불타는 듯한 엄청난 불길을 보고 나면, 누구나 신경 이곳저곳이 마비되지요."

"맞아요. 나도 그날 밤, 내 기억이 불타는 소리를 확실하게 들었어요."

돈이 작게 하품했다. 돈은 방의 어느 부분에 해가 제일 잘 드는지 알고 있었다. 태양의 움직임에 맞추어 어느새 조금씩 몸을 옮겼다.

오랜만에 날씨가 좋아서 신이 났는지 아이들의 노랫소리가 멀리서 들렸다. 선착장 창고 앞에서는 작업복을 입은 사람들이 캐치볼을 하고 있었다.

"그건 그렇고……"

나는 말을 이었다.

"왜 타자수 이야기를 쓰려고 했을까요? 타자기를 만져본 적도 거의 없고, 타자수 일을 하는 친구도 없는데. 신기해요. 타자기에 대해 제법 자세히 묘사해놨어요. 타자 치는 장면도 많이 나오고요."

"직접 겪지 않은 일도 소설로 쓸 수 있습니까?"

할아버지가 눈을 크게 뜨고 물었다.

"그런가봐요. 보고 들은 적이 없어도 상상해서 표현하면 돼요. 진짜와 똑같을 필요는 없고, 설령 거짓말이라도 용납된대요. 그 사람이 그렇게 말했어요."

"거짓말을 해도 된다고요?"

더더욱 이해가 안 된다는 듯이 할아버지가 눈썹을 찡룩였다.

"네. 소설이라면 아무도 뭐라 하지 않는대요. 즉, 0에서부터 만들어나갈 수 있는 거죠. 눈앞에 없는 것을 있는 것처럼 쓰는 거예요. 존재하지 않는 것을 말만으로 존재시키면서. 그러니 기억이 사라져도 포기할 필요는 없다고요."

나는 빈 접시를 포크로 찔렀다. 돈은 앞발 위에 머리를 얹고 반쯤 잠든 것 같았다. 휴식시간이 끝났는지, 캐치볼을 하던 사람들이 글러브를 덜렁거리며 창고 안으로 들어가는 모습이 보였다.

"이런 걸 여쭤봐도 될지 모르겠습니다만……"

잠시 잠자코 바다를 바라보던 할아버지가 천천히 말을 꺼냈다.

"아가씨는 그분을 좋아하시는군요."

어떻게 대답하면 좋을지 첫마디가 떠오르지 않아서 나는 잠든 돈의 목에 두 팔을 두르고 흔들었다. 돈은 귀찮다는 듯이 눈을 뜨더니 기침 같기도 하고 트림 같기도 한 울음소리를 냈다.

"글쎄, 그러게요."

내 품을 빠져나온 돈이 선실을 한 바퀴 돌아 원래 자리로 돌아오는 걸 보면서 나는 긍정으로도, 생각하는 중이라고도 받아들일 수 있는 말로 애매하게 대답했다.

"그 사람이 은신처에서 나올 수 있을까요?"

이번에는 내가 물었다.

"은신처에서 나와서, 부인과 아기를 다시 만날 수 있을까요?"

대답 대신 할아버지는 오르골을 들어올리고 한숨을 쉬었다.

"내 생각에는 안 될 것 같아요. 그는 이제 그 방에서밖에 살 수 없어요. 마음이 너무 농밀해졌거든요. 바깥세상으로 나오면 억지로 수면에 끌려올라온 심해어처럼 몸이 갈기갈기 찢어질 거예요. 그래서 나는 그를 끌어안고, 바닷속 깊이 가라앉혀두는 거예요."

"그렇습니까……"

할아버지는 손 언저리를 바라보며 고개를 끄덕였다. 돈은 한숨 더 자려는지 앞발로 턱 밑을 긁고 기분좋게 배를 깔고 누웠다.

그때 갑자기 하늘 높이에서 엄청난 소리가 울려퍼졌다. 나와 할아버지는 엉겁결에 일어나 테이블에 양손을 짚었다. 돈도 졸음이 달아난 듯 눈을 번쩍 뜨고 네 다리로 버티고 섰다.

동시에 페리가 좌우로 크게 흔들렸다. 하마터면 나동그라질 뻔해서 나는 웅크려 앉아 소파 다리를 붙잡았다. 캐비닛과 찬장, 그 위에 놓아둔 라디오, 램프, 진자시계 할 것 없이 선실에 있는 모든 것이 쓰러지고 떨어져내렸다.

"지진이다."

할아버지가 외쳤다.

21

흔들림이 잦아들고 눈을 떴을 때, 쓰러진 가재도구 사이에서 제일 먼저 눈에 들어온 것은 돈이었다. 돈은 소파 밑에 기어들어가서 벌벌 떨고 있었다.

"이제 괜찮아. 자, 이리 오렴."

캐비닛에서 빠진 서랍과 넘어진 전기스탠드 사이로 손을 뻗어 돈을 붙들었다. 그리고 좁은 공간에서 끌어냈다.

"할아버지, 할아버지."

나는 방을 둘러보았다. 방금까지 할아버지가 어디에 앉아 있었는지도 짐작이 안 갈 만큼 엉망진창이었다. 돈도 할아버지를 부르듯 몇 번 짖었다.

"네. 여기입니다."

드디어 대답이 들렸다. 힘없는 목소리였다.

할아버지는 부엌 찬장에 깔려 있었다. 깨진 그릇 조각이 온몸을 뒤덮고 있었다. 얼굴이 피투성이였다.

"괜찮아요?"

나는 찬장을 들어올리려고 했지만 너무 무거워서 생각대로 움직이지 않았다. 오히려 할아버지가 더 다칠 것 같았다.

"저는 상관 말고 빨리 피하세요."

할아버지의 목소리는 잔해에 막혀서 알아듣기 힘들었다.

"무슨 소리예요. 그럴 수는 없어요."

"한시바삐 여기서 피하세요. 해일이 올 겁니다."

"해일……? 해일이 뭔데요?"

"자세히 설명할 시간이 없습니다. 수평선 너머에서 밀려오는 거대한 파도예요. 지진이 난 후에는 반드시 그게 덮칩니다. 우물쭈물하다가는 쓸려갈 거예요."

"무슨 소린지 잘 모르겠지만, 아무튼 같이 가요."

할아버지는 살짝 삐져나온 왼손을 내저으며 빨리 가라고 했지만, 나는 무시하고 다시 찬장을 치우려고 했다. 역시나 약간 들리는 게 고작이었다. 돈이 걱정스러운 듯이 이쪽을 쳐다보았다.

"아플지 모르지만 참아요. 조금이라도 틈이 생기면 바깥쪽으로 움직이는 거예요."

나는 스스로를 진정시키기 위해 끊임없이 할아버지에게 말을 걸었다. 무릎에 유릿조각이 박혀서 스타킹이 찢어지고 피가 줄줄

흘렀지만 조금도 아프지 않았다.

"하나, 둘, 셋 하고 들게요. 호흡만 맞추면 빠져나올 수 있어요."

"부탁이니 제발 저는 상관 마시고……"

"또 그런 잠꼬대 같은 소리. 싫어요. 혼자 가기는 싫다고요."

화난 목소리로 그렇게 말한 후 나는 돈의 발치에 떨어져 있는, 천장을 여는 데 사용하는 갈고리봉을 집어 찬장 아래 쑤셔넣었다.

"하나, 둘, 셋."

이번에는 아까보다 좀더 들렸다. 바닥인지 찬장인지 내 등뼈인지 어디선가 뿌드득거리는 소리가 났지만 아랑곳없이 힘껏 봉을 눌렀다.

"자, 한번 더. 하나, 둘, 셋."

할아버지의 왼쪽 어깨와 왼쪽 귀가 보였다. 그때 또 페리가 흔들렸다. 아까만큼 심하지는 않았지만 균형을 잃고 엉덩방아를 찧을 뻔해서 갈고리봉을 잡고 매달렸다.

"저기, 이게 해일이에요?"

"아니요. 해일은 이 정도로 만만한 놈이 아닙니다."

"아무튼 서두르는 게 좋겠어요."

자기도 도움이 되고 싶었는지 돈이 할아버지의 스웨터를 물고 끌어내리려고 했다.

손바닥이 벌게지고, 어금니와 관자놀이가 욱신거리고, 팔 관절이 빠질 것 같았지만 찬장은 생각처럼 움직이지 않았다. 왜 이런 곳에 이렇게 무거운 찬장이 있나 싶어 화가 치밀었지만, 그래도 끈기 있게 힘을 주자 할아버지의 몸이 조금씩 드러났다.

해일이란 뭘까. 생각하지 않으려 해도 그 말이 자꾸 마음에 걸렸다. 할아버지가 두려워할 정도이니 아주 엄청난 것이 틀림없다. 해저에 사는 광포한 생물일까. 아니면 소멸처럼, 눈에 보이지 않으면서 절대로 거스를 수 없는 에너지일까. 나는 상상 속의 두려움을 떨쳐내기 위해서라도 더욱 세게 봉을 눌렀다.

끝까지 끼어 있던 발목이 드디어 빠지자 나는 긴장이 풀려 그 자리에 주저앉았다. 할아버지가 비틀비틀 일어서면서 소리쳤다.

"아가씨, 피합시다. 어서요."

나는 냉큼 돈을 끌어안고 할아버지 뒤를 따랐다.

쑥대밭이 된 페리를 어떻게 빠져나와 선착장에서 어느 방향으로 달렸는지는 기억나지 않지만, 드디어 한숨 돌렸을 즈음 나와 할아버지와 돈은 언덕 중턱의 도서관 터에 앉아 있었다. 우리처럼 대피한 사람들이 주위에 많았다. 좀전까지만 해도 화창했는데 어느새 잿빛 구름이 하늘을 뒤덮었다. 금방이라도 눈이 올 것 같았다.

"다치지는 않으셨습니까?"

할아버지가 내 얼굴을 살폈다.

"네, 말짱해요. 할아버지야말로 괜찮아요? 이 피 좀 봐."

나는 주머니에서 손수건을 꺼내 할아버지의 얼굴을 닦아주었다.

"유릿조각에 긁혔을 뿐이니 걱정 안 하셔도 됩니다."

"잠깐 있어봐요. 왼쪽 귀에서 피가 나요."

거무스름한 피가 귓불에서 턱을 타고 똑똑 흘러내렸다.

"아무것도 아닙니다. 귀를 긁혔을 뿐이에요."

"혹시 귓속이나 머리를 다쳤으면 큰일인데."

"아닙니다. 아니에요. 그렇게 큰 부상은 아니니 마음놓으세요."

할아버지는 허둥지둥 양손으로 왼쪽 귀를 가렸다. 그때였다. 땅울림과 함께 수평선이 크게 구불거리는가 싶더니, 하얀 파도의 벽이 해안으로 밀려왔다.

"저게 뭐예요?"

나는 손수건을 발치에 떨어뜨렸다.

"해일입니다."

할아버지가 귀를 누른 채 대답했다. 순식간에 눈앞의 풍경이 바뀌었다. 바다가 하늘로 빨려올라가는 것 같기도 했고, 지면에 생긴 균열로 빨려드는 것 같기도 했다. 억수 같은 바닷물이 섬을 통째로 집어삼키려는 듯 위로 위로 솟아올랐다. 주위 사람들이 일제히 앓는 소리를 냈다.

바다는 페리를 집어삼키고, 방파제를 넘어, 해안가의 집들을 짓뭉갰다. 아마도 한순간이었겠지만 나는 그 광경의 작은 부분─평소 할아버지가 꾸벅꾸벅 졸던 접의자가 떠내려가는 모습과, 창고

입구에 떨어져 있던 야구공이 물에 둥둥 뜬 모습, 빨간 지붕이 종 잇장처럼 접히며 파도에 삼켜지는 모습—을 하나하나 똑똑히 본 것 같았다.

풍경이 원래대로 돌아왔을 때 가장 먼저 입을 연 것은 돈이었다. 돈은 나무그루 위에 올라가 바다를 향해 길고 나지막하게 짖었다. 그걸 신호 삼아 다들 조금씩 움직이기 시작했다. 언덕을 내려가는 사람, 전화기를 찾는 사람, 물을 마시는 사람, 우는 사람 등등 각양각색이었다.

"이제 끝난 걸까요?"

나는 그렇게 말하며 손수건을 주웠다.

"네, 아마도요. 그래도 여기서 잠시 상황을 살피는 게 좋겠습니다."

할아버지가 대답했다.

새삼 서로를 확인하니 둘 다 꼴이 엉망이었다. 할아버지는 스웨터가 너덜너덜하게 찢어졌고 머리는 먼지투성이인데다 신발이 두 짝 다 없었다. 손에는 딱 하나, 오르골을 쥐고 있었다. 그 난장판을 빠져나왔는데도 오르골에는 흠집 하나 나지 않았다. 나는 랩스커트의 후크가 빠지고 스타킹은 올이 마구 나가서 거의 맨다리나 마찬가지였고 구두 뒷굽이 하나 달아났다.

"왜 오르골을 가지고 나왔어요?"

나는 물었다.

"기억이 잘 안 납니다. 찬장에 깔렸을 때 몸 밑에 오르골이 있다는 건 알았지요. 하지만 어떻게 그걸 들고 여기까지 뛰어왔는지는 저도 모르겠군요. 한 손에 들었는지, 품에 안았는지, 호주머니에 넣었는지……"

"뭐 하나라도 챙겼으니 다행이에요. 나는 돈만 겨우 안고 나왔어요."

"네. 무엇보다 돈이 무사한 것이 정말 다행입니다. 혼자 사는 늙은이의 살림살이에 대단한 건 없어요. 해일에 쓸려가도 전혀 아깝지 않습니다. 어차피 페리는 한참 전에 소멸한 것이니까요."

할아버지는 바다를 응시했다. 해안은 목재를 비롯한 온갖 잔해로 가득했다. 자동차도 몇 대 떠 있었다. 페리는 그 너머, 바다 한복판에 꽂혀버린 것처럼 선미를 위로 향한 채 전복되어 있었다.

"그 사람을 위해 남겨둔 팬케이크도 쓸려가버렸네요."

나는 말했다.

"그러게 말입니다."

할아버지가 고개를 끄덕였다.

동네도 여기저기 파괴됐다. 벽돌담이 무너지고, 도로가 갈라지고, 화재가 났다. 긴급 차량과 비밀경찰 트럭이 잇따라 우리를 앞질러갔다. 소설이 소멸했을 때 불탄 자리가 미처 복구되기도 전에 또다시 타격이 덮쳐와 동네는 완전히 녹다운된 것처럼 보였다. 끝내는 눈까지 내렸다.

밖에서 보기에 우리집은 기와가 몇 장 떨어지고 개집이 뒤집힌 걸 빼면 별다른 피해가 없었다. 하지만 안은 엉망진창이었다. 냄비, 식기, 전화기, 텔레비전, 꽃병, 신문, 갑티슈…… 온갖 물건이 사방팔방에 널브러져 있었다.

돈을 개집에 묶어놓자마자 우리는 서둘러 은신처로 향했다. 허공에 떠 있는 셈이나 마찬가지인 그 작은 방이 지진으로 어떻게 됐을지가 제일 걱정이었다. 나는 카펫을 걷고 문을 들어올리려 했다. 하지만 꼼짝도 하지 않았다.

"선생님. 들리십니까?"

할아버지가 아래를 향해 외쳤다. 잠시 후 안쪽에서 문을 쿵쿵 두드리는 소리가 흐릿하게 났다.

"네, 접니다."

이어서 R씨의 목소리가 들렸다.

"괜찮아요? 다치지는 않았고요?"

나는 엎드려서 바닥 틈새에 입을 댔다.

"고마워. 난 아무렇지도 않아. 당신이랑 할아버님은 괜찮아? 걱정 많이 했어. 나야 바깥 상황을 전혀 모르니. 아무도 돌아오지 않으면 어떻게 할까 생각하던 참이었어."

"우리는 마침 페리에 같이 있었어요. 간신히 피했죠. 페리는 바다로 쓸려갔지만."

"그랬군. 나도 조금이나마 상황을 알고 싶어서 문을 열려고 했는데 움직이질 않더라고. 밀고 당기고 두드려도 꿈쩍 안 해."

"다시 당겨볼 테니 그쪽에서도 힘껏 밀어봐주시겠습니까."

바닥을 여기저기 살펴보던 할아버지가 R씨에게 말했다. 하지만 결과는 마찬가지였다.

"지진으로 바닥이 뒤틀린 걸까요?"

판자 한 장 너머인데도 R씨의 목소리는 멀고 어렴풋하게 들렸다. 그래서 더 불안해졌다.

"아마 그렇겠지요. 문이 바닥에 꽉 끼었나봅니다."

할아버지는 턱에 손을 대고 생각에 잠겼다.

"이대로 안 열리면 어쩌죠? 굶어죽을 거예요. 아니, 그전에 질식할지도 몰라요."

나는 빠르게 말했다.

"환풍기는 작동됩니까?"

할아버지가 물었다.

"아니요. 정전인지 안 움직입니다."

낮이라서 몰랐지만 전기가 끊긴 모양이었다.

"그럼 그 안은 캄캄하겠구먼요."

"네."

점점 더 R씨의 목소리가 멀어지는 것 같았다.

"서둘러야 해요."

나는 일어섰다.

"톱과 끌을 가져와서 문부터 열죠."

　

할아버지는 여느 때처럼 묵묵히 적확하게 작업을 진행했고, 얼마 지나지 않아 멋지게 문을 뜯어냈다. 나는 옆에서 그저 허둥거리기만 했다. 맞은편 집 아저씨에게서 톱과 끌을 빌려온 것이 유일하게 한 일이었다. 지하실에도 공예 도구가 있지만 물건들이 무너지고 떨어져서 엉망진창인지라 도저히 찾을 수 있는 상태가 아니었고 할아버지의 공구는 페리와 함께 쓸려갔으므로 맞은편 집에서 빌리는 것 말고는 방법이 없었다. 그런데 한때 모자 장수였던 아저씨가 목공일이라면 자기가 도와주겠다며 고집을 부렸다.

"지진 한번 크게 났군. 그 집은 괜찮나? 어디를 수리하려고? 도와줄게."

"감사합니다. 별것 아니니까 괜찮아요."

"여자 혼자서는 힘들 텐데."

"아니요. 할아버지가 계세요."

"이런 비상시에는 일손이 아무리 많아도 모자란 법이야."

나는 억지웃음을 지으면서, 아저씨를 기분 나쁘게 하지 않고 의심을 피할 핑계가 없을까 고민했다.

"실은 지금 할아버지 얼굴에 온통 습진이 생겨서요. 두드러기 같은데, 보기에 아주 흉해요. 그래서 남한테 얼굴을 보이기 싫으시대요. 나이를 그렇게 잡수시고도 부끄러운가보더라고요. 좀 고집스러운 구석이 있거든요."

그러고서야 한때 모자 장수였던 아저씨는 겨우 물러섰다.

나무 부스러기를 튀기며 문이 열린 순간, 우리 세 사람은 동시에 환성을 질렀다. 나와 할아버지는 곧장 엎드려서 아래를 들여다보았다. R씨는 사다리 아래 무릎을 끌어안고 앉아 있다가 안도감과 피로가 섞인 눈으로 이쪽을 올려다보았다. 머리카락에 나무 부스러기가 잔뜩 묻어 있었다.

우리는 사다리를 내려가 서로를 어루만지며 "어휴"나 "아이고" 같은 의미 없는 말을 나누었다. 어둑해서 잘 보이지는 않았지만 은신처도 많이 어질러졌다. 조금이라도 움직이면 발에 온갖 물건이 차였다. 그 좁은 공간에서 우리는 손을 마주잡고 한참이나 서로를 바라보았다. 정말로 무사한지 확인하는 방법이 그것 말고는 떠오르지 않았기 때문이다.

22

동네는 좀처럼 원상태로 복구되지 않았다. 피해를 입은 사람들이 최대한 빨리 일상생활을 되찾으려고 노력했지만, 추위에 자재 부족이 겹쳐 작업 속도는 마음과 달리 더뎠다. 부서진 집의 잔해와 토사가 도롯가에 그대로 쌓여 있었다. 눈은 금방 더러운 진창으로 변해 섬의 풍경을 더욱 참혹하게 만들었다.

해변을 떠다니던 쓰레기는 점차 바다로 밀려가 멀리 흩어졌다. 오직 페리만 바다 한가운데 그대로 박혀 있었다. 머리를 땅에 파묻고 질식사한 듯한 그 모습에서는 할아버지가 살던 시절의 흔적을 찾아볼 수 없었다.

지진이 나고 사흘째 되는 날 오후, 회사 근처 큰길을 걷다가 이누이 씨 가족을 보았다. 정확히 말해 내가 본 것은 장갑 한 쌍뿐이었지만, 틀림없이—틀렸기를 바라지만—이누이 씨 가족이었지

싶다.

사장님 심부름으로 문방구에 들어가려는데 천막을 씌운 진녹색 트럭이 나를 앞질러갔다. 사람이 잔뜩 탄 듯 묵직하게 좌우로 흔들렸다. 차도 사람도 옆으로 비켜서 트럭이 빨리 지나가기를 기다렸다.

나는 문방구 문에 손을 댄 채 되도록 트럭을 보지 않으려고 했지만, 아주 살짝 젖혀진 천막 사이로 낯익은 장갑이 눈에 들어왔다. 나는 깜짝 놀라 신경을 집중했다. 사슬뜨기한 끈으로 오른쪽과 왼쪽을 연결한 작은 하늘색 장갑이었다.

"저건 교수님 아들의……"

지하실에서 그 아이의 손톱을 깎아준 일이 떠올랐다. 부드럽고 투명한 손톱이 떨어지는 장면과, 매끈매끈한 손가락의 감촉과, 옆에 놓아둔 장갑이.

천막 틈새로는 얼굴도 몸도 보이지 않았지만, 바깥세상으로 살짝 비어져나온 그 장갑은 애처로운 표정이었다. 나는 뒤쫓아가려고 인도로 나왔지만 뾰족한 수가 없었다. 트럭은 금세 시야에서 사라지고 말았다.

지진으로 집이 무너지거나 불이 나서 은신처에 숨어 있던 사람들이 갈 곳을 잃고 길바닥을 헤맨다는 소문을 듣기는 했다. 그 사람들을 비밀경찰이 닥치는 대로 연행한다는 소문도. 하지만 저 트럭에 이누이 씨 가족이 탔는지 확인할 방법은 없었다. 그저 앞으로

도 누군가가 그 아이의 손톱을 깎아주기를, 그리고 그 모습을 언제나 장갑이 지켜볼 수 있기를 기도할 뿐이었다.

할아버지는 우리집에서 같이 살기로 했다. 조만간 그럴 생각으로 조금씩 준비해왔기에 큰 문제는 없었지만, 지진 이후로 할아버지가 묘하게 기운 없어 보이는 것이 걱정이었다. 생활의 터전을 아무런 예고 없이 잃었으니 당연히 충격일 것이다. 그리고 아무리 제집처럼 드나들었다고는 하나 막상 같이 살려면 불편한 점도 있을 거라고 나는 스스로를 납득시켰다.

하지만 뒷정리 때는 할아버지가 대활약했다. 건물이 무사한 것만으로 고마워할 일이지만, 집안은 어디부터 손을 대야 할지 엄두도 안 날 만큼 난장판이었다. 그것을 할아버지가 척척 원상태로 되돌렸다.

일단 쓰러진 가구를 세우고, 망가진 부분은 수리하고, 못 쓰게 된 가구는 분해해 마당에서 태웠다. 방에 널려 있던 물건들을 정리하고 분류해서 제자리로 치우고, 바닥에 왁스칠을 했다. 은신처 입구는 물론 뻑뻑해진 창틀과 문도 금방 원래대로 돌아왔다.

"얼굴의 상처가 덜 나았으니까 천천히 쉬어가면서 하세요."

내 말에 할아버지는 웃으며 답했다.

"아니요. 이런 일은 이것저것 생각할 틈 없이 단박에 해치워야 편합니다. 그러고 보니 아까 현관 앞에서 맞은편 집 양반이랑 마주쳤는데, '두드러기는 좀 어떻습니까. 어이구, 아직 흔적이 남았네요. 몸 잘 챙기십시오' 하더군요."

할아버지는 다시 망치를 들고 돌아다니며 여기저기를 쿵쿵 두
드렸다.

그 신기한 물건을 발견한 건 할아버지와 함께 지하실을 정리하
면서였다.

원래도 낡은 물건을 아무렇게나 놓아두었던 지하실은 지진으로
더 어질러지자 발 디딜 틈도 없을 정도였다. 필요 없는 것들은 이참
에 버리기로 했지만 스케치북이든 조각칼이든 막상 집어들면 모두
어머니의 추억으로 이어지는 통에 결국 몇 개 걸러내지 못했다.

"아가씨, 이리 좀 와보십시오."

선반 아래 쪼그려 앉아 있던 할아버지가 불렀다.

"왜요?"

할아버지가 가리킨 곳을 보자 이누이 씨 가족이 맡긴 어머니의
조각품이 선반에서 떨어져 나뒹굴고 있었다. 결혼 기념 선물인 맥
과 딸의 출생을 축하하는 인형, 나머지 세 개는 어머니가 연행되기
전에 이누이 씨에게 선물한 추상적인 오브제다.

"여기 보시지요."

맥과 인형은 멀쩡했지만 나머지 세 개는 깨지거나 이음매가 벌
어져서 망가졌다. 하지만 할아버지가 나를 부른 것은 그 때문이 아
니라, 조각품 안에 숨겨져 있던 물건이 드러났기 때문임을 곧 알아

차렸다.

"뭘까?"

나는 양손으로 신중하게 세 개의 조각품을 주워서 테이블에 올려놓았다. 우리는 의자에 앉아 갈라진 사이로 보이는 내용물을 잠시 관찰했다.

"꺼내볼까요?"

"그러시지요. 이렇게 보기만 해서는 당최 뭔지 알 수 없으니까요. 하지만 조심하십시오. 위험한 물건일지도 모릅니다."

"그럴 리가요. 어머니가 만든 조각품인걸요."

나는 엄지와 검지로 안에 있는 것을 하나씩 끄집어냈다.

하나는 여러 번 접은 긴네모꼴 종잇조각이었다. 황토색으로 변색됐고 접은 부분이 닳아서 찢어질 것 같았다. 숫자와 글씨 몇 개를 겨우 알아볼 수 있었다.

또하나는 초코바 정도 크기의 네모난 금속 막대였다. 한쪽 면에 작은 구멍이 조르르 뚫려 있었다.

마지막은 약같이 하얗고 동그란 알갱이가 든 비닐봉지였다.

"어머니가 조각품 속에 숨겨놓은 거예요."

나는 전부 꺼내고 나서 말했다.

"그런 것 같구먼요."

할아버지는 각도를 이리저리 바꾸며 테이블 위의 물건을 들여다보았다. 나는 부서진 조각품을 한데 모아 테이블 가장자리로 옮겠다. 주의깊게 더듬어보았지만 다른 물건은 찾지 못했다.

"교수님은 알고 있었을까요?"

"알고 계셨다면 맡길 때 아가씨께 말씀하셨겠죠."

"맞아요. 그럼 이것들은 십오 년이나 아무도 모르게, 조각품 속에서 숨죽이고 있었던 셈이네요."

"네, 필시 그랬을 겁니다."

우리는 턱을 괸 채 또 말없이 책상에 시선을 떨어뜨렸다. 지하실의 난로는 여전히 시원치 않아서 한참 지나도 따뜻해지지 않았다. 채광창 밖으로는 눈이 몰아쳐서 하늘이 보이지 않았다. 강에서 이따금 얼음 갈라지는 소리가 났다.

그것들이 어머니의 비밀 서랍에 들어 있던 물건이라는 건 금방 짐작이 갔다. 종잇조각, 금속 막대, 하얀 알갱이는 모양만 따지면 아무 공통점도 없지만, 하나같이 조심스럽고 은밀하고 감미로운 분위기를 띠었기 때문이다.

"이걸 어떻게 하면 좋을까요?"

나는 할아버지에게 물었다.

"글쎄요……"

할아버지가 손을 뻗어 금속 막대를 만지려고 했다. 그러나 손은 바르르 떨리며 허공을 가르기만 했다. 테이블 위의 물건을 만지려고 하면 할수록 엉뚱한 방향으로 움직이는 것 같았다.

"왜 그래요?"

내가 말을 걸자 할아버지는 얼른 왼손으로 오른손을 잡아 무릎으로 내리눌렀다.

"아무것도 아닙니다. 낯선 물건들이 앞에 있다보니 긴장했을 뿐이에요."

"손에 문제가 생긴 거 아니에요? 좀 보여줘요."

"아닙니다, 아니에요. 정말로 아무 일 아닙니다."

할아버지는 몸을 비틀어 오른손을 숨기려고 했다.

"피로가 몰려왔나봐요. 지하실 정리는 이쯤 하고, 오늘은 쉬기로 해요."

할아버지는 잠자코 고개를 끄덕였다.

"이건 은신처로 옮길게요. 그곳에서밖에 존재할 수 없는 유의 물건이라는 건 확실하니까."

"호출장이 오고 연행되기까지 어머님이 만드신 조각품이 이것 말고도 있어?"

R씨가 물었다.

"글쎄요. 우리집에는 교수님이 맡긴 이 세 개 말고 없을 거예요."

나는 침대보를 손가락으로 만지작거리며 대답했다. 침대 위에는 지하실에서 발견한 세 가지 물건이 놓여 있었다.

"나랑 아버지에게 남긴 조각품은 전부 호출장이 오기 훨씬 전에 만든 거니까요."

"어머님이 조각을 보관해둘 만한 곳이 또 없을까?"

"강 상류에 별장이 있기는 한데, 안 가본 지 몇 년은 됐어요. 이미 폐가가 됐을걸요."

"바로 거기야. 어머님은 그곳에 조각품을 숨기신 거야. 아니, 소멸한 물건을 조각에 넣어서 감추신 거지. 비밀경찰의 손에서 지키기 위해."

그는 침대에 양손을 짚고 다리를 바꿔 꼬았다. 스프링이 삐걱거렸다.

"그래서 그 비밀 서랍이 어느새 텅 비어버린 거군요."

나는 그의 옆얼굴을 올려다보았다.

"응, 그거야."

그는 우선 긴네모꼴 종잇조각을 집었다. 조금이라도 힘을 주면 찢어질 것 같아서 조심스럽게 손바닥에 펼쳤다.

"기억나?"

그가 물었다.

"아니요."

한숨과 함께 나는 대답했다.

"이건 페리 표야."

그의 말투는 겸허하고 온화했다.

"페리, 표……?"

"그래. 잘 봐. 많이 지워졌지만 이 부분에 행선지와 비용이 인쇄

돼 있어. 저멀리 북쪽에 있는 큰 섬으로 가는 표지. 다들 이걸 사서 페리에 탔어. 할아버님이 정비한 페리에 말이야."

나는 숨을 죽인 채 눈 한번 깜박이지 않고 그 지저분한 종잇조각을 바라보았다. 한가운데에는 시원스럽게 바다를 미끄러져가는 페리의 모습이 그려져 있었다. 애칭은 뭐였을까. 할아버지가 살던 시절부터 이미, 선체에 페인트로 칠한 글씨는 바닷바람에 벗겨져 나가고 없었다. 표의 그림 속 페리에 적힌 글씨도 색이 바래서 읽을 수 없었다.

"희미하지만 기억의 수면이 흔들리는 기분이 들어요."

눈이 점점 아파서 감아버리고 싶었지만, 만약 그러면 겨우 움직이기 시작한 수면이 다시 잠잠해질 것 같아 무서워서 꾹 참았다.

"하지만 그렇다고 이 종잇조각에 대한 기억을 되찾았다는 건 아니에요. 기억이라기에는 너무 하찮고 가냘픈 감촉이죠. 당신의 농밀한 기억 앞에서는 대번에 짓뭉개져버릴 거예요."

"내가 왜 그러겠어. 소중하게 건져줄게. 뭐든 좋으니 떠올려봐."

그가 손을 펼쳐 내 무릎에 얹었다. 어깨와 어깨가 맞닿았다.

"내가 떠올릴 수 있는 건 단 하나의 풍경이에요. 그 표를 어디서 무슨 목적으로 팔았는지, 무슨 기능이 있었는지, 그렇게 중요한 사실은 전혀 모르겠어요. 그저 지하실 비밀 서랍에 들어 있던 때의 모습만 떠올라요. 여기 생긴 금을 따라 접혀서 서랍 한가운데 달랑 놓여 있던 모습요. 서랍 손잡이를 잡아당기면 종이 가장자리가 깜짝 놀란 것처럼 떨렸어요. 그리고 어머니가 당신이 그랬던 것처럼 조심스레 표를 펼쳤죠. 지하실은 늘 밤이었어요. 채광창에 달빛이 비쳤거든요. 주위에는 나무 부스러기와 돌조각, 석고가 널려 있고요. 졸졸 흐르는 강물 소리가 밤의 속삭임처럼 내내 지하실을 감돌았어요. 어머니 손바닥은 도톰하고 따뜻해 보이고 지저분했어요. 찰흙이 들러붙어 있기도 하고, 조각칼에 베인 상처가 있기도 하고. 나도 표를 만져봤을 거예요. 어머니의 얼굴과 표를 번갈아 보며 살짝 집어들었죠. 가슴이 두근두근했어요. 단순히 즐겁다든가 재미있다는 느낌은 아니었어요. 내 손가락이 좁은 틈새를 통과해 어딘가 뒤틀린 공간으로 빨려드는 듯한 두려움이 훨씬 강했죠. 하지만 어머니가 웃고 있어서, 그게 유일하게 힘이 되어주었죠. 표는 얇고 꺼끌꺼끌하고, 쓰레기통에 버려진 종잇조각과 전혀 다를 바 없었어요. 왜 어머니가 이런 걸 소중하게 간직하는지 알 수 없었어요. 하지만 어머니를 실망시키기 싫어서 나도 소중하게 다뤘어요."

단숨에 거기까지 말한 후 나는 가슴을 누르며 상반신을 구부렸다. 기억의 한 점에 정신을 너무 집중한 탓에 숨이 차오른 것이다. 갈비뼈 안쪽이 욱신거리기까지 했다.

"무리할 것 없어. 조금 쉬는 게 좋겠군."

그는 표를 침대에 내려놓고 내게 찻잔을 들려주었다. 저장해둔 찻잎이 다 떨어져가서 요즘은 차라고 해봤자 약간 색깔만 나는 뜨거운 물이었지만, 그래도 숨을 가다듬는 데 도움을 주었다.

"늘 이러네요. 당신이 만족할 만한 얘기는 전혀 생각 안 나요."

"내가 만족하느냐 마느냐는 상관없어. 잠든 당신 마음을 깨우는 게 중요하지."

"잠든 마음? 잠들었을 뿐이라면 좋겠지만, 이미 사라져버렸는 걸요."

"그렇지 않아. 방금 페리 표에 얽힌 기억을 되살려냈잖아. 서랍 손잡이와, 어머니의 손바닥과, 졸졸 흐르는 강물 소리를."

그는 일어서서 전구 불빛을 밝게 올리고 다시 침대에 앉았다. 은신처도 지진이 일어나기 전으로 거의 돌아왔다. 선반에 늘어놓은 거울, 면도기, 약병도 예전 모습 그대로였다. 다만 출입문의 판자만 새것으로 바꾸었다.

생각해보면 우리는 언제나 이 침대에 앉는다. 할아버지가 서둘러 만들어준, 소박하지만 튼튼한 침대. 청결 하나는 신경써서 사흘에 한 번 일광소독을 하는 푹신푹신한 침대보에 감싸인 침대. 이 네모난 공간 말고 우리가 있을 곳은 어디에도 없었다. 여기서 우리는 대화를 나누고, 음식을 먹고, 서로를 바라보고, 몸을 만졌다. 나는 우리에게 주어진 유일한 공간을 새삼 바라보았다. 허탈할 만큼 좁고, 부질없었다.

"마음속 연못의 수면이 움직이면, 당신은 반드시 그 감촉을 적어두고 싶어질 거야. 항상 그렇게 소설을 써왔으니까."

그가 말했다. 그리고 표 옆에 놓아둔 은색 초코바를 집어들어

입으로 가져갔다. 먹을 수 있는 물건이었나 싶어 내가 놀라자, 그는 눈으로만 웃으며 숨을 들이마시고 내뱉기 시작했다. 동시에 금속 막대에서 소리가 흘러나왔다.

"어머나……"

나는 탄성을 질렀다. 그러나 그는 입을 막고 있었으므로 말을 할 수 없었다. 그저 소리만 계속 흘러나왔다.

그것은 오르골과는 달랐다. 음색에서 좀더 양감이 느껴지고, 방 구석구석까지 힘차게 울려퍼졌다. 하지만 때로는 불안하게 떨리거나 갈라지기도 했다. 오르골처럼 똑같은 멜로디가 반복되는 것이 아니라, 한 음 한 음에 다른 표정이 있었다.

그는 양손으로 네모난 막대를 잡고서 입술 사이에 대고 좌우로 움직이고 있었다. 오른쪽으로 갈수록 음이 높아지고, 왼쪽으로 갈수록 음이 낮아졌다. 양손에 움직임이 거의 가려져서 마치 입술 자체에서 소리가 나는 것 같기도 했다.

"하모니카야."

손을 내린 그가 말했다.

"하, 모, 니, 카."

나는 그가 입으로 옮겨주는 물을 삼키듯이 한 글자씩 따라 했다.

"로맨틱한 소리네요. 새하얗고 털이 긴, 영리한 새끼 고양이의 이름 같아요."

"이건 고양이가 아니라 악기야."

그는 막대를 내게 쥐여주었다. 실제로 잡아보니 얼마나 작은지 더 실감났다. 군데군데 녹슬기는 했지만 전구 불빛 아래 품위 있는 은색으로 빛났다. 한가운데에는 알파벳이 새겨져 있었다. 아마도 이 악기를 제조한 공장의 이름이리라. 그가 입을 댄 부분에는 벌집 같은 구멍이 규칙적으로 두 줄 뚫려 있었다.

"불어봐."

그가 말했다.

"네? 내가 어떻게요."

"할 수 있어. 당신도 분명히 어렸을 적에 불었을 거야. 어머님이 이렇게 소중하게 보관해두신 걸 보면. 자, 해봐. 쉬워. 숨쉬는 거랑 똑같아."

나는 머뭇머뭇 하모니카를 입에 댔다. 그의 입술 온기가 아직 남아 있는 것 같았다. 살짝 숨을 내쉬자 생각보다 큰 소리가 나서 깜짝 놀라 입에서 뗐다.

"그것 봐, 쉽잖아."

그가 미소 지었다.

"여기가 도. 다음이 레, 다음이 미. 순서대로 내쉬고 들이마시고 내쉬다보면 금방 도레미파솔라시도를 불 수 있어."

그러고 나서 그는 몇 곡을 불어주었다. 아는 곡도 있고 모르는 곡도 있었지만 전부 기분을 평온하게 해주었다.

뭐가 되었든 이렇게 악기를 직접 만지는 것도, 연주를 듣는 것도 오랜만이었다. 아주 오랫동안 나는 악기를 잊고 살았다. 그러고 보니 어릴 적에 오르간을 배웠다. 뚱뚱한 중년 아주머니 선생님은 걸핏하면 화를 냈다. 화음 시험이 어려워서 늘 오르간 뚜껑에 얼굴을 반쯤 숨기고 우물쭈물했다. 도미솔, 레파라, 전부 똑같이 들렸다. 다 함께 연주할 때는 방해되지 않도록 건반을 누르지 않고 손가락만 대충 따라서 움직였다. 어머니가 손수 만들어준 악보 가방에는 머리 위에 사과를 얹은 아기곰 자수가 들어가 있었다.

그 오르간과 가방은 어디로 갔을까. 비싼 오르간이었는데 내가일 년도 되지 않아 학원을 그만두는 바람에 어머니가 뭐라고 불평한 건 기억이 난다. 한동안 뚜껑을 닫은 채 조각품을 올려두는 받침대처럼 쓰다가 어느 틈엔가 자취를 감추었다. 설령 소멸이 찾아오지 않더라도, 여러 가지가 이렇게 조용히 사라져가는 법이다. ……

그는 고개를 숙인 채 왼쪽 어깨를 조금 내려뜨리고 눈을 감고서하모니카를 불었다. 이마에 드리운 앞머리가 속눈썹에 닿을 것 같았다. 그는 실력이 무척 좋았다. 한 번도 틀리지 않았다. 박자가 빠른 곡과 느린 곡, 밝은 곡과 울적한 곡 등 많은 종류의 곡을 알고있었다.

중간중간 내가 받아서 불었다. 실력이 없어서 부끄럽다고 사양했지만, 그는 자기도 관객이 되어 잠깐 쉬고 싶다고 했다. 하는 수없이 옛날에 가정부 할머니가 불러준 자장가와, 구슬치기를 할 때부르던 노래를 더듬더듬 불었다. 정말로 어설펐다. 어디가 파고 어디가 시인지 간격을 파악하기 힘들었고, 세기를 조절하는 데 익숙지 않아서 소리가 너무 크게 나거나 기어들 것처럼 바르르 떨리거나 했다. 하지만 그는 한 곡이 끝날 때마다 박수를 쳐주었다.

이곳은 하모니카를 연주하기에 그만이었다. 바깥의 잡음이 전혀 들리지 않고, 전화벨이 울리거나 누가 찾아오지도 않으며—할아버지는 1층 전통식 방에서 이미 잠들었다—소리가 방 구석구석까지 골고루 퍼지고, 우리는 내키는 만큼 여기 틀어박혀 있을 수 있다. 공기가 희박해서 너무 오래 연주하면 숨이 찼지만 그럴 때는 나란히 환풍기 옆에 서서 입을 크게 벌리고 심호흡을 했다.

아는 곡이 다 떨어지자 우리는 하모니카를 침대에 내려놓고 마지막 남은 물건을 집었다. 그는 비닐봉지를 벌리고 안에 든 하얀 알갱이를 한꺼번에 손 위로 쏟아냈다. 비닐봉지는 연갈색으로 변색되고 뻣뻣해졌지만 알갱이는 그렇게 오래돼 보이지 않았다.

"무슨 약 같은 걸까요?"

나는 말했다.

"아니. 라무네야. 당신 어머님은 이렇게 사소한 물건까지 소중히 보관해두셨구나."

그것은 동그랗고, 한가운데가 살짝 파였으며, 표면에 하얀 가루가 앉아 있었다. 그는 아련한 듯이 하나를 집더니, 갑자기 내 입에 넣었다. 나는 깜짝 놀라 양손으로 입을 막았다. 그가 싱긋 웃었다.

혀가 따가울 정도로 달았다. 좀더 맛을 보려고 혀를 움직이자 순식간에 녹아버렸다.

"맛있지?"

그가 물었다. 너무 순식간이라 나는 아무 말도 못하고, 달콤함이 달아나지 않도록 입을 다문 채 고개를 끄덕이는 것이 고작이었다.

"설탕과자야. 어릴 적에는 가게에 쌓아놓고 팔았지. 섬 어디에나 셀 수 없을 정도로 많았어. 하지만 지금 남아 있는 건 여기 몇 알뿐이야."

그렇게 말하고 그는 자기도 한 개 먹었다. 그것도 금방 녹아버렸겠지만, 그는 남은 라무네를 한참 동안 가만히 바라보았다. 둘이서 얼마나 그러고 있었을까.

"나머지는 할아버님께 나누어드리자."

이윽고 그가 입을 열고는 라무네를 비닐봉지에 도로 넣었다.

그날 밤 그는 내게 세 가지 물건에 대한 이야기를 해주었다. 페리 표와 하모니카와 라무네는 우리 머리맡에 가지런히 모아두었다.

몸을 누이자 앉아 있을 때보다 침대가 한층 작게 느껴졌다. 침대는 빈틈 하나 없이 우리 몸을 꼭 감쌌다. 그러나 그의 품은 넓어서, 나는 그 안에서 몸을 뒤척일 수도, 머리카락을 쓸어올릴 수도, 작게 재채기를 할 수도 있었다.

밤이 제법 깊었을 테지만 선반 위 시계는 그의 어깨에 가려 보이지 않았다. 할아버지가 출입구에 새로 달아준 자물쇠가 예쁘게

292

반짝였다. 환풍기는 쉼없이 돌아갔다.

"북쪽 섬에는 목장이 있었어."

그가 이야기를 시작했다.

"산기슭의 목초지에 소며 말이며 양을 길렀지. 돈을 내면 말을 태워주기도 했어. 목장에서 일하는 누나가 고삐를 잡고 광장을 한 바퀴 도는 건데, 눈 깜짝할 새 끝나버려. 나는 늘 누나에게 더 천천히, 더 천천히, 하고 외쳤지. 그러자 언젠가 서비스로 한 바퀴 더 태워주더군. 목장에는 치즈 공장도 있었어. 공장에 들어갈 때마다 나는 속이 안 좋아졌어. 석유탱크처럼 거대한 통 속에서 빙글빙글 휘저어지는 치즈를 보고 있으면 혹시 저기로 떨어지면 어쩌나란 생각이 들었거든. 목장에서 놀다가도 오후 다섯시에는 페리 탑승장으로 돌아와야 했어. 페리가 하루에 네 번밖에 다니지 않았거든. 북쪽 섬의 페리 탑승장은 시장처럼 왁자지껄했어. 아이스크림, 팝콘, 구운 사과, 사탕, 그리고 라무네. 아이들이 좋아하는 군것질거리라면 뭐든 다 있었지. 페리가 이 섬에 도착할 무렵이면 바다는 마침 저녁놀에 물들어 있어. 수평선 너머로 가라앉는 해가 손에 잡힐 것처럼 가깝게 느껴졌지. 바다 위에서 바라보면 우리 섬은 북쪽 섬에 비해 고요하고, 허전하고, 윤곽이 흐릿해 보였어. 나는 페리 표를 바지 뒷주머니에 넣고 다녔어. 흘리지 않도록 꼭꼭 접어서 말이야. 말을 타는 바람에 늘 꼬깃꼬깃해졌지."

그의 이야기는 끊임없이 이어졌다. 가슴 설레는 옛날이야기를 듣는 것 같기도 했고, 편안한 음악을 듣는 것 같기도 했다. 가끔 머리맡으로 눈길을 돌리면 세 가지 물건은 변함없이 꾸벅꾸벅 졸고 있었다. 그의 입에서 넘쳐나오는, 이리도 많은 이야기를 간직하고 있었다고는 도저히 믿기지 않을 정도로 얌전한 모습이었다. 나는 바로 다시 그의 품에 얼굴을 묻었다.

학예회에서 하모니카를 연주한 일. 지휘자의 지휘봉이 어쩌다가 툭 부러지는 바람에 다 함께 웃음을 터뜨려 연주가 중단된 일. 할머니가 앞치마 주머니에서 라무네를 한 알씩 꺼내서 먹여준 일. 어느 날은 너무 많이 먹어서 배탈이 난 일. 그래서 할머니가 어머니에게 한소리 들은 일. 그 할머니가 근육이 점점 쇠퇴하는 병으로 죽은 일. ⋯⋯

소멸해버린 것들의 이야기를 들으려면 신경의 일부분을 혹사해야 했다. 하지만 조금도 언짢지 않았다. 그의 모든 이야기를 선명한 영상으로 그려내지는 못했지만, 크게 마음에 걸리지는 않았다. 어릴 적 지하실에서 어머니와 비밀스러운 시간을 보냈을 때처럼 나는 그저 천진하게 귀를 기울였다. 마치 신이 하늘에서 내려주는 초콜릿을 하나도 남김없이 받아내려고 치맛자락을 펼친 채 기다리는 듯한 기분이었다.

23

다음 일요일, 나는 할아버지와 별장에 가보기로 했다. R씨 말처럼 어쩌면 비밀스러운 물건을 숨긴 조각품이 남아 있을지도 모르겠다 싶어서였다.

말이 별장이지 어머니가 옛날 여름철에만 작업실로 사용하던 허름한 오두막이다. 어머니가 돌아가신 후 아무도 발걸음하지 않은데다 지진까지 났으니 아마 지금은 폐가나 마찬가지일 듯했다.

나와 할아버지는 각자 물통과 도시락을 배낭에 챙겨서 아침 일찍 출발했다. 시골에 채소라도 사러 가는 가족 행세를 하며 기차를 갈아타고, 강가를 따라 한 시간쯤 산길을 걸어서 점심나절에야 겨우 별장에 도착했다.

"이거 꼴이 말이 아니구먼요."

할아버지는 배낭을 눈밭에 내려놓고 허리띠에서 수건을 빼내 얼굴을 닦았다.

"생각보다 더하네요."

나는 강가의 돌에 걸터앉아 물통 속 물을 마셨다.

별장은 건물의 형태를 거의 잃어버렸다. 문이 어디인지조차 잘 모를 지경이었고, 아무데나 섣불리 건드렸다가는 우르르 무너질 것 같았다. 지붕은 눈의 무게로 우그러졌고, 굴뚝은 중간에 부러졌으며, 이끼에 덮인 벽널에는 군데군데 선명한 색깔의 버섯이 자라 있었다.

어쨌거나 도시락을 먹고 잠시 쉬다가 바로 작업에 들어갔다. 날이 저문 후에 밖을 돌아다니면 비밀경찰에게 의심받으니 서둘러 볼일을 마쳐야 했다.

일단 입구로 보이는 곳에 쌓인 목재를 치우고 안으로 들어갔다. 바닥에 못, 칼, 끌, 조각칼같이 위험한 물건이 잔뜩 널려 있고 무너진 기둥이 가로지르고 있었기 때문에 손전등을 비추며 조심조심 안쪽으로 나아갔다.

"할아버지, 저건 뭐예요?"

나는 비명에 가까운 목소리로 물었다. 작업대 밑에 주위 잡동사니와는 어딘가 분위기가 다른 작은 덩어리—축축하고 미끈미끈한 기운을 띠고, 물렁해 보이면서도 군데군데 뻣뻣해 보이며, 형체가 허물어진 채 고약한 냄새를 풍기는 덩어리—가 드러누워 있었다. 할아버지가 손전등을 그쪽으로 돌렸다.

"무슨 사체입니다."

할아버지가 냉정하게 대답했다.

"사체?"

"네. 아마도 고양이일 겁니다. 들고양이가 들어왔다가 여기서 죽음을 맞은 것이겠지요."

자세히 관찰하니 머리와 배는 살점이 거의 썩어서 뼈가 보였지만, 네 다리 끄트머리와 귀에 어렴풋이 고양이의 모습이 남아 있었다. 우리는 양손을 모아 낯선 고양이의 명복을 빈 후, 되도록 그쪽을 보지 않으려고 애쓰며 작업에 착수했다.

조각품은 방 여기저기에 흩어져 있었다. 그게 '물건'을 숨기기 위해 만든 조각품인지 아닌지를 구분하기는 어렵지 않았다. 숨기기 위한 조각품은 나중에 내용물을 꺼내기 쉽도록 나뭇조각이나 돌을 짜맞추어 만든 것이라 모양이 추상적이었고, 이미 깨져서 '물건'이 드러난 것도 있었기 때문이다.

배낭이 조각품으로 가득차자 준비해온 여행가방을 꺼냈다. 조각품을 일일이 깨서 안을 확인할 여유는 없었다. 집어든 순간의 감촉으로 소멸이 숨어 있는지 아닌지 판단했다.

두 시간 만에 작업이 다 끝났다. 배낭 두 개와 여행가방 두 개가 가득찼다. 고양이를 어디 묻어줄까 싶었지만, 언젠가는 썩어가는 이 오두막과 함께 눈 속에 파묻힐 테니 그대로 놔두었다. 강가에서 한 번 멈춰 서서 가방을 내려놓고 다시는 찾을 일이 없을 별장을 돌아보았다.

"가방, 제가 들까요?"

할아버지가 말했다.

"아니요. 괜찮아요. 고마워요."

나는 대답했다. 그러고서 우리는 산기슭에 있는 역으로 걸음을 옮겼다.

급행열차 출발 시각이 가까워져서 역은 혼잡했다. 소풍 왔다가 돌아가는 가족, 여행자, 도시로 채소를 옮기는 농부들 등 큰 짐을 든 사람들이 대기실에 넘쳐났다. 다들 침착하지 못하고 불안한 표정이었다. 왠지 모르게 역 전체가 어수선했다.

"기차가 연착하는 걸까요?"

나는 오른손에서 왼손으로 가방을 바꿔 들며 물었다.

"아니요, 아가씨. 검문입니다."

마침 비밀경찰들이 개찰구를 폐쇄하고 사람들에게 두 줄로 서라고 명령하는 참이었다. 역 앞 로터리에는 진녹색 트럭이 줄지어 서 있었다. 역무원들은 비밀경찰의 지시대로 대기실 벤치를 방해되지 않도록 구석으로 치웠다. 기차는 이미 플랫폼에 들어와 있었지만 출발할 낌새는 없었다.

'어쩌면 좋죠?'

나는 목소리를 내지 않고 할아버지를 올려다보았다.

"동요한 기색을 보이면 안 됩니다."

할아버지가 빠르게 속삭였다.

"최대한 줄 뒤쪽에 섭시다."

우리는 인파에 떠밀리며 천천히 뒤로 물러나, 제일 뒤에서 열번째 정도의 위치를 확보했다. 바로 앞에는 채소, 통조림, 육포, 치즈로 가득한 대나무 바구니를 짊어진 농부가 있었다. 뒷모습만 봐도 군침이 나올 만큼 근사한 식료품 더미였다. 우리 뒤에는 유복해 보이는 모녀가 슈트케이스를 들고 서 있었다.

줄은 조금씩 앞으로 나아갔다. 비밀경찰들은 무기에 손을 댄 채 대기실을 오가며 우리를 감시했다. 사람들에 가려서 잘 보이지 않았지만, 개찰구에서 비밀경찰 두 명이 신분증명서와 짐을 확인하는 것 같았다.

"요즘에 검문이 많아졌어."

"이런 시골 기차역에서 건질 게 뭐 있다고."

"아니야, 도시에 있는 은신처보다 산속이 안전하대. 그래서 경찰도 요즘은 시골에서 더 기억 사냥에 열중하고. 얼마 전에도 산속 동굴에서 한 명 붙잡힌 모양이더라고."

"하지만 우리는 무슨 죄람. 빨리 끝나면 좋겠는데."

다들 소곤소곤 이야기하다가도 비밀경찰과 눈이 마주치면 입을 꾹 다물고 고개를 숙였다.

"놈들이 제일 자세히 보는 건 신분증명서입니다. 짐이 아니라."

할아버지가 등을 움츠리고 허리띠를 고쳐 매는 척하면서 속삭였다.

"저희 신분증명서에는 거리낄 게 하나도 없습니다. 걱정 마세요."

아닌 게 아니라 비밀경찰은 신분증명서를 확인하는 데 시간을 들였다. 뒤집어보고, 빛에 비추어보고, 사진과 본인을 몇 번씩 대조하고, 위조품이 아닌지, 번호가 '블랙리스트'에 오르지 않았는지 확인했다. 그에 비해 짐은 아가리를 열고 속을 힐끗 들여다보는 정도로 넘어갔다.

하지만 지금 우리가 들고 있는 짐은 속옷이나 갈아입을 스웨터, 과자, 화장품 따위가 아니다. 먼 옛날 기억에서 지워져 우리조차 이름과 기능을 설명할 수 없는 물건들이다. 나는 배낭 어깨끈을 잡아당기고 여행가방 손잡이를 꼭 잡았다. 오랜 세월 조각품 속에 갇힌 채 썩어가는 오두막에 방치되었다가, 오늘 느닷없이 잠을 방해받아서 겁먹고 있을 것이 틀림없었다. 그들의 동요가 등과 손바닥을 통해 전해지는 것 같았다.

"제게 맡기십시오. 아가씨는 그냥 잠자코 계시면 됩니다."

조각품으로 가득한 가방을 할아버지는 어떻게 변명할 생각일까. 비밀경찰은 조각품으로 보지 않을지도 모른다. 그들 눈에는 그저 수상한 물건이다. 게다가 혹시 깨진 조각품을 보기라도 하면…… 깨져서 내용물이 드러난 조각품은 눈에 띄지 않도록 가방

아래쪽에 쑤셔넣었지만, 손을 넣어 더듬거나 가방을 거꾸로 뒤집으면 끝장이다. 모면할 수 없다. 나는 침을 삼키려 했지만 입안이 바싹 말라서 혀가 잇몸에 달라붙을 뿐이었다.

순서가 점점 다가왔다. 기차가 기적을 한 번 울렸다. 사람들은 다들 초조한 기색이었다. 출발 시각은 벌써 지났고, 사방에 어느덧 땅거미가 내리고 있었다. 이런 데서 갑자기 발목을 붙잡히는 바람에 일정이 흐트러져 애가 타는 것이리라. 나는 그런 사람들이 부러웠다. 아무리 중요한 약속이 깨진들 목숨까지 잃지는 않을 테니까.

"자, 다음."

비밀경찰은 변함없이 무표정했고 필요한 말 말고는 하지 않았다. 검사를 받은 사람들은 가방 지퍼를 닫을 틈도 없이 개찰구에서 플랫폼으로 떠밀렸다. 앞으로 세 명, 앞으로 두 명. 우리는 최대한 서로 붙어섰다.

"어휴, 이거 어쩔 겁니까. 한 시간이나 늦었다고요."

우리 바로 앞, 대나무 바구니를 짊어진 농부가 자기 순서가 되자 갑자기 볼멘소리를 했다. 매끄럽게 나아가던 줄이 뚝 멈췄다. 비밀경찰에게 저런 식으로 말하다니 무슨 배짱인가 싶어 다들 숨을 죽였다.

"저는요, 여러분 숙사 식당에 식재료를 배달하는 사람입니다. 매주 일요일 저녁 다섯시까지 정해진 물건을 납품하라고 엄명을 받았다고요. 자, 보세요. 경찰에서 발행한 통행증도 있습니다. 아무튼 빨리 기차를 출발시켜주세요. 지금쯤 숙사에 있는 동료분들은 저녁이 왜 안 나오느냐고 불만일 겁니다. 불벼락을 맞는 건 저라고요. 경찰이 시간에 깐깐한 건 여러분이 제일 잘 알겠죠. 식당 책임자한테 전화 좀 해줘요. 늦은 건 제 탓이 아니라, 여기서 검문을 받느라 시간을 뺏긴 탓이라고."

농부는 목에 건 통행증을 비밀경찰의 코앞에 들이대고는 숨도 쉬지 않고 따졌다. 그때 우리 뒤에 있던 모녀 중 딸이 손수건으로 입가를 누르고 비틀거리다가 쓰러졌다.

"어머나, 큰일났네. 빈혈이야. 얘가 심장이 안 좋아요. 누가 좀 도와주세요."

어머니가 소리질렀다. 할아버지는 냉큼 자기 가방을 내게 넘기고 딸을 안아올렸다. 순서를 기다리던 다른 사람들도 무슨 일인가 싶어 앞으로 모여들었다. 줄이 엉망으로 흐트러졌다. 그사이에도 농부는 항의를 멈추지 않았다.

"자자, 모두 신분증명서를 꺼내. 확실히 보이도록 이쪽으로 들고. 통과하면 기차로 뛰어가라."

우두머리로 보이는 남자가 시끄러운 농부를 떨쳐내듯이 손을 쳐들고 명령했다. 가방이 무거워서 팔이 아팠지만 나는 최대한 빨리 코트 안주머니에서 신분증명서를 꺼냈다. 할아버지는 빈혈로 쓰러진 여자의 어머니에게 바지 호주머니에서 신분증명서를 꺼내 달라고 부탁했다. 그리고 남은 사람들이 한데 뭉쳐 개찰구를 우르르 빠져나갔다. 비밀경찰은 신분증명서만 대충 확인할 뿐 짐은 검사하지 않았다. 우리는 밀치락달치락하며 지시받은 대로—실은 비밀경찰의 마음이 바뀌기 전에 한시바삐 자리를 뜨기 위해—플랫폼을 달렸다. 빈혈이 난 여자는 할아버지 품속에서 몇 번이나 죄송하다는 말을 했다. 모두가 좌석에 쓰러지듯이 앉은 순간 기차가 출발했다.

그날 밤 우리는 열시가 지나서야 저녁을 먹을 수 있었다. 환승역에서 모녀와 헤어진 후 특급열차를 갈아타고 종점인 중앙역까지 가서 다시 버스를 타고 집으로 오는 동안 거의 입을 열지 않았다. 하나같이 혼잡해서 편하게 대화할 분위기가 아니었던데다, 검문에서 겪은 행운을 기뻐하기에는 정신적으로 너무 지쳤기 때문이다. 아무리 힘든 상황에서도 늘 의연함을 잃지 않고 나를 격려하고 돌보아주는 할아버지조차 앉아 있는 것이 고작일 만큼 피곤해 보였다.

집에 돌아오고 나서도 한동안 그저 거실 소파에 멍하니 앉아 있었다. 짐은 바닥에 내팽개쳐놓았다. 도저히 조각품 속 물건을 꺼내서 확인할 기운이 없었다.

저녁이라 해봤자 크래커와 오이피클, 사과가 전부였다. 사과는 모녀가 감사의 표시로 준 것이었다.

"차가운 음식뿐이라 미안해요."

나는 말했다.

"아닙니다. 이 정도면 진수성찬이지요."

할아버지는 손을 뻗어 포크로 피클을 찍으려고 했다. 나는 퍼석한 크래커를 물과 함께 삼키며 별생각 없이 피클 접시를 쳐다보았다. 할아버지는 몇 번이나 실패했다. 정처 없이 허공을 맴돌던 포크가 드디어 목표를 정했는가 싶더니 접시 가장자리나 테이블보를 찔렀다. 포크를 다른 손에 바꿔 들거나 고쳐 잡아도 소용없었다. 할아버지는 고개를 기울이고 미간을 찌푸린 채, 징그러운 곤충이라도 잡으려는 듯한 눈으로 오이를 내려다보았다.

"왜 그래요……"

말을 걸었지만 들리지 않는 것 같았다.

"왜 그래요?"

다시 물었지만 할아버지는 여전히 같은 시도를 되풀이할 따름이었다. 헤벌어진 입술이 푸르스름했다.

"그만해요. 알았어요. 피클이 먹고 싶은 거죠? 자, 집어줄게요."

나는 견디지 못하고 할아버지의 손에서 포크를 빼앗았다. 그리고 피클 한 조각을 찍어 입에 대주었다.

"아아, 크흠, 감사합니다……"

드디어 정신이 돌아온 듯 힘없는 목소리가 새어나왔다.

"어디 몸이 안 좋은 거 아니에요? 눈이 침침해졌거나, 손이 저리거나."

나는 할아버지 곁으로 다가가 어깨를 쓰다듬었다. 할아버지가
나를 위로해줄 때면 늘 그러듯이.

"아니요. 안 좋기는요. 그냥 좀 피곤해서 그럽니다."

할아버지는 아작아작 소리 내어 피클을 씹었다.

24

열흘이 지나 별장을 왕복하며 쌓인 피로와 검문의 공포가 옅어지자 할아버지는 드디어 기운을 되찾았다. 내가 일하러 나간 사이에 집안일을 거의 마치고 다른 집 눈까지 치워줄 정도였다. 체력도 식욕도 정신도 전부 온전한 상태로 돌아왔다.

R씨에게는 검문 이야기를 하지 않기로 했다. 안다고 그가 뭘 어떻게 할 수 있는 것도 아니고, 괜히 불안에 빠뜨릴 뿐이다. 어떤 소멸이 발생한다 해도, 비밀경찰이 우리 코앞까지 다가온다 해도, 그가 할 수 있는 일은 은신처에 숨어 있는 것 말고는 없다.

R씨는 별장에서 가져온 조각품의 내용물을 한시바삐 알고 싶어 했다. 마치 몇십 년씩 격조했던 친구와 재회하기를 기다리는 것처럼, 빨리, 빨리, 하고 재촉했다. 하지만 수많은 조각품을 하나하나 깨부수고—어떻게 부수면 될지 방법도 잘 모른다—속에 든 '물

건'을 바깥세상으로 꺼내는 작업은 나와 할아버지에게 그렇게 가슴 설레는 일이 아니었다. 아무리 귀중한 것을 발견한들 우리 마음은 딱딱하게 얼어붙은 그대로일 테고, 그 마음을 녹이려고 애쓰는 R씨의 모습을 보기가 괴롭기 때문이다. 오늘 저녁 세 사람이 먹을 식량을 어디서 구할지, 다음에는 언제 기억 사냥을 올지가 더 중요한 문제였다.

하지만 언제까지고 배낭과 여행가방을 바닥에 내버려둘 수는 없기에 다음 일요일에 작업을 하기로 했다. 일단 조각품을 전부 지하실로 옮겨 작업대 위에 늘어놓고 하나씩 망치로 때렸다. 힘 조절이 제일 어려웠다. 가볍게 한 번 때리면 깔끔하게 쩍 갈라지는 것도 있었지만, 그렇게 녹록지 않은 것이 더 많았다. 너무 세게 때리면 내용물까지 같이 깨질 것 같아서 겁이 났다. 또한 소리에도 주의해야 했다. 강 옆길은 인적이 드물긴 하지만 그래도 언제 비밀경찰이 지나가다가 지하실에서 새어나오는 소리를 듣고 수상쩍게 여길지 모르기 때문이다.

우리는 힘과 각도와 리듬을 여러모로 궁리하며 번갈아 망치를 휘둘렀다. 한 명은 빨래터로 통하는 문의 틈새로 바깥을 살피다가 인기척이 나면 바로 신호해서 작업을 중지시켰다.

결과적으로 모든 조각품에는 '물건'이 하나씩 숨겨져 있었다. 못 보고 넘어갈 만큼 작은 것, 기름종이로 감싼 것, 윤곽이 복잡한 것, 거무스름한 것, 뾰족한 것, 보풀이 인 것, 얄팍한 것, 반짝거리는 것, 푹신푹신한 것…… 전부 제각각이었다.

둘 다 그것들을 어떻게 다루어야 할지 막막했다. 세게 쥐어도 망가지지 않을지, 핀셋으로 살짝 집는 게 나을지, 지문이 묻어도 괜찮을지 전혀 몰랐다. 한동안 가만히 바라보는 것이 고작이었다.

"십오 년이 지났다는 게 믿기지 않을 만큼 전부 새것 같구먼요."

할아버지가 말했다.

"그러게요. 심지어 이미 소멸했는데도요."

나는 맞장구를 쳤다.

'물건'은 비밀 서랍의 수보다 많았다. 서랍장 말고도 어머니의 비밀 보관소가 있었던 것이리라. 끈기 있게 관찰하다보니 서랍에 있던 물건인지 아닌지는 구별이 됐다. 어머니가 해준 이야기도 어렴풋이 생각났다. 하지만 거기까지였다. 기억의 연못은 그 이상 일렁이지 않았다.

'물건'을 쟁반에 담아 은신처로 가져가자 R씨는 사다리 아래서 싱글벙글 웃으며 나와 할아버지를 맞았다.

"주머니에 넣었다가 서로 부딪쳐서 망가지기라도 하면 큰일이니까, 쟁반에 담아왔어요."

나는 말했다.

"그렇게까지 신경쓰지 않아도 괜찮은데."

그는 그렇게 말하고 우리가 신중하게 받쳐들고 있는 물건들을 둘러보았다.

'물건'을 전부 한곳에 진열하기에는 은신처가 너무 좁았다. 벽에 달린 선반으로는 모자라서 바닥에도 깔았다. 우리 셋은 물건들을 밟지 않도록 주의하며 침대에 앉았다.

"꿈꾸는 기분이야. 나도 이렇게 많은 물건들이 한자리에 모일 줄은 상상도 못했어."

"아, 옛날 생각 난다. 나도 이것과 똑같은 걸 가지고 있었어. 소멸했을 때 아버지가 억지로 빼앗아서 태워버렸지."

"앗, 이건 아주 비싼 물건이야. 잘 보관하는 게 좋겠어. 하기야 돈으로 바꾸려 해도 사줄 사람이 없겠지만."

"여기, 이거 좀 만져봐. 겁낼 것 없어. 기분좋을 거야."

"당신 어머님은 모든 걸 정말 꼼꼼하게 숨겨두셨군. 감사드려야겠어."

그는 쉴새없이 말했다. 하나하나 집어들고 그것에 얽힌 추억과 사용법, 기능을 설명했다. 나와 할아버지는 끼어들 새도 없었다.

"당신이 그렇게 기뻐하니 다행이네요."

설명을 마치고 그가 숨을 돌리는 틈을 타서 내가 말했다.

"천만에. 여기 이 물건들이 필요한 건 내가 아니라 두 사람이야."

허어, 하고 할아버지가 생각에 잠기는 듯한 소리를 냈다.

"이것들이 분명 두 분의 마음에 어떤 변화를 가져올 겁니다. 아무리 사소한 감촉이라도 좋으니 떠올려보세요. 기억을 되살리는 겁니다."

나와 할아버지는 힐끗 마주본 후 서로의 발치에 시선을 떨어뜨렸다. R씨가 이렇게 말할 줄은 알았지만, 막상 듣고 나니 이 상황에 적당한 말이 아무것도 떠오르지 않았다.

"저어……"

말을 꺼내기 어려운 듯이 할아버지가 입을 열었다.

"혹시 뭔가를 떠올렸다고 치고, 그다음에는 어떻게 하면 될까요?"

"어떻게 해야 한다는 규칙은 없습니다. 기억 속에서는 누구나 자유예요."

그는 대답했다.

"하지만 떠올린다는 건 우리 몸의 여기나, 여기, 아무튼 눈에 보이지 않는 곳에서 일어나는 일이지요?"

할아버지는 정수리와 가슴에 손을 얹었다.

"아무리 멋진 기억을 떠올려도 내버려두면 누구의 눈에도 띄지 않고 그냥 사라집니다. 자기 자신조차 기억의 정체를 붙잡을 수 없지요. 아무 증거도 남지 않아요. 그래도 선생님 말씀처럼, 사라진 것들을 억지로라도 끌어내는 편이 나은 것일까요?"

"그렇습니다."

한 호흡 쉬고 나서 그는 말했다.

"기억은 눈에 보이지 않기에 무서운 겁니다. 소멸의 타격이 점점 커져서 손쓸 시기를 놓치고도 본인은 그 중대함을 알지 못해요. 이걸 보세요."

그는 책상에 쌓아놓은 원고지 뭉치를 집었다.

"이건 틀림없이 여기 존재합니다. 원고지 칸 하나하나에 말이 존재해요. 그리고 이걸 쓴 건 당신이야. 눈에 보이지 않는 마음이 눈에 보이는 이야기를 만들어냈지. 소설은 불타 없어졌을지 모르지만, 당신 마음이 사라진 건 아니야. 이렇게 내 옆에 앉아 있는걸. 두 사람이 나를 도와준 것처럼 나도 두 사람을 구하고 싶어."

나는 그가 꼭 쥐고 있는 원고지 뭉치를 보았다. 할아버지는 관자놀이를 누른 채 그가 한 이야기를 다시 한번 곰곰이 생각해보는 것 같았다.

"만약 섬에 있는 모든 것이 소멸하면 어떻게 될까요."

나는 중얼거렸다. R씨도 할아버지도 한동안 침묵을 지켰다. 물어서는 안 될 것을 물어본 기분이었다. 말을 꺼내는 순간 실현될지도 몰라서 다들 두려움에 입을 꾹 다물고 있었는데, 내가 무심코 중얼거리는 바람에 둘 다 당황한 것 같았다.

"섬이 전부 사라져도 이 은신처는 남을 거야."

긴 침묵 후에 그가 말했다. 오기나 억지를 부리는 것이 아니라 애정으로 가득한 말투였다. 비석에 새겨진 문구를 낭독하는 것 같았다.

"이 방에는 모든 기억이 보존돼 있잖아. 에메랄드, 지도, 사진,

하모니카, 소설, 뭐든지 다. 여기는 마음속 늪의 바닥이야. 기억이 마지막으로 다다르는 곳."

아무 일 없이 몇 주가 지났다. 타자 실력이 꽤 늘어서 회사에서 몇 가지 서류를 작성하는 업무를 맡았다. 향신료 판매가 호조를 보이는데다 젤라틴, 잼, 냉동식품까지 취급하게 되어 일이 바빴다. 야근하느라 늦게 들어가는 날도 있었지만 할아버지 덕분에 집 걱정은 없었다. 장 보기, 요리, 청소, R씨 챙기기까지 뭐든 척척 해주었다.

하루는 배수관이 막혀서 물이 나오지 않았다. 보통은 수리를 요청하는 전화 한 통으로 끝날 일이지만, 우리에게는 고작 배수관 하나도 치명타가 될 수 있었다. 할아버지가 눈과 먼지를 뒤집어쓰며 하루하고 한나절 만에 배수관을 고쳤다.

돈이 병에 걸린 적도 있었다. 이상하게 한쪽 귀만 자꾸 개집 벽에 문지른다 싶더니, 노랗고 끈적끈적한 고름이 나왔다. 탈지면으로 살짝 닦아주자 돈은 귀를 쫑긋쫑긋하며 '번거롭게 해서 죄송해요'라는 듯한 표정으로 눈을 살짝 감았다. 하지만 삼십 분도 지나지 않아 또 고름이 나왔다.

동물병원에 가야 할지 우리는 잠시 고민했다. 돈은 그냥 개가 아니라 기억 사냥으로 연행된 이웃집 개다. 비밀경찰이 병원 쪽을 엄중하게 감시한다는 건 잘 알려진 사실이다. 은신처에 몸을 숨긴 사람도 심각한 병에 걸리면 의사에게 달려갈 가능성이 높기 때문이다. 만약 돈이 기억 사냥과 관련있는 개라는 걸 그들이 알면 골치 아파지지 않을까. 그들 같으면 개의 유전자도 해석해냈을지 모른다. 홀로 남겨진 게 불쌍해서 기르고 있을 뿐이라고 변명해도, 배후에 뭔가 있다는 누명을 쓸 수도 있다.

하지만 비밀경찰이 그만큼 개에게 연연한다면 기억 사냥 때 돈도 트럭에 태워갔을 것이다. 그날 밤 이후 집안을 수색하고 귀중품을 챙기러 왔을 때도 돈은 거들떠보지 않았다. 그러니 그렇게 예민해질 건 없다는 결론이 나와서, 근처 동물병원에 데려가기로 했다.

수의사는 말투가 목사처럼 사근사근한 백발노인이었다. 돈의 귀를 깨끗하게 닦고 연고를 바른 후 일주일 치 약을 내주었다.

"염증이 좀 생겼지만, 큰일은 아닙니다."

수의사는 그렇게 말하고 돈의 목을 간질였다. 돈은 치료대 위에서 기분좋은 듯이 몸을 비비 꼬며 '다 끝났나요? 좀더 봐주세요' 하는 것처럼 어리광 부리는 눈으로 수의사를 올려다보며 좀처럼 내려오려 하지 않았다. 걱정과 달리 잘 마무리되어 우리는 안심했다.

또하나 작은 사건은 할아버지가 R씨의 머리를 깎아준 것이다. 여기 숨은 후로 한 번도 이발을 하지 않았기 때문에 그의 머리는 엉망이었다. 넘쳐나는 '물건'으로 더욱 좁아진 은신처에서 머리를 깎으려고 우리는 한바탕 소동을 벌였다.

일단 그나마 공간이 있는 바닥에 신문지를 깐 후 R씨를 앉혔다.

목에 수건과 비닐시트를 두른 후 빨래집게로 고정했다. 할아버지는 좁은 공간에서 어렵사리 몸을 돌려가며 솜씨 좋게 머리를 깎았다. 나는 그 모습을 침대 위에서 구경했다.

"할아버지가 이발 기술도 있는 줄은 미처 몰랐어요."

"아니요. 기술이라고 할 수준은 아닙니다. 그냥 마구잡이로 싹둑싹둑 자를 뿐이에요."

그렇게 말하면서도 할아버지는 가위를 움직이는 손을 멈추지 않았다. R씨는 가끔 눈을 치떠서 어떤 상태인지 살피려고 했다.

"가만있으십시오."

그때마다 할아버지가 다시 머리를 눌렀다.

결과는 제법 괜찮았다. 당연히 진짜 이발사보다는 못하지만, 조금 가지런하지 못한 머리끝이 오히려 젊은 인상을 주었다. R씨도 만족했다.

뒷정리도 고생이었다. 신문지를 깔았는데도 머리카락이 방 구석구석까지 튀었다. 우리는 '물건'과 '물건' 사이로 들어간 머리카락을 꼼꼼히 주워모았다.

이렇게 잠깐 평온한 나날이 지나간 후, 어느 토요일 해질녘에 돈을 산책시키다가 언덕 위 도서관 터에서 우연히 할아버지와 마주쳤다.

"어머, 벌써 장을 보셨어요? 뭐 좀 괜찮은 게 있던가요?"

불탄 잔해 더미에 앉아 있던 할아버지가 나를 보고 한 손을 들었다.

"아니요. 여전합니다. 오늘의 수확은 시든 배추, 당근 세 개, 옥수수가루, 유통기한이 이틀 지난 요구르트, 돼지고기 약간, 그쯤이에요."

나는 근처 나무에 돈을 묶고 할아버지 옆에 앉았다.

"그만하면 충분하죠. 일주일은 버티겠어요. 그나저나 장 보기에 쏟아야 할 에너지가 나날이 커지네요. 혼자서는 어떻게 했을지. 일하면서 시장이나 상점가를 한 시간이고 두 시간이고 돌아다니는 건 도저히 엄두가 안 나요."

"먹을거리가 줄어든다는 건 참으로 불안한 일이지요."

할아버지는 신발코로 잔해를 쿡 찔렀다. 가루가 우수수 떨어져서 눈 위에 흩어졌다.

도서관은 이제 시커먼 잔해의 산으로 변했다. 이곳이 책을 보관하던 장소였음을 일깨워주는 것은 하나도 없었다. 잔해를 조금이라도 움직이면 아직도 틈새에서 연기가 피어오를 것 같았다. 앞마당의 잘 손질된 잔디 광장도 눈에 뒤덮였다. 앞마당에서 내려다보이는 저멀리 아래쪽에는 바다가 펼쳐져 있었다.

"추운데 뭐하고 있었어요?"

나는 물었다.

"페리를 보고 있었습니다."

할아버지는 대답했다. 페리는 지진이 났던 날과 똑같은 모습으로 바다 한복판에 박혀 있었다. 파도의 움직임을 가로막아서 그곳에만 하얀 거품이 소용돌이쳤다. 위로 드러난 선미가 작아진 듯한, 약간 먼바다 쪽으로 흘러간 듯한 느낌이 들었지만 기분 탓일지도 모른다.

"예전 생활로 돌아가고 싶으세요?"

페리가 다시는 돌아오지 않는다는 것도, 할아버지가 뭐라고 대답할지도 잘 알면서 나는 그만 쓸데없는 질문을 하고 말았다.

"아닙니다. 무슨 말씀을요."

할아버지는 허둥지둥 고개를 저었다. 예상대로였다.

"아가씨와 함께 지낼 수 있어서 얼마나 행복한지 모릅니다. 만약 아가씨가 안 계셨다면 길바닥에 나앉을 판이에요. 예전 생활로 돌아가고 싶은 마음은 요만큼도 없습니다. 페리는 이미 여기저기 문제가 많았습니다. 지진하고 상관없이, 언젠가는 가라앉았을 거예요. 역시 소멸한 것은 아무리 본래 기능과 달리 사용한다 해도 그리 오래 존재하지 못할 운명인 거지요."

"하지만 너무 갑작스러운 일이라, 충격이 크지 않았을까 걱정했어요."

"실은 목숨을 잃을 판이었는데 아가씨가 구해주신걸요. 충격 같은 건 받지 않았습니다. 그저 감사할 따름입니다. 그리워서가 아니라 그 감사한 마음을 곱씹기 위해 페리를 바라보고 있었습니다."

대화가 끊기자 우리는 조용히 바다를 바라보았다. 하늘 색깔이 바다와 가까운 곳부터 천천히 바뀌며 페리가 황혼에 감싸였다. 해변과 선착장에 사람은 없고, 차만 해안도로를 달려갔다. 돈은 나무 줄기를 앞발로 긁고 쇠사슬을 핥다가 놀아달라는 듯 이쪽을 향해 꼬리를 흔들었다. 나아가는 귀가 가려운지 가끔 끄트머리를 신경질적으로 움찔거렸다.

뒤돌아보자 언덕 꼭대기에 반쯤 눈에 덮인 들새관측소 건물이 보였다. 거의 무너져내려서 비밀경찰이 불도저로 철거할 필요도 없을 정도였다. 산책길에는 아직 식물원 입구를 알리는 간판이 서 있었지만, 기울어진 화살표는 아무것도 없는 허공만 가리키고 있었다. 이 언덕에는 얌전히 쇠락을 기다리는 것들밖에 남지 않았다.

해일에 옷가지도 전부 쓸려갔기 때문에 할아버지는 내가 소중히 간직해둔 아버지의 코르덴바지와 여러 색깔 털실을 섞어서 짠 스웨터, 옷깃에 인조모피가 달린 외투를 입고 있었다. 바지는 빛이 바랬고 인조모피도 해졌지만 크기는 딱 맞고 아주 잘 어울렸다. 크고 강인한 노동자의 손을 양 무릎에 얹고, 내가 말을 걸면 한마디도 놓치지 않으려는 듯이 고개를 살짝 기울였다.

어릴 적부터 나는 할아버지의 손을 좋아했다. 다 함께 외출할 때는 꼭 할아버지 손을 잡았다. 그 손은 장난감 상자, 프라모델 자동차, 장수풍뎅이 사육통, 공깃돌, 전기스탠드, 자전거 안장 덮개, 훈제 생선, 사과 케이크, 아무튼 뭐든 만들 줄 안다. 관절은 단단한

데 손바닥이 부드러워서 기분좋다. 그 손만 잡고 있으면 절대로 외톨이가 되거나, 귀찮게 여겨지거나, 버려지거나 하지 않을 거라는 안도감이 들었다.

"조각품에서 꺼낸 '물건'들도 페리와 마찬가지로, 그리 오래 존재하지는 못하는 걸까요?"

"글쎄요, 어떨까요……"

할아버지는 엉덩이를 조금 뒤로 물렸다.

"그 사람은 은신처에서는 모든 것이 영원히 존재할 수 있다고 생각하는 것 같아요."

"네. 그만큼 저희가 만든 은신처의 위력을 신뢰하시는 것이겠지요. 하지만 솔직히 말씀드리자면 저는 좀 의문입니다. 물론 선생님께 직접 그렇게 말할 생각은 없습니다. 그런다고 뭐가 달라지는 것도 아니니까요."

"그렇죠. 소멸에 대해 그에게 정확하게 설명할 수 있는 말은 이 섬 어디에도 없어요. 우리가 사실은 '물건'을 이해하지 못하는 것과 똑같아요."

"비밀경찰에게 반항할 수는 있어도, R선생님과 저희를 갈라놓고 있는 운명에는 반항할 수 없지요."

"가끔 이런 생각이 들어요. 비밀경찰이 소멸하면 좋겠다고. 그러면 아무도 숨을 필요가 없잖아요."

"네. 참으로 멋진 생각이십니다. 하지만 그전에 만약 은신처가 소멸한다면…… 어떻게 될까요."

할아버지는 양손을 가슴 앞에 대고 비볐다. 손을 덥히는 것처럼 보이기도 했고, 뭔가를 비는 것처럼 보이기도 했다. 은신처가 소멸한다—어느 순간부터 카펫 아래 뭐가 있는지, 판자를 어떻게 들어올리면 되는지, R씨가 왜 그런 곳에 있는지 이해하지 못하게 된다—그런 상상은 해본 적이 없어서 당황스러웠다. 산책을 나왔는데도 계속 나무에 묶여 있어서 심심한지 돈이 자꾸 낑낑댔다.

"그런 걱정은 할 필요 없어요."

당황한 기색을 감추듯이 나는 밝은 목소리로 말했다.

"지금까지도 많은 소멸을 받아들여왔잖아요. 아주 소중하고, 추억이 많고, 둘도 없는 것을 잃었을 때도 못 견디게 혼란스럽거나 괴롭지는 않았어요. 우리는 어떤 구멍이라도 받아들일 수 있어요."

할아버지는 양손을 다시 무릎 위에 내려놓고 내 얼굴을 보며 미소 지었다.

"그렇겠지요."

황혼에 녹아들 것 같은 미소였다.

나는 잔해 더미에서 내려와 머플러를 단단히 고쳐 매고 나무에 묶어둔 돈의 목줄을 풀었다.

"해가 지네요. 감기 걸리면 안 되니까 이만 들어가요."

자유로워진 돈이 반색하며 할아버지의 다리에 엉겨붙었다.

"아가씨 먼저 돌아가시지요. 저는 여기서 좀더 쉬다가 정육점

한 곳 더 들러야겠습니다. 요전에 언덕 건너편에 좋은 고기를 갖다 놓는 정육점을 봤거든요. 맛있는 햄이라도 사서 가겠습니다."

할아버지가 말했다.

"무리하지 마요. 오늘은 이만하면 충분한데요."

"아닙니다. 무리는요. 조금 돌아서 갈 뿐인걸요."

"아 참. 그럼 기운이 나는 걸 줄게요."

나는 갑자기 라무네가 생각나서 치마 호주머니에 넣어둔 비닐봉지를 꺼냈다.

"이게 뭡니까?"

할아버지가 고개를 앞으로 빼고 눈을 깜박거렸다.

"라무네예요. 이누이 교수님이 맡긴 조각품에 들어 있었어요."

나는 비닐봉지에 든 알갱이를 전부 손바닥에 쏟았다. R씨와 내가 두 알씩 먹어서 이제 세 알 남았다.

"이런 걸 가지고 다니시면 위험합니다. 혹시나 또 검문이라도 당하면……"

할아버지는 그렇게 말하면서도 라무네에서 눈을 떼지 못했다.

"괜찮아요. 이건 입에 넣으면 금방 녹아서 없어지니까. 자, 먹어봐요."

할아버지는 머뭇머뭇 한 알을 집어 입에 넣었다. 굵고 단단한 손가락 사이에 낀 라무네가 한결 작아 보였다. 할아버지는 입술을 이리저리 움직이더니 아까보다 빠르게 눈을 깜박거렸다.

"이것 참 달구먼요."

그 달콤함을 다시 확인하듯이 할아버지는 가슴을 문질렀다.

"맛있죠? 남은 것도 다 줄게요."

"정말이십니까? 이리도 귀한 것을. 감사합니다. 정말 감사합니다."

할아버지는 라무네를 하나씩 먹을 때마다 입술을 이리저리 움직이다 가슴을 문질렀다.

"잘 먹었습니다."

전부 먹고 나자 양손을 모으고 그렇게 말하며 고개를 숙였다.

"그럼 먼저 가서 기다리고 있을게요."

나는 손을 흔들었다. 돈은 짧게 두 번 짖더니 빨리 언덕을 뛰어 내려가자는 듯이 목줄을 잡아당겼다.

"네. 그럼……"

할아버지는 잔해 더미에 앉아 미소 지었다.

그것이 할아버지와 나눈 마지막 인사였다.

25

할아버지가 정육점 앞에서 쓰러졌다는 전화가 병원에서 걸려온 것은 일곱시 반쯤 되어서였다. 아무리 길을 돌아서 온다지만 너무 늦는 것이 걱정되어 마중하러 나가려는데 전화벨이 울렸다. 간호 사인지 사무원인지 몰라도 전화를 건 여자의 말이 너무 빠른데다 잡음이 심해서 뭐라고 하는지 전부 정확하게 이해하지는 못했다. 아무튼 당장 병원으로 오라고 했다.

나는 깔때기 스피커로 R씨에게 사정을 설명한 후 지갑만 챙겨 서 뛰쳐나갔다. 도중에 택시를 잡으려고 했지만 운나쁘게 한 대도 보이지 않아 결국 병원까지 뛰어갔다.

할아버지는 침대가 아니라 스테인리스 조리대처럼 생긴 것 위 에 누워 있었다. 바퀴 달린 길쭉한 다리 네 개 말고는 아무런 특징 도 없었다. 타일을 바른 방은 추웠다. 할아버지의 몸에는 천 한 장이 덮여 있었다. 끄트머리가 타졌고 촉감이 안 좋아 보이는 누리끼리한 천이었다.

"길가에 쓰러져 계신 걸 발견하고 구급차로 실어왔습니다만, 도착했을 때는 이미 의식이 없고 심정지 상태였습니다. 모든 구명 조치를 취하며 최선을 다했지만 오후 일곱시 오십이분에 사망하셨습니다. ……사인에 대해 말씀드리자면, 뇌에 출혈이 있더군요. 원인을 알아내려면 더 자세한 검사가 필요합니다만……"

옆에서 의사가 계속 말했지만 나는 거의 알아듣지 못했다. 그저 낯선 남자의 단조로운 목소리가 귓속에서 빙글빙글 소용돌이칠 뿐이었다.

"최근에 머리를 세게 부딪힌 적 없었습니까?"

나는 의사의 얼굴을 올려다보며 입을 열려고 했지만 가슴이 아파서 목소리가 나오지 않았다.

"출혈은 뇌 안쪽이 아니라 두개골에 가까운 바깥쪽에서 발생했습니다. 이런 경우는 주로 외상이 원인이에요. 하지만 심장발작이 먼저 일어나고 바닥에 쓰러지면서 머리를 세게 찧었을 가능성도 있습니다. 그렇다면……"

의사는 같은 어조로 다시 말을 이었다.

나는 천을 걷었다. 먼저 손이 보였다. 가슴 위에 깍지 끼고 있었다. 이제 아무것도 만들어낼 수 없는 손이었다. 지진이 났을 때 할아버지가 찬장에 깔렸고, 귀에서 거무스름한 피를 흘린 것이 생각났다. 포크로 피클을 찍지 못하고, 조각품 속 물건을 제대로 잡지 못했던 것도 생각났다. 그때부터 조금씩 출혈이 진행됐는지도 모른다.

"하지만 할아버지는 배수구를 고쳤는걸요. R씨의 머리도 보기 좋게 잘라주었고요."

나는 중얼거렸다. 하지만 목소리는 타일 벽에 빨려들어가 의사의 귀까지 닿지 않은 것 같았다.

발밑에 장바구니가 떨어져 있었다. 정육점 꾸러미와 당근 이파리가 보였다.

장례식은 조촐했다. 참석한 사람은 먼 친척—사촌형의 손자와 조카딸 부부—, 예전 직장 동료, 그리고 이웃 사람 몇 명 정도였다. 물론 R씨는 은신처에서 혼자 조용히 명복을 비는 수밖에 없었다.

나는 할아버지의 죽음을 현실로 받아들일 수 없었다. 지금까지 소중한 사람을 몇 명 잃었지만, 그 이별과 할아버지의 경우는 차원이 달랐다. 어머니, 아버지, 가정부 할머니가 죽었을 때도 나는 분명 슬펐다. 그들이 그리웠고, 가능하다면 다시 한번 만나고 싶었고, 그들 생전에 버릇없이 굴고 심술부린 것을 후회했다. 그러나 그런 고통은 시간과 함께 절로 누그러들었다. 죽음은 시간과 함께 서서히 멀어지고 기억만이, 우리에게 더할 나위 없이 귀중한 기억만이 남았다. 내가 살아가는 곳의 법칙이 죽음 때문에 흔들리는 일은 없었다. 기억은 법칙을 바꾸지 않는다. 아무리 소중한 사람을 잃어도, 나를 둘러싼 소멸은 늘 변함없이 존재해왔다.

하지만 이번에는 뭔가 다른 것 같다. 슬픔 외에도 정체 모를 으스스한 불안이 떠나지 않는다. 할아버지의 도움 없이 R씨를 무사히 숨길 수 있을까란 현실적인 불안이 아니다. 할아버지가 없어지자 내가 서 있는 땅이 갑자기 미덥지 못한 솜뭉치로 변해버린 기분이 든 것이다.

나는 그 솜뭉치 위에 홀로 남겨지고 말았다. 나를 위로해주고, 손을 잡아주고, 마음에 뚫린 구멍을 이해해줄 사람은 이제 아무도 없다. 물론 R씨가 달래주겠지만 그는 언제나 그 네모난 공간에 갇혀 있다. 푹신하고 안정감 없는 솜뭉치에서 그 방으로 내려가기는 몹시 어렵다. 그리고 나는 오랫동안 그의 곁에 머무를 수 없다. 반드시 원래 자리로 돌아가야 한다. 그것도 나 홀로.

나와 R씨를 감싸고 있는 세상의 재질은 너무나 다르다. 마당에 나뒹구는 돌멩이를 접착제로 종이에 붙이려고 하는 것과 마찬가지다.

"아가씨, 괜찮습니다. 이번에는 이 접착제를 써보시죠."

그렇게 말하며 새로운 풀을 내밀어줄 할아버지는 이제 없다.

나는 스스로에게 용기를 주기 위해 나날의 생활에 몰두하려고 노력했다. 아침 일찍 일어나 최대한 공들여 R씨에게 줄 음식을 만들었다. 회사에서는 오로지 주어진 업무를 실수 없이 가장 효율적으로 해내기 위한 방법만 생각했다. 시장에서는 가게 앞에 선 줄이 아무리 길어도 포기하지 않고, 사람들을 헤치고 기지를 발휘해 어떻게든 장바구니를 가득 채웠다. 빨래한 옷을 꼼꼼히 다림질하고, 못 입게 된 블라우스를 뜯어서 베갯잇을 만들고, 올이 나간 스웨터를 풀어서 조끼를 짰다. 부엌과 욕실을 반짝반짝 윤이 나게 닦고, 매일 돈을 산책시키고, 지붕에 쌓인 눈을 치웠다.

하지만 밤이 되어 잠자리에 들면 잠이 아니라 숨막히는 피로와 불안이 찾아오곤 했다. 눈을 감으면 괜히 더 예민해지고 눈물이 났다. 아무래도 잠이 들 낌새가 없어서 나는 하는 수 없이 책상 앞에 앉아 원고지를 펼쳤다. 무슨 도움이 되는지 모르지만, 그것 말고는 밤을 보낼 방법이 하나도 떠오르지 않았다.

나는 깔때기 스피커 옆에 숨겨둔 '물건'을 원고지 위에 늘어놓고 가만히 바라본다.

"자, 뭐든 마음에 드는 걸 가져가."

은신처에 내려갈 때마다 R씨는 그렇게 말하며 '물건'을 두세 가지 빌려준다. 마음에 드는 것…… 쇠약해진 마음에 그런 감정은 솟아오르지 않지만, 그를 낙담시키기 싫어서 나는 대충 눈에 들어온 물건을 가리킨다.

바라보기에 질리면 손으로 만지거나, 냄새를 맡거나, 뚜껑을 열거나, 나사를 돌리거나, 굴리거나, 전구에 비춰보거나, 숨을 불어넣거나 한다. 각기 모양이 달라서 여러 가지 방법으로 다룰 수 있다. 그게 과연 맞는 방법인지는 모르겠지만.

가끔 '물건'이 특별한 표정을 보여주는 순간이 있다. 윤곽의 곡선이나 그림자의 농담같이 작은 무언가가 시선 한구석에 걸린다. 어쩌면 이것이 R씨가 바라는 마음의 변화인가 싶어 나는 흠칫 놀란다. 하지만 찰나의 느낌이기에 우물쭈물하는 사이 금방 사라지고 만다. 내 힘으로는 되찾을 수 없다. 게다가 표정을 가진 '물건'은 아주 소수고, 대부분은 그저 싸늘하게 눈을 내리뜨고 있을 뿐이다.

이렇게 밤을 보낸다고 할아버지를 잃은 불안감이 치유되는 건 아니지만, 침대에 누워 울면서 벌벌 떠는 것보다는 나았다. 이틀 밤 연속으로 찰나의 특별한 표정을 본 적도 있고, 하룻밤에 세 번인 적도 있고, 나흘 연속으로 아무 변화 없던 적도 있었다. 나는 갈수록 그 찰나가 기다려졌다. 나를 R씨에게로 이끌어주는 눈부신 표지같이 느껴졌기 때문이다. 그리고 그 빛이 마음속 구멍을 비추어주었다.

어느 밤, 나는 큰맘 먹고 원고지에 글을 적어보았다. 희미한 빛이 비추는 구멍 속 풍경을 글로 남기려 한 것이다. 소설이 소멸한 뒤로 처음이었다. 연필을 쥐는 것부터 어색했고, 글씨는 칸에서 비어져나가거나 너무 작거나 해서 볼품이 없었다. 내가 쓴 것을 정말로 글이라 부를 수 있을지도 자신 없었지만, 아무튼 손가락을 움직였다.

'나는 물에 발을 담갔습니다.'

하룻밤 걸려서 이 한 줄을 썼다. 몇 번씩 소리 내어 읽어보았지만, 이 말들이 어디서 와서 어디로 이어질지 짐작도 되지 않았다.

'물건'을 돌려줄 때 나는 머뭇머뭇 그 원고지를 R씨에게 내밀었다. 단 한 줄인데도 R씨는 오랫동안 원고지를 내려다보았다.

"낙서 같은 거예요. 당신한테까지 보여줄 정도는 아닌데. 미안해요. 구겨서 쓰레기통에 버려요."

그가 한참이나 말이 없기에 분명 실망한 거라고 생각했다.

"무슨 소리야. 엄청난 진전인걸. 지금까지는 종이가 너덜너덜해지도록 지우개로 지우는 게 고작이었는데."

그는 원고지를 소중하게 책상에 내려놓았다.

"진전이라니 너무 과하네요. 그냥 어쩌다 써진 거예요. 내일이면 또 아무것도 못 쓰게 될지 몰라요."

"아니. 이야기는 이미 움직이기 시작했어."

"그럴까요. 난 별로 기대 안 해요. 그렇잖아요. 물이 뭔데요? 발을 담그는 건 또 뭐고요? 전혀 모르겠어요. 의미가 전달되지 않는다고요."

"의미 같은 건 중요하지 않아. 중요한 건 말 속 깊이 숨어 있는 이야기지. 당신은 지금 그걸 끌어내려고 하는 참이야. 당신 마음이, 소멸한 것을 되찾으려 하고 있다고."

그는 나를 격려해주었다. 할아버지의 죽음으로 타격을 받은 내가 더이상 속상해하지 않도록 그냥 하는 소리인지도 모르지만, 그

래도 상관없었다. 그가 다정하게 대해준다면 이유는 뭐가 됐든 좋
았다.

'물에는 먼지 하나 떠 있지 않았습니다.'

'나는 초원을 내려다보았습니다.'

'바람이 불자 초원에 무늬가 생겼습니다.'

'쥐가 갉아먹은 치즈 같은 무늬입니다.'

이야기의 감촉을 느끼지 못하는 채로 나는 하룻밤에 한 줄씩 글
을 이어갔다. 글씨 크기는 원고지 칸과 점점 균형을 맞춰갔지만,
말을 주워올리는 손이 꼴사납게 떨리는 건 여전했다.

"이거야. 잘하고 있어."

그렇게 말하며 그는 원고지를 한 장씩 쌓아올렸다.

할아버지가 죽고 처음으로 소멸이 찾아왔다. 나는 침대에서 정
신을 집중하며 이번에는 뭐가 사라졌는지 알아내려고 했다. 바깥
은 고요하고 사람들이 웅성거리는 낌새가 없었다. 우리와 큰 관계
없는 특수한 것, 혹은 하찮고 작은 것이 소멸한 것일까. 나는 일어
나려고 했다. 공기가 이상하게 농밀하고 몸에 엉겨붙는 듯한 느낌
이 들었다. 커튼 사이로 비쳐드는 빛이 침침한 걸 보니 날씨는 좋
지 않은 듯했다. 또 큰 눈이 내릴지도 모른다. 일찌감치 집을 나서
서 일곱시에 오는 노면전차를 타야겠다. 소멸이 일어난 날은 안 그
래도 길이 혼잡하니까.

나는 이불을 걷었다. 그리고 신기한 것을 발견했다. 그것은 허리에 딱 달라붙어 있었다. 잡아당기고 누르고 비틀어보았지만 떨어지지 않았다. 마치 납땜해놓은 것 같았다.

"이게 뭐지?"

나는 섬뜩해져서 베개를 꼭 껴안았다. 뭔가를 붙잡지 않으면 침대에서 굴러떨어질 것 같았다. 몸을 조금만 움직여도 허리에 딱 달라붙은 그 물체가 걸리적거려서 균형을 잃어버렸다.

마음이 진정될 때까지 얼굴을 가만히 베개에 묻고 기다렸다. 그 물체를 만졌을 때의 서늘한 감촉이 아직도 손바닥에 남아 있었다. 심각한 병에 걸린 걸까. 하룻밤 사이 거대한 종양이 생긴 건지도 모른다. 하지만 이런 걸 달고 어떻게 병원에 간단 말인가. 나는 한 번 더 허리를 힐끗 살펴보았다. 그것은 역시나 똑같은 모양으로 침대에 드러누워 있었다.

언제까지고 가만있을 수는 없기에 일단 침대에서 내려가 옷을 갈아입으려고 했다. 오른발로 바닥을 짚고 상반신을 천천히 일으켰다. 도중에 그 물체가 쿵 하고 아래로 떨어지면서 나도 바닥에 나뒹굴었다. 쓰레기통에 부딪혀 쓰레기가 쏟아졌지만 아랑곳없이 옷장까지 기어가서 스웨터와 바지를 꺼냈다.

스웨터는 금방 입었다. 문제는 바지였다. 어째서인지 바지에 구멍이 두 개였다. 오른쪽 다리를 넣고 나자 뭘 더 어떻게 해야 할지 막막했다. 그 물체는 여전히 허리에서 떨어져나갈 낌새 없이 잠자코 나를 살피고 있었다. 공격당할 걱정은 없어 보이지만, 웬만해서는 당해내지 못할 듯한 만만치 않은 분위기를 풍겼다. 하지만 바라보면 볼수록 그것은 바지의 다른 한쪽 구멍에 넣기에 적합한 모양이었다. 길이도 두께도 딱 맞았다.

시험 삼아 그 물체를 양손으로 잡고 바지의 구멍에 넣어보았다. 무겁고 좀처럼 말을 듣지 않아 고생했지만, 아니나다를까 바지 안으로 쏙 들어갔다. 미리 치수를 재어놓은 것 같았다.

그제야 나는 깨달았다. 소멸한 건 왼다리인 것이다.

넘어지지 않고 계단을 내려가기가 힘들었다. 난간을 붙잡고 한 걸음씩 신중하게 그 물체—사라진 왼다리—를 옮겨야 했다. 밖으로 나오자 눈이 쌓여 있어서 더 애를 먹었다. 나는 잠시 망설이다가 왼발에도 신을 신겼다.

길에 동네 사람들이 조금씩 모여들기 시작했다. 다들 자기 몸을 어떻게 다루어야 할지 고심하고 있었다. 조금이라도 무리하면 험한 꼴을 당할까봐 두려워하는 눈치였다. 담을 손으로 짚으며 걷는 사람도 있고, 가족끼리 기대어 있는 사람도 있고, 한때 모자 장수였던 아저씨처럼 우산을 지팡이 삼아 서 있는 사람도 있었다.

"정말이지 이게 무슨 날벼락이람……"

누군가가 중얼거렸다. 다들 고개를 끄덕였지만 좀처럼 다음 말을 잇지 못했다. 이런 유의 소멸은 누구에게나 처음이므로, 사태가 어떻게 흘러갈지 예상하지 못해 허둥대고만 있는 것이다.

"지금까지도 생각도 못한 것들이 많이 사라졌지만, 이번만큼 놀란 적은 없었어."

대각선 맞은편 집에 사는 아주머니가 말했다.

"앞으로 어떻게 되려나?"

"어떻게 되기는 뭐가 어떻게 돼. 섬에 구멍이 하나 더 늘어났을 뿐인걸. 다른 소멸과 똑같잖아."

관공서에 근무하는 서쪽 옆집의 할아버지가 대답했다.

"기분이 영 이상해. 몸이 따로따로 노는 것 같아서 적응이 안 되는군."

한때 모자 장수였던 아저씨가 우산 끝으로 눈을 후비며 말했다.

"금방 익숙해질 거야. 처음에는 고생할지 몰라도, 이번만 그런 것도 아닌걸. 길고 짧은 차이가 있을지언정 새로운 구멍의 감촉에 익숙해지려면 어느 정도 시간이 필요해. 괜히 겁낼 것 없어."

"나는 지병인 무릎 통증이 한쪽 사라져서 오히려 고맙구먼."

두 집 건너에 사는 할머니가 웃으며 말했다. 나도 따라서 입꼬리를 올렸지만 힘없는 미소밖에 나오지 않았다.

다들 이야기를 나누면서도 가끔 자기 왼다리에 눈길을 주었다. 어쩌면 차가운 눈에 자극을 받아 다리가 원래대로 돌아왔을지도 모른다, 소멸에 무슨 착오가 있었던 것뿐인지도 모른다…… 그렇게 모두 작은 희망에 매달려보는 듯한 눈빛이었다. 그러나 왼다리에는 아무 변화도 없었다.

"저기……"

나는 용기를 내어 아까부터 궁금하던 질문을 꺼냈다.

"왼다리를 어떻게 처분하면 될까요?"

관공서 할아버지는 나지막하게 앓는 소리를 냈고, 무릎이 아픈 할머니는 코를 훌쩍였으며, 맞은편 집 아주머니는 우산 손잡이를 빙글빙글 돌렸다. 잠시 침묵이 이어졌다. 각자 적절한 대답을 찾는 것 같기도 했고, 누군가가 먼저 말해주기를 기다리는 것 같기도 했다.

그때 길 저편에서 비밀경찰 세 명이 걸어왔다. 우리는 긴장하며 길을 막지 않도록 가장자리에 다닥다닥 붙어섰다. 왼다리를 단 채로 이런 곳에서 어슬렁거리고 있으면 그들이 무슨 트집을 잡을지 모른다.

비밀경찰은 평소와 똑같은 제복 차림으로 순찰중이었다. 나는 가장 먼저 왼다리 쪽을 보았지만 셋 다 아직 어제와 똑같은 위치에 붙어 있어서 약간 안심했다. 비밀경찰조차 처분할 방법을 모른다면 우리도 처벌받지 않을 것이다. 그러나 그들은 걸음걸이가 멀쩡했다. 오늘 아침 느닷없이 전대미문의 소멸이 덮쳐와 성가신 물체를 달고 다니게 된 것으로 보이지 않을 만큼 균형을 잘 잡았다. 이런 사태에 대비해 미리 훈련을 받기라도 한 것 같았다.

비밀경찰이 완전히 시야에서 사라진 것을 확인한 후, 한때 모자 장수였던 아저씨가 입을 열었다.

"비밀경찰도 아직 저렇게 달고 다니는데, 서둘러 처분할 필요는 없지 않을까?"

"맞아. 톱으로 잘라낼 수도 없는 노릇이고……"

"태운다, 묻는다, 떠내려보낸다, 놓아준다. 이중 어느 방법에도 들어맞지 않는 소멸이 존재할 수도 있는 거지."

"조만간 좋은 방법이 나올 수도 있고."

"어쩌면 저절로 떨어지지 않을까? 마른 가지가 점점 썩다가 뚝 떨어지듯이."

"그래, 맞아."

"걱정할 필요 없어."

저마다 한마디씩 떠들고 나서 만족했는지 사람들은 집으로 돌아갔다. 역시 비밀경찰처럼 잘 걷지는 못했다. 할머니는 문설주 옆에서 넘어졌고, 한때 모자 장수였던 아저씨는 우산 끝이 눈덩이에 박혀서 오도 가도 못했다.

개집에서 나온 돈이 불안한 듯이 꼬리를 흔들며 현관 앞을 왔다 갔다했다. 나를 보자 눈을 뒤집어쓰며 급히 달려와 어리광 부리듯이 낑낑거렸다. 자세히 보니 왼쪽 뒷다리가 소멸해 있었다.

"그러게. 너도 같은 걸 잃었구나. 괜찮아, 겁내지 말렴."

나는 돈을 안아주었다. 뒷다리가 힘없이 덜렁거렸다.

그날 밤, R씨는 침대에서 내 허리에 밀착한 물체를 쓰다듬어주었다. 그러면 왼다리가 돌아오기라도 한다는 듯 오랫동안 쉬지 않고 손을 움직였다.

"어릴 적에 열이 나면 어머니가 이렇게 몸을 쓸어줬어요."

나는 중얼거렸다.

"그것 봐. 당신 다리는 사라지지 않았어. 그렇게 소중한 기억을 떠올릴 수 있잖아."

R씨는 미소 지으며 손바닥에 더욱 힘을 주었다.

"그런가요……"

모호하게 고개를 끄덕이고 나는 천장으로 시선을 돌렸다.

사실 어머니의 손과 R씨의 손은 감촉이 전혀 달랐다. 그렇다기보다 지금 내 왼다리에는 그의 온기가 조금도 전해지지 않았다. 그냥 물건끼리 맞비비는 듯 어색한 이물감만 느껴졌다. 하지만 솔직하게 말하면 그의 배려심이 상처받을 것 같아서 무서웠다.

"자, 잘 봐. 여기 발톱 다섯 개가 줄지어 있어. 엄지발가락부터 차례대로 가지런히. 반투명하고 매끈매끈하고 과일 껍질같이 생생한 발톱이잖아. 그리고 여기가 뒤꿈치. 여기가 복사뼈. 오른발에도 똑같은 게 있어. 이렇게, 좌우대칭이야. 무릎은 아름다운 곡선을 그리고 있어. 나도 모르게 양손으로 감싸고 싶을 정도야. 위에서 눌러보면 뼈가 복잡하게 짜맞추어져 있다는 걸 알 수 있지. 당장이라도 움직일 것만 같아. 종아리는 부드럽고 따뜻해. 넓적다리는 눈처럼 새하얗고. 난 당신의 왼다리를 고스란히 느낄 수 있어.

아무리 작은 상처든, 멍이든, 흠집이든. 그런데 어째서 사라졌다고
하는 거지?"

그는 침대 옆에 꿇어앉아 한시도 손을 쉬지 않았다.

눈을 감자 내 몸에 생긴 구멍이 좀더 강하게 의식되었다. 아무
리 작은 기억의 조각도 남아 있지 않고, 완전히 투명한 물로 가득
했다. 그의 손이 그 물을 열심히 휘젓고 있지만 떠오르는 것은 작
은 거품뿐이었다. 거품은 소리도 없이 금방 터졌다.

"난 운이 좋아요. 사라진 것을 이렇게 소중히 다뤄주는 사람이
곁에 있으니까요. 이 섬의 다른 왼다리는 모든 이에게 외면받고 쓸
쓸함에 젖어 있을걸요."

"바깥세상이 어떻게 됐을지 상상도 안 가. 이렇게 끊임없이 많
은 것들이 사라져버리다니……"

"아마 당신 생각만큼 큰 변화는 없을 거예요. 구멍이 늘어난 만
큼 좀더 어깨를 움츠리고, 별다른 소동 없이 남겨진 세상을 살아가
고 있죠. 옛날부터 반복해온 것처럼요. 하지만 이번만은 약간 동요
한 것 같아요. 소멸한 것을 처분하지 못하고 계속 가지고 있는 건
다들 처음이니까. 난 당신 덕분에 익숙해져서 괜찮지만."

"당신들은 처분에 수고를 아끼지 않지."

"네. 하지만 이번만은 두 손 들었어요. 태울 수도, 산산조각 낼
수도, 바다에 버릴 수도, 약으로 녹일 수도 없으니까요. 그래서 다
들 난처해하죠. 되도록 왼다리가 눈에 들어오지 않게 하는 게 고

작일걸요. 그래도 조만간 진정될 거예요. 어떤 형태일지는 모르지만, 언젠가 모든 것이 잘 수습될 때가 오겠죠."

"잘 수습되다니, 그게 무슨 뜻이야?"

"왼다리가 만든 구멍이 우리 마음속에서, 마침맞게 들어맞는 장소를 찾는다는 뜻이에요."

"왜 당신들은 늘 그렇게 뭐든 없애버리는 거야. 난 당신을 필요로 하는 만큼, 당신의 왼다리도 필요한데……"

그는 눈을 내리깔고 한숨을 쉬었다. 나는 그 속눈썹에 손을 뻗으려다 왼다리가 침대에서 떨어질 뻔해서 하릴없이 가만있었다. 그는 양손으로 내 왼다리를 끌어안고 종아리 언저리에 입을 맞추었다. 속삭이는 것처럼, 감싸안는 것처럼 조용한 입맞춤이었다.

입술의 감촉을 고스란히 느낄 수 있다면, 소멸하지 않은 피부와 살점과 혈액으로 받아들일 수 있다면 얼마나 좋을까, 나는 생각했다. 왼다리에는 그저 찰흙을 꾹 누른 것 같은 압박감이 남을 뿐이었다.

"잠시 더 이대로 있어요."

나는 말했다. 비록 공허한 감촉만 들더라도 구멍을 끌어안은 그의 모습을 좀더 바라보고 싶었다.

"응, 얼마든지 원하는 만큼 이러고 있을게."

26

다들 소멸한 왼다리를 가지고 생활하는 데 조금씩 익숙해졌다. 물론 예전과 똑같을 수는 없지만 몸이 새로운 균형 감각을 익혔고 그에 걸맞은 생활 리듬이 확립됐다. 뭔가 붙잡지 않고서는 서 있지 못하거나, 너무 조심하느라 움직임이 매끄럽지 못하거나, 걸핏하면 넘어지거나 하는 일은 없어졌다. 누구나 불편함 없이 자기 몸을 다룰 수 있게 되었다.

돈도 요즘은 힘차게 뛰어다니고, 개집 지붕에 올라가서 햇볕을 쬐고, 마당의 나무에 뛰어올라 눈을 떨어뜨리는 놀이에 재미를 붙였다. 가끔 너무 촐랑거리다가 머리에 커다란 눈덩이를 맞고 허겁지겁 내게 도움을 청하러 오곤 한다. 내가 얼굴을 닦아주고 턱 밑을 쓰다듬어주면 싫증나지도 않는지 다시 달려가 더 굵은 나뭇가지를 노린다.

아무리 기다려도 왼다리는 썩어서 떨어져나갈 기미 없이 허리 조직에 단단히 달라붙어 있었다. 하지만 그렇다고 고민하는 사람은 없었다. 예전에 자기 허리에 뭐가 붙어 있었는지 더는 생각나지 않으니까, 어떻게 처분하느냐는 걱정도 필요 없어졌다.

기억 사냥으로 연행되는 사람이 갑자기 늘어났다. 지금까지 갖은 방법을 동원해 우리 세상에 섞여 있었지만, 왼다리가 소멸하자 더이상 속여넘길 수 없게 된 것이다. 여태 은신처에 숨지 않고도 비밀경찰을 피해서 몰래 평범한 생활을 영위해온 사람이 이렇게 많았다니 놀라웠다. 그들은 우리가 새롭게 적응한 미묘한 균형 감각을 도저히 흉내낼 수 없었다. 제딴은 아무리 잘 흉내내도 힘의 배분과 근육의 모양, 관절의 움직임이 어딘가 약간 달랐다. 비밀경찰은 한눈에 그 차이를 간파했다.

기억 사냥이 심해진데다 할아버지가 없는 탓에 백엽상을 이용한 R씨 부인과의 연락은 끊긴 상태였다. 전화는 도청당할 우려가 있었고, 내가 직접 만나러 가는 건 더 위험했다. 부인이 보내는 편지와 물건은 R씨와 바깥세상을 이어주는 유일한 연결고리였지만, 그를 지키려면 은신처를 완전히 격리하는 것이 가장 좋은 방법이었다. 그래서 전화벨을 이용하기로 했다. 정해진 날, 정해진 시간에 전화를 걸어 벨을 세 번 울리고 끊으면 그가 건강하다는 신호. 그쪽에서 이쪽으로 전화를 걸어 벨을 세 번 울리고 끊으면 알았다는 신호였다.

그런 내용을 담은 편지를 들고 오랜만에 초등학교를 찾아갔더니, 백엽상이 없었다. 지진으로 넘어졌는지 눈에 짓뭉개졌는지 몰라도 산산이 부서지고 만 것이다. 나무판자 더미 사이로 깨진 온도계가 보였다. 어떻게 할지 잠깐 망설이다 결국 판자 사이에 편지를 끼워넣기로 했다. 원래도 사람들에게서 잊힌 물건이지만 이렇게 망가진 이상 더더욱 관심에서 멀어질 테니 우리에게는 오히려 잘된 일일지도 몰랐다. 다만 부인이 포기하지 않고 편지를 찾아줄지가 걱정이었다.

약속한 시간에 전화를 걸어 신호가 세 번 가고 나서 끊은 후 전화기 앞에서 기다렸다. 잠시 침묵의 시간이 흐른 후 전화벨이 울렸다. 그 소리는 밤의 깊은 어둠 속으로 녹아드는 듯한 여운을 남기며 세 번 만에 뚝 끊겼다. 수화기가 떨린 듯한 기분이 들었다.

종잡을 수 없는 문장을 연결해나가는 작업은 부지런히 계속했다. 소설을 쓰던 시절의 에너지는 여전히 얼어붙은 채 회복될 징조를 보이지 않았지만, 도서관을 감싼 불길이 밤새 어둠을 밝히던 그날 직후에 비하면 말 하나하나의 모습이 약간이나마 보이기 시작했다. 시계탑에 갇힌 타자수의 손끝과, 시계실 바닥의 나뭇결무늬, 산더미처럼 쌓인 타자기, 계단을 올라오는 그의 발소리가 희미하게 떠올랐다.

그러나 원고지를 채우기는 여전히 힘들었다. 하룻밤을 꼬박 투자해도 손에 잡히는 말은 얼마 되지 않았다. 가끔 너무 지쳐서 원고지를 몽땅 창밖으로 내던지고 싶은 충동에 휩싸였지만, 그럴 때마다 은신처에서 빌려온 '물건'을 양손 위에 올리고 심호흡하며 마음을 달랬다.

페리는 조금씩 바다로 모습을 감추고 있었다. 돈을 산책시킬 때면 항상 도서관 터에 들러 잔해 위에 앉아서 바다를 바라보며 휴식을 취했다. 인적이 없고 해안길을 달리는 자동차소리만 멀리서 들려올 뿐이라 늘 조용했다. 식물원과 함께 철거하고 비밀경찰이 쓸 건물을 짓는다는 소문이 돌았지만 공사는 시작될 낌새가 없었고, 시커먼 잔해만 그대로 남아 있었다.

"돈, 여기 앉아 있던 할아버지 모습 기억나?"

나는 돈에게 말을 걸었다.

"그게 마지막이 될 줄은 꿈에도 몰랐어."

돈은 내 말에 아랑곳없이 뛰어다녔다.

"그 얼굴에 어디 이상한 점이 있었니? 평소랑 변함없었지. 성실하고 든든하고 다정한 표정이었어. 그런데 내 마음속에 떠오르는 할아버지 얼굴은 한없이 서글퍼 보여. 도움을 청하고 싶지만 차마 그럴 수 없어서 힘없이 눈을 내리뜨고 있는 것 같아. 반쯤 그림자가 져서 금방이라도 울음을 터뜨릴 것 같지만, 희미하게 웃고 있는 것처럼 보이기도 해. 그 표정이 떠오를 때마다 똑바로 서 있을 수 없을 만큼 괴로워. '아무 걱정 할 필요 없어요. 이제 괜찮아요'라고 외치며 손을 뻗지만 어디에도 닿지 않아. 당연하지. 할아버지는 돌아가셨으니까."

나는 혼잣말을 계속하며 호주머니에서 크래커를 하나 꺼내 손끝으로 부숴서 돈에게 던져주었다. 돈은 몸을 돌리며 뛰어올라 공중에서 멋지게 받아먹었다. 손뼉을 치며 칭찬하자 코끝을 자랑스럽게 치키고 한번 더 하자고 졸랐다.

"머릿속에 핏덩어리가 생겼다는 걸 내가 좀더 빨리 알아차렸다면, 할아버지는 살았을 거야."

아무리 닦아도 닦아낼 수 없는 후회를 소리 내어 말해보았다. 그런다고 후회가 가시기는커녕 오히려 더 괴로워진다는 걸 알면서도, 나는 이곳에서 몇 번이고 슬퍼하기를 반복한다. 그사이 돈은 크래커를 아작아작 씹어먹는다.

페리는 날마다 조금씩 가라앉았다. 바닷속으로 완전히 사라질 날이 그리 머지않은 것 같았다. 지금도 너울이 높게 일면 살짝 드러나 있는 선미가 파도에 가려지곤 했다.

페리가 완전히 가라앉을 날을 생각하면 가슴이 욱신거렸다. 언덕에 올라서 바다에 아무것도 보이지 않는다는 걸 깨달았을 때, 나는 그곳에 뭐가 있었는지 떠올릴 수 있을까. 할아버지와 함께 일등실에서 케이크를 먹고, 은신처를 만들 계획을 세우고, 갑판 난간에 기대어 저녁놀을 바라봤다는 것을 잊지 않고 기억할 수 있을까. 나의 쇠약해진 마음으로는 몹시 어려울 것 같았다.

오른팔이 소멸했을 때는 사람들도 지난번만큼 당황하지는 않았다. 무슨 일이 일어났는지 침대 속에서 끙끙대거나, 옷을 입을 때 어떻게 다룰지 몰라 애를 먹거나, 처분할 방법을 고민하거나 하지 않았다. 조만간 이런 사태가 발생하리라고 다들 예상했다.

필요 없어진 '물건'을 들고 나와서 광장에서 불태우거나 강에 떠내려보내야 하는 수고를 던 만큼 몸의 소멸은 보다 조용하고 담담했다. 웅성거림도 혼란도 없었다. 그저 새롭게 생긴 구멍을 끌어안고 평소대로 아침 채비를 할 따름이었다.

물론 생활 속 작은 변화들은 생겼다. 매니큐어를 바를 수 없어졌다. 왼손만으로 치는 새로운 타자법을 고안해야 했다. 채소 껍질을 벗기는 데 전보다 시간이 걸리게 됐다. 오른손에 낀 반지를 왼손으로 옮겼다. ……어느 것이나 대단한 문제는 아니었다. 덮쳐오는 소멸의 파도에 몸을 맡기면 제자리를 찾아 자연스럽게 실려가는 법이다.

나는 이제 음식을 담은 쟁반을 들고 혼자서 은신처의 사다리를 내려갈 수 없다. 음식이 쏟아지지 않도록 주의하며 출입구에서 쟁반을 건넨 후, R씨에게 부축을 받으며 한 단 한 단 천천히 내려가야 한다. 반대로 사다리를 올라가 판자를 밀고 좁은 출입구로 몸을 끌어올리는 것도 중노동이었다. 그는 항상 밑에서 걱정스럽게 올려다보았다.

"언젠가 은신처에 드나들 수 없어질 때가 올지도 모르겠어요."

나는 말했다.

"아니야. 내가 안아서 내리고 올려줄 테니 걱정 마. 공주님처럼."

R씨는 양손을 얼굴 앞으로 들어올렸다. 오랫동안 햇빛을 받지 못하고 영수증 정리나 완두콩 꼬투리 벗기기, 식기 닦기같이 단순한 작업만 했던 팔치고는 다부졌다. 충분히 탄력이 있고 힘이 넘쳤다. 석고로 굳힌 가느다란 막대기 같은 내 오른팔과는 완전히 달랐다.

"그러면 멋지겠네요."

"응."

"하지만 사라진 몸을 어떻게 안을 수 있겠어요?"

그는 손을 무릎 위에 내리고 내 옆얼굴을 바라보며 무슨 뜻인지 모르겠다는 듯이 두세 번 눈을 깜박였다.

"나는 언제나, 당신 몸 어디든 만질 수 있어."

"아니요. 사라진 건 만질 수 없어요."

"왜지? 봐. 여기도, 여기도……"

그는 내 허리와 어깨에 달린 석고 막대 두 개를 잡았다. 치맛자락이 흔들리고 머리카락이 뺨으로 흘러내렸다.

"네. 당신은 분명 내 몸을 소중히 다뤄줘요. 오르골도, 페리 표도, 하모니카도, 라무네도, 그것이 존재했을 때의 역할을 고스란히 되살릴 수 있죠. 하지만 그런다고 존재 자체가 되살아나는 건 아니에요. 아주 잠깐, 불꽃놀이 막대의 *끄트머리*가 환히 빛나는 것처럼, 옛날 기억이 비칠 뿐이죠. 빛은 금방 사라져버리고, 그러고 나면 좀전에 여기 비쳤던 게 뭐였는지도 쉽게 잊혀버려요. 전부 환영이라고요. 당신이 잡고 있는 왼다리도, 오른팔도, 여기 늘어놓은 물건들도 전부."

나는 방안의 '물건'을 둘러보고 뺨에 내려온 머리카락을 귀 뒤로 넘겼다. 그는 내게서 손을 떼고 슬리퍼에 발을 넣었다 뺐다 했다. 종아리와 손목에 그의 손자국이 남았지만 금세 사라지고 다시 석고 덩어리로 돌아갔다.

"이대로 조금씩 몸이 소멸해가는 걸까요?"

발끝에서 무릎, 허리, 가슴으로 시선을 옮기면서 나는 말했다.

"뭐든지 부정적인 생각부터 하면 안 돼."

"생각하든 말든 소멸은 일어날 거예요. 달아날 길은 없어요. 다음은 어디일까요. 귀? 목? 눈썹? 남은 팔다리? 아니면 등뼈? 차례로 하나씩 사라지다가 마지막에는 뭐가 남을까요? 아니지, 아무것도 남지 않을지도 모르겠어요. 분명 그럴 거예요. 내가 전부 사라져버리는 거예요."

"그럴 리가 있나. 지금도 우리는 이렇게 마주하고 있잖아."

그가 내 어깨를 잡고 자기 쪽으로 끌어당겼다.

"당신이 보고 있는 건 진짜 왼다리와 오른팔이 아니에요. 아무리 어루만지고 끌어안아도 그것들은 빈껍데기에 불과해요. 진짜 나는 지금 사라져가고 있어요. 조용하고도 확실하게, 공기와 공기

틈새로 빨려들고 있는 거예요."

"난 당신을 어디로도 보내지 않겠어."

"나 역시 어디로도 가고 싶지 않아요. 당신과 같은 곳에 있고 싶
다고요. 하지만 불가능해요. 지금도 당신 마음과 내 마음은 이렇게
나 멀리 갈라져 있는걸요. 당신 마음이 느끼는 것에는 온기와 평온
과 생기와 소리와 향기가 넘치지만, 내 마음은 점점 얼어붙을 뿐이
에요. 언젠가 산산조각난 얼음 알갱이가 되어 손이 닿지 않는 곳에
서 녹아버리겠죠."

"당신은 어디도 갈 필요 없어. 여기 있으면 돼. 맞아. 여기라
면 안전해. 은신처는 상실된 기억을 보존해두는 곳이니까. 에메랄
드, 향수, 사진, 달력과 함께, 공중에 떠 있는 이 작은 방에 숨는 거
야."

"내가? ……여기에? ……숨는다고요?"

"그래."

그는 고개를 끄덕였다.

"그게 가능할까요?"

생각지도 못한 말에 혼란스러워져서 나는 고개를 저었다. 그러
는 바람에 오른팔이 침대에서 미끄러져 그의 무릎에 닿았다.

"그럼. 조각품 속에 갇혀 있던 물건들도, 그리고 나도, 모두 은
신처의 보호를 받고 있는걸. 비밀경찰도 찾아내지 못했잖아."

"마지막 순간이 코앞까지 다가왔다는 게 느껴져요. 지금까지는

소멸이 아무 조짐 없이 갑자기 찾아왔지만, 이제는 내 몸이 대상이라서인지 희미하게 예감이 들어요. 피부가 저릿하고 땅기는 느낌이에요. 사흘 후든, 열흘 후든, 아니면 이 주 후든 또 뭔가가 사라질 거예요. 난 무서워요. 내가 사라진다는 사실 말고, 당신과 헤어져야 한다는 사실이 너무 무서워요."

"걱정 마. 무서워할 것 없어. 내가 당신을 은신처에 소중하게 보존할게."

그렇게 말하고 그는 나를 침대에 눕혔다.

27

가끔은 신기합니다. 왜 나는 그를 좀더 원망하지 않는 건지. 실은 입에 담지 못할 욕을 퍼붓고, 헛수고인 줄 알면서도 덤벼들고, 어떻게든 그에게 상처를 주려고 기를 써도 모자랄 판인데. 목소리를 빼앗은 것으로 모자라 나를 속여 이런 곳에 가두었으니까요.

그런데도 나는 그가 밉지 않습니다. 밉기는커녕 가끔 보여주는 작은 배려에서 다정함마저 느낍니다. 숟가락을 들기 편한 방향으로 놓아주거나, 눈꺼풀에 튄 비누 거품을 눈에 들어가지 않도록 살짝 닦아주거나, 옷을 갈아입을 때 지퍼에 걸려 헝클어진 머리카락을 풀어주거나, ……그런 순간들에 말입니다. 그가 저지른 중대한 죄에 비하면 정말로 사소한 일이에요. 그래도 나는 그의 손가락이 나만을 위해 움직이는 걸 보면 고마운 마음이 듭니다. 바보 같다는 건 알지만, 솔직한 심정이니 어쩔 수 없습니다.

이건 내가 이 방에 더욱 밀착했다는 증거일지도 모르겠습니다. 바깥세상에서 지니고 있던 감정이 이곳에 알맞은 형태로 퇴화하고 변형되고 있는 겁니다.

요즘은 눈도 잘 보이지 않습니다. 타자기 더미도, 침대도, 타종 봉도, 책상 서랍에 굴러다니는 물건들도 전부 어슴푸레한 베일에 덮인 것처럼 윤곽이 흐릿합니다. 시계 틈새로 밖을 내다봐도 마찬가지입니다. 밝은 햇빛이 쏟아지는 오후인데도 교회 중정의 잔디밭은 칙칙한 회색으로 보이고, 모여 있는 사람들의 모습은 그림자와 구분되지 않습니다.

그래서 나는 얼굴을 씻을 때도 옷을 갈아입을 때도 천천히 움직여야 합니다. 금방 시계 수리 도구에 걸려 넘어지거나, 의자 등받이에 허리를 부딪히고는 해서입니다. 그가 곁에 있을 때는 특히 긴장됩니다. 내가 그런 실수를 해도 그는 화내지 않습니다. 그렇다고 도와주지도 않고, 그저 말없이 특유의 미소를 지을 뿐입니다. 얼음으로 만든 솔로 갈비뼈를 문지르는 듯 싸늘한 미소입니다.

이렇게 눈이 점점 쇠약해지는데도 그의 모습만은 언제나 선명하게 보입니다. 그의 손가락이 어떻게 움직이는지 빈틈없이 파악할 수 있습니다. 그 한 사람만 남기고 나머지는 전부 어둠에 잠겨가고 있습니다.

어느 날, 작은 사건이 일어났습니다. 오후에 그가 초급반 수업을 하러 밑으로 내려가고 얼마쯤 지났을 무렵이었습니다. 탑을 올라오는 발소리가 들렸습니다. 그의 발소리와는 달랐습니다. 좀더 가녀리고 느릿한 발소리입니다. 발소리는 층계참에서 잠시 멈추고 살짝 주저하는 듯하다가, 다시 위로 위로 올라왔습니다.

'누굴까. 여기까지 오려는 걸까.'

나는 어쩨야 좋을지 몰랐습니다. 그 사람이 적인지 아군인지. 그와는 어떤 관계인지. 날 아는지 모르는지. 왜 타자 교실을 지나쳐 이렇게 위층까지 올라오는 건지. 잠깐 사이 여러 가지 의문이 솟아서 혼란스러웠습니다. 생각해보면 그 말고 다른 사람이 여기 올라온 적은 지금까지 한 번도 없었습니다. 나도 몇 년씩 타자 교실을 다니면서 탑 꼭대기까지 가볼까 생각해본 적은 없었습니다.

발소리를 듣자 하니 분명히 여자였습니다. 그것도 젊은 여자. 나무 계단을 부리로 쪼는 듯한 소리가 나는 것으로 보아, 굽 끝에 미끄럼 방지용 검은색 플라스틱이 달린 펌프스를 신고 있는 것 같았습니다.

그녀는 혼자서 망설이는 것 같았습니다. 한없이 이어지는 이 계단 끝에 뭐가 있을지, 일종의 두려움마저 느끼는 듯했습니다. 시계실에 가까워질수록 발소리의 간격이 점점 길어졌습니다. 어쩌면 그녀가 안고 있던 건 망설임이나 두려움이 아니라 피로였을지도 모릅니다. 시계탑 계단은 좁고 가파른데다 몹시 기니까요. 어쨌든 마침내 그녀가 문 앞에 도착했습니다.

똑, 똑, 똑. 그녀가 문을 세 번 두드렸습니다. 나는 바닥에 앉아

무릎을 끌어안았습니다. 낡은 나무문이 그렇게 메마르고 맑은 소리를 내는 줄은 처음 알았습니다. 그는 문을 두드리는 일 없이 항상 열쇠 뭉치를 찰랑거리면서 자물쇠를 풀기 때문입니다.

달아나기에 최고의 기회라는 생각이 들었습니다. 타자 교실 학생이 무슨 소리를 듣고 수상하게 여겼든지, 아니면 단순한 호기심으로 여기까지 올라온 겁니다. 목소리는 나오지 않지만 단숨에 달려가서 문을 두드리면 내가 여기 있다는 걸 알릴 수 있습니다. 그러면 교회에 도움을 요청하든, 경찰을 부르든, 자물쇠를 부수든 무슨 행동을 취하겠죠. 바깥세상으로 나갈 수 있는 겁니다.

그러나 나는 웅크린 채 꼼짝할 수 없었습니다. 심장박동이 빨라지고, 입술이 떨리고, 이마에 땀이 배어났습니다.

'자, 빨리. 서두르지 않으면 저 사람이 돌아갈 거야.'

나는 속으로 외쳤습니다.

'안 돼. 가만있어야 해.'

그런데 또하나의 나가 그렇게 만류했습니다.

'저 사람한테 이 상황을 어떻게 설명하려고? 그에게 타자를 배우다가 목소리를 빼앗겼고, 타자기 더미와 함께 이런 곳에 갇혀서, 지금 어떤 대접을 받고 있는지, 그렇게 복잡한 이야기를 저 사람이 믿어줄까? 게다가 어떻게 표현할 거야? 나는 이제 말을 한마디도 못해. 말뿐인 줄 알아? 귀도 눈도 몸뚱이도, 육체의 모든 부분이 이 방에 적합한 상태로, 즉 그에게 어울리는 상태로 변형되어버렸어. 만약 저 사람이 도와준다 해도 내가 잃은 걸 되찾을 수 있을까? 이 타자기 더미 속에서, 내 목소리가 숨어 있는 타자기를 찾아낼 수 있을까? 그의 돌봄 없이 내 몸의 균형을 유지할 수 있을까?'

또하나의 나는 차례차례 무서운 질문을 던졌습니다. 나는 두 귀를 막고 무릎에 얼굴을 묻은 채 숨을 죽였습니다. 그녀가 포기하고 아래로 내려가기를 빌었습니다. 바깥세상으로 나갈 용기가 도저히 나지 않았습니다.

얼마나 그러고 있었을까요. 여자는 한동안 자물쇠를 만지작거리고, 문손잡이를 돌리다가, 한숨을 쉬더니 결국 문에서 멀어졌습니다. 발소리가 나선을 그리며 아래로 아래로 울려퍼졌습니다. 소리가 완전히 사라진 뒤에도 나는 한동안 움직일 수 없었습니다. 아주 작은 소리만 내도 그녀가 알아듣고 돌아올까봐 걱정되었습니다.

해질녘이 되어서야 시계 틈새로 밖을 내다볼 마음이 생겼습니다. 물론 문을 두드린 여자를 찾지는 못했습니다. 중정에는 오후 수업을 마친 학생과 야간 수업을 듣는 학생이 뒤섞여 있었습니다. 하지만 모두 시커먼 덩어리였습니다. 내 쇠약해진 눈으로는 학생들의 생김새도, 옷차림도, 신발 모양도 구분할 수 없었습니다. 그저 화단 가장자리에 앉아 학생들과 담소하는 그의 모습만 아플 만큼 선명하게 망막에 새겨졌습니다.

그날 밤, 그는 언제나처럼 기묘한 옷을 가지고 나타났습니다.

예전만큼 옷에 공을 들이지는 않았습니다. 여전히 바깥세상에서는 통용되지 않을 모양이긴 했지만 소재는 평범했고, 불필요한 장식은 하나도 없었으며, 바느질도 엉성했습니다. 그 사실에 나는 실망했습니다. 좀더 기발한 옷을 입고 싶어서가 아닙니다. 옷에서 느껴지는 무성의함이, 나에 대한 열정이 식었음을 나타내는 것처럼 느껴졌기 때문입니다.

"오늘 누가 찾아오지 않았어?"

그가 대뜸 물었습니다. 나는 놀라서 방금 받아든 옷을 떨어뜨렸습니다. 그걸 어떻게 아는 걸까. 알았다면 왜 여자를 말리지 않았을까. 중대한 비밀이 들통날지도 모르는데…… 영문을 알 수 없어서 나는 고개를 숙이고 말았습니다.

"누가 와서 이 방문을 두드렸지?"

그가 다시 물었습니다. 나는 고개를 살짝 끄덕였습니다.

"왜 그 사람한테 도움을 청하지 않았어?"

떨어진 옷을 주우며 그가 물었습니다.

"네가 여기 있다는 걸 알릴 방법은 얼마든지 있었잖아? 문을 두드리거나, 의자를 걷어차거나, 타자기를 벽에 내던지거나. 널리고 널렸는데."

어떻게 대답해야 할지 몰라서 나는 가만있었습니다.

"왜 도망치지 않았지? 그 사람이 널 여기서 구출해줬을지도 모르잖아. 그랬으면 자유를 되찾았을 거야."

그가 내 턱을 만졌습니다.

"하지만 넌 그러지 않았지. 여기 남았어. 왜지?"

그는 집요하게 이유를 캐물었습니다. 말을 잃은 사람이 그런 이유를 설명할 수 없다는 건 빤히 알 겁니다. 그렇다면 그는 뭘 원하는 걸까요. 나는 그저 꼼짝 않고 있는 것이 고작이었습니다.

"그애는 초급반에 새로 들어온 학생이야."

드디어 그가 질문을 그만뒀습니다.

"타자 기술은 아직 형편없어. 문장도 아직 못 치고. 간단한 단어를 하나씩, 그것도 계속 틀려가면서 더듬더듬 치는 정도야. 그런데 오늘 갑자기 탑 꼭대기는 지금 어떻게 돼 있느냐고 묻더군. 어릴 적에 기계실에서 시계지기 할아버지와 놀았던 생각이 나서 다시 한번 올라가보고 싶다지 뭐야. 나는 반대하지 않았어. 이제 시계지기 할아버지는 없고 그냥 창고가 되었지만, 가고 싶으면 꼭대기까지 올라가보라고 했어."

'왜 말리지 않았어? 만약 그 사람이 나를 발견했으면 어쩌려고?'

나는 그를 쳐다보았습니다.

"난 알거든. 네가 이제 바깥세상으로 나가지 못한다는 걸. 누가 문을 두드리든 뭘 어쩌든 상관없어. 넌 이미 절반은 이 방에 스며들었어."

스며든다, 라는 말의 여운이 끝없이 우리 사이를 감돌았습니다.

나는 옷을 받아들어 갈아입었습니다. 디자인이 간단해진 만큼 입기도 쉬워졌습니다. 허리만 살짝 굽혔는데도 자연스럽게 몸에 착 달라붙었습니다.

"밖에서 그애가 뭐라고 말하진 않았어?"

나는 고개를 저었습니다.

"그거 아쉽군. 네게도 그애 목소리를 들려주고 싶었는데. 목소리가 아주 매력적이야. 단순히 귀엽다든가 아름다운 게 아니라, 좀더 인상적인 특징이 있어. 비강을 채우는 깊은 울림, 혀의 촉촉한 물기, 입술 점막의 아슬아슬한 떨림, 고막을 녹일 듯 달콤함이 뒤섞인 목소리지. 이제껏 살면서 처음 들어보는 종류의 목소리야."

그는 타자기 더미에 눈길을 주었습니다. 시계 틈새로 불어든 바람이 천장의 전구를 흔들었습니다.

"실력은 평균이야. 아니, 평균 이하일지도 모르겠군. W와 O, B와 V를 자꾸 틀리지. 등을 잔뜩 구부린 자세로 타자를 치고, 손가락은 어린애처럼 짧고 통통하고, 잉크 리본을 교체하는 법도 아직 못 외웠어. 그런데도 입만 열면 그 주변만 빛이 비치는 것처럼 반짝거려. 목소리만은 특별한 생물이야."

말을 마치자 그는 나를 안아들고 침대로 옮겼습니다.

'그 사람을 어쩌려고? 왜 내게 그런 이야기를 하는 거야? 그 사람의 목소리를 어쩌려는 건데?'

나는 그의 품에서 발버둥쳤습니다. 하지만 기묘한 옷 때문에 그저 몸을 꿈지럭거리는 데 그쳤습니다. 그는 왼손만으로 내 양 손목을 모아쥐고 손쉽게 나를 제압했습니다.

"그애한테는 타자 연습을 더 많이 시켜야 해. 최대한 빨리, 정확하게 많은 키를 칠 수 있도록. 그렇게 해서 조금씩 타자기에 목소리를 가두는 거야. 그애가 완전히 목소리를 잃고, 타자기 키가 조금도 움직이지 않을 때까지."

그가 말했습니다.

그후로 그가 기계실을 찾는 횟수가 부쩍 줄었습니다. 나는 며칠씩 홀로 지낼 때가 많아졌습니다. 옷은커녕 식사도 충분히 챙겨주지 않습니다. 하루에 한 번이나 사흘에 두 번, 식어빠진 채소찜과 빵 한 조각을 문가에 두고 가는 게 전부입니다. 그릇이 들어갈 만큼만 문을 열고, 나를 제대로 보지도 않고서 그릇 내려놓는 소리만 남기고 내려가버립니다.

내 눈과 귀는 점점 쇠약해져갑니다. 육체가 마음에서 분리되어 어둑어둑한 시계실 바닥에 내팽개쳐져 있습니다. 그가 애지중지하던 시절에는 생기와 탐스러움과 아름다움을 가지고 있었지만, 이제는 찰흙 덩어리처럼 변했습니다. 저게 정말로 내 다리인지, 손인지, 가슴인지 스스로도 자신이 없을 정도입니다. 그가 손가락으로 어루만져주지 않으면 다시 숨을 쉴 수 없습니다.

이 방에 스며든 나를 상대해주는 사람은 그뿐입니다. 그런 그가 나를 외면하면 어떻게 될까요. 생각만 해도 무서워서 벌벌 떨립니다.

어느 밤, 나는 세면대에 물을 받고 발을 담갔습니다. 내 발이 정말로 존재하는지 확인하기 위해서입니다. 물에는 먼지 하나 떠 있지 않았습니다. 한없이 투명하고 차가워 보이는 물이었습니다. 나는 발끝부터 천천히 담갔습니다.

그러나 아무 느낌도 들지 않았습니다. 종아리 언저리가 약간 땅길 뿐입니다. 발은 그저 허공을 하늘하늘 헤매고 있는 것이나 마찬가지였습니다. 존재한다는 것이 무엇인지, 그 감촉이 더이상 생각나지 않았습니다.

나는 세면대에 기어올라가 창밖을 내다보았습니다. 보름달이 떴지만 내 눈에 그 희미한 빛은 아무 도움도 되지 않았습니다. 거리의 풍경이 하늘까지 이어지는 넓은 초원처럼 보였습니다. 풀이 바람에 나부끼며 무늬를 그려냈습니다. 쥐가 갉아먹은 치즈 같은 무늬입니다. 혹시나 해서 손과 얼굴, 가슴도 물에 담가보았지만 결과는 마찬가지였습니다. 나라는 존재는 손이 닿지 않는 곳으로 점점 빨려들고 있는 겁니다.

그가 오지 않은 지 오늘로 며칠째일까요. 마지막으로 음식을 먹은 것도 꽤 오래전 같습니다. 바게트 껍질 5센티미터 정도와 마멀레이드 한 숟갈이었습니다. 약해진 몸에 바게트는 너무 딱딱했습니다. 약해진 건 음식을 먹지 못해서가 아니라, 내가 이 방에 더욱 깊숙이 스며든 결과입니다. 빵을 씹기를 포기하고 마멀레이드만 핥아먹었습니다. 베개 밑에 넣어둔 빵에는 곰팡이가 피었습니다.

나는 침대에 누워 귀에 온 신경을 집중합니다. 탑을 올라오는 그의 발소리를 기다리는 겁니다. 나무가 조금만 삐걱거려도 가슴이 철렁합니다.

'분명 그 사람이야.'

하지만 기대는 늘 어긋납니다. 그저 바람의 장난이나 쥐가 돌아다니는 소리입니다.

왜 그는 나를 찾아오지 않는 걸까요. 나는 목소리뿐 아니라 육체와 감정과 감각 모두, 오직 그를 위한 존재가 되었는데. 이 방에 스며들어버릴 만큼 열심히, 그리고 철저하게.

그는 지금쯤 그녀에게 타자를 가르치고 있겠죠. 참을성 있고 상냥하게 그녀의 손가락을 만지고 있겠죠. 그녀의 목소리를 조금이라도 빨리 타자기에 가두기 위해서.

나는 눈을 감았습니다. 마지막 순간이 다가온다는 걸 스스로도 알 수 있습니다. 목소리를 잃었을 때 같은 아픔이나 괴로움 없이 그 순간이 찾아오기를 기도합니다. 아마 걱정할 필요 없을 겁니다. 타자기의 키가 활자를 튕겨올린 후 철컥, 하고 떨어지는 것과 비슷하겠죠.

발소리가 들립니다. 그입니다. 조심스러운 발소리가 뒤를 따라옵니다. 미끄럼 방지용 플라스틱이 달린 펌프스입니다. 두 소리가 서로 스치고 겹치며 점점 문으로 다가옵니다. 아마 그녀는 타자기를 안고 있겠지요. 목소리로 가득차서 키가 움직이지 않는 타자기를.

나는 흔적도 없이 조용히 빨려들어갑니다. 오랜만에 내 목소리와 재회할 수 있을지도 모릅니다. 발소리가 멈췄습니다. 그가 열쇠를 돌립니다.

마지막 순간이, 찾아왔습니다.

28

연필을 내려놓은 후 나는 지칠 대로 지쳐 책상에 엎드렸다. 말을 찾아내어 연결하는 수고에 더해 육체적인 피로도 컸다. 이제 내게 남겨진 육체가 얼마 되지 않기 때문이다.

왼손으로 어설프게 쓴 글씨는 군데군데 선이 잘 안 보일 정도로 가늘게 흔들렸다. 모든 글씨가 울고 있는 것처럼 보였다. 나는 원고지를 정리해 클립으로 고정했다. 이것이 그가 바라는 이야기라는 것이 맞는지 자신은 없었지만, 어쨌든 말의 연결이 마지막 장소에 다다랐다. 그를 위해 유일하게 남기고 갈 수 있는 것을 완성했다. 그 이야기 속에서도 결국 '나'는 사라져버리지만.

소설이 소멸한 지 그리 오래되지 않았는데도, 아주 먼 길을 돌아서야 여기까지 올 수 있었다. 지진이 나고, 페리가 가라앉고, 이누이 씨가 맡긴 조각품이 부서지고, 그 안에서 '물건'이 나타나고,

별장에 조각품을 가지러 가고, 검문을 당하고, 할아버지가 죽었다. 하나하나의 사건은 전부 우연에 좌우된 것 같으면서도 확실하게 같은 방향으로 향했다. 그 끝에 무엇이 기다리고 있는지 섬사람들 모두 어렴풋이 예감하면서도 아무도 소리 내어 말하려 하지 않았다. 아무도 두려워하지 않았고, 달아나려고 발버둥치지도 않았다. 다들 소멸의 성질을 잘 이해했으며, 가장 적절한 대응법을 알고 있었다.

오직 R씨만이 나를 여기 붙들어놓기 위해 생각할 수 있는 모든 저항을 시도했다. 죄다 부질없는 노력임을 알면서도 나는 괜한 소리 하지 않고 가만있었다. 그는 구멍투성이가 된 몸을 문지르고, 갖가지 '물건'에 얽힌 기억을 이야기해주었다. 그가 던지는 작은 돌은 내 마음속 늪의 바닥에 다다르지 못하고 그저 한없이 떨어져 내릴 뿐이었다.

"정말 애썼어. 이렇게 다시 당신 원고를 받아볼 수 있어서 기뻐. 나와 당신 사이에 언제나 이야기가 존재했던 그 시절이 되살아난 거야."

그는 원고지 뭉치를 소중히 어루만지며 말했다.

"하지만 마음이 쇠약해지는 걸 막지는 못했던 모양이네요. 이야기는 완성했지만 여전히 나 자신을 잃어가고 있는걸요."

나는 그의 가슴에 기댔다. 몸을 지탱할 수 없을 만큼 묵직한 피로가 나를 감쌌다.

"마음놓고 쉬어. 여기서 푹 자고 나면 금방 기운을 차릴 거야."

"내가 사라진 후에도 이야기는 남을까요?"

"당연하지. 당신이 적은 말 하나하나가 기억으로 존재할 거야. 사라지지 않는 내 마음속에서. 그러니까 안심해."

"다행이네요. 내가 이 섬에 존재했다는 흔적을 하나라도 남길 수 있어서."

"오늘은 이만 자는 게 좋겠어."

"그래요……"

나는 눈을 감았다. 금방 깊은 잠이 찾아왔다.

가장 먼저 왼다리를 잃었을 때는 다들 제 몸을 주체하지 못하고 휘청거렸다. 그런데 대부분의 신체 부위를 잃은 지금은 아무도 휘청거리지 않는다. 몸이 작아진 만큼 홀가분해져서 구멍투성이인 섬의 분위기에 잘 융화됐다. 마른풀 뭉치가 바람에 날리듯이 가볍게 허공을 떠돌고 있다.

돈은 이제 나뭇가지에 뛰어올라 눈을 떨어뜨리는 놀이는 못하지만, 약간 남은 왼쪽 앞발과 턱, 귀, 꼬리를 사용하는 놀이를 새로 개발했다. 예전 습관을 버리지 못하고 낮잠 잘 때 무심코 몸을 말고 뒷발에 머리를 얹으려다 그곳에 아무것도 없음을 깨닫고 어리둥절한 표정을 짓기도 하지만, 금방 포기하고 이불을 끌고 와서 베개로 삼았다.

섬에 감도는 정적의 밀도가 점점 높아졌다. 낡은 것이 스러지는 속도와 새로운 것이 생기는 속도의 차이가 계속 벌어졌다. 동네의 레스토랑, 영화관, 공원은 한산했고, 지진으로 갈라진 도로는 수리 없이 방치됐으며, 기차 운행 횟수가 줄고, 페리는 마침내 바다에 가라앉아 모습을 감추었다.

새롭게 생겨난 것은 밭에서 얼굴을 내민 약간의 무와 배추, 물냉이, 털실 공장에 다니는 아주머니가 짠 스웨터와 무릎담요, 어디선가 탱크로리로 운반되는 연료 정도가 다였다. 그리고 쉼없이 내리는 눈. 눈만은 사라질 기미가 없었다.

문득 몸의 소멸이 시작되기 전에 할아버지가 세상을 떠나서 다행이라는 생각이 들었다. 그 덕분에 나는 내가 좋아했던 할아버지 손의 감촉을 지금도 떠올릴 수 있다.

할아버지는 충분히 많은 것을 잃으며 살아왔다. 그 이상 살면서 소멸을 기다리느니 하다못해 육체만이라도 온전히 지킨 채 죽는 편이 마음 편했을 것이다. 스테인리스대에 누워 있던 할아버지는 딱딱하고 차가웠지만, 팔과 어깨와 가슴과 다리에는 나와 R씨를 지키기 위해 발휘했던 다정함과 강인함의 흔적이 남아 있었다.

하지만 그런 순서는 사실 큰 문제가 아닌지도 모른다. 아마도 마지막에는 모든 것이 사라져버릴 테니까.

나는 별다를 것 없는 일상을 담담히 반복했다. 회사에 간다. 왼손으로 타자를 친다. 돈을 산책시킨다. 소박한 식사를 준비한다.

침대보를 햇볕에 소독한다. 그리고 밤에는 은신처에서 그와 시간을 보낸다. 그것 말고는 해야 할 일이 전혀 떠오르지 않았다.

은신처의 좁은 사다리를 오르내리기가 점점 힘들어졌다. 나는 양팔을 벌린 그의 품으로 하나 둘 셋에 맞추어 뛰어든다. 그는 언제나 나를 놓치지 않고 받아냈다.

하지만 침대에서는 아무리 꼭 끌어안아도 우리 사이의 허공이 속절없이 넓어져가기만 했다. 균등하게 대칭을 이룬 굳세고 생생한 R씨의 몸과, 빈약하고 가녀리고 표정이 없는 내 몸은 어느 한 부분도 딱 맞물리지 않았다. 그래도 그는 포기하지 않고 최대한 자기 가까이에 나를 끌어오려고 했다. 그가 열심히 팔을 뻗었다가 오므리고, 고개를 돌리고, 무릎을 굽히는 모습을 보고 있으면 자꾸 서글퍼져서 눈물이 났다.

"왜 울고 그래."

그는 그렇게 말하며 손바닥으로 뺨의 눈물을 닦아준다. 그럴 때면 내게 아직 뺨이 남아 있어서 다행이라는 생각이 든다. 동시에 뺨이 소멸하면 눈물은 어디를 타고 흐를까, 그의 손바닥은 어디를 닦아줄까 하는 불안이 번져서 또 눈물이 넘쳐흘렀다.

이야기를 기록하는 왼손, 눈물이 고이는 눈, 눈물이 타고 흐르는 뺨이 차례로 사라지고, 마지막으로 남은 것은 목소리였다. 사람들은 윤곽을 지닌 존재를 모조리 잃었다. 목소리만 정처 없이 떠다녔다.

나는 이제 그의 품에 뛰어들지 않고도 은신처에 내려갈 수 있다. 무거운 판자를 들어올리지 않고도 작은 틈새로 들어갈 수 있다. 그런 면에서는 몸의 소멸이 일종의 해방감을 가져온 셈이다. 하지만 눈에 보이지 않는 덧없는 목소리는 조금이라도 방심하면 금세 바람과 함께 멀리 흘러가버릴 것 같았다.

"목소리라면 안심이에요."

나는 말했다.

"목소리라면 마지막 순간을 조용하고 평온하게 맞을 수 있을 것 같아요. 고통도 괴로움도 비참함도 남기지 않고요."

"그런 생각을 하면 안 돼."

그가 내게 손을 뻗으려다 그대로 굳어버렸다. 갈 곳을 잃은 손이 허공에 떠 있었다.

"당신은 드디어 여기서 나갈 수 있겠어요. 바깥세상에서 자유를 되찾는 거예요. 비밀경찰은 더이상 기억 사냥을 하지 않아요. 목소리만 남았는데 어떻게 사람을 체포할 수 있겠어요? 안 그래요?"

나는 미소를 지으려다 금방 쓸데없는 짓임을 깨달았다.

"바깥세상은 눈에 덮여서 황량하기 그지없지만, 당신의 농밀한 마음이 있으면 문제없어요. 딱딱하게 얼어붙은 세상을 조금씩 녹일 수 있을 거예요. 지금껏 은신처에 숨어 있던 다른 사람들도 분명히 나올 거고요."

"당신이 함께 있지 않으면 아무것도 못해."

그는 그래도 어떻게든 내 목소리를 만지려고 했다.

"아니요. 난 이제 아무 도움도 안 돼요."

"왜? 어째서."

그는 목소리가 떠다니는 것으로 짐작되는 쪽의 공기를 양팔로 감쌌다. 정말로 목소리가 존재하는 곳과는 거리가 있었지만, 그래도 나는 그의 온기를 느낄 수 있었다.

공기의 흐름이 바뀌고, 그것을 신호로 삼은 듯이 목소리가 바깥쪽부터 천천히 사라지기 시작했다.

"내가 없어져도 이 은신처는 소중히 남겨둬요. 기억이 당신 마음을 통해 여기서 영원히 살아 있기를 바랄게요."

점점 숨쉬기 힘들어졌다. 나는 은신처를 둘러보았다. 바닥에 늘어놓은 물건들 중에는 내 몸도 있었다. 오르골과 하모니카 사이에서 두 다리를 비스듬히 뻗고, 가슴 위에 모은 손을 깍지 낀 채 눈을 내리뜨고 있었다. 그는 분명 오르골의 태엽을 감듯이, 하모니카를 불듯이 이 몸을 만지며 몇 번이고 나에 대한 기억을 되살려낼 것이다.

"결국 가버리는구나."

그가 양팔로 감싼 공기를 품에 꼭 안았다.

"안녕……"

마지막으로 남긴 목소리가 덧없이 흐려졌다.

"안녕……"

그는 한참이나 양손 안의 빈 공간을 바라보고 있었다. 이제 그
곳에는 아무것도 남아 있지 않다고, 충분하고도 남을 시간 동안 스
스로를 설득한 뒤에야 힘없이 팔을 내렸다. 그리고 사다리를 한 단
씩 천천히 올라 문을 열고 바깥세상으로 나갔다. 한순간 빛이 비쳐
들었다가 금방 다시 사라지고 삐걱거리는 소리와 함께 문이 닫혔
다. 동시에 카펫을 덮는 희미한 기척이 전해졌다.

사방이 막힌 은신처에서, 나는 사라져갔다.

옮긴이 **김은모**

일본문학 번역가. 옮긴 책으로 『비탄의 문』 『영웅의 서』 『당신의 능력을 교환해드립니다』 『시소 몬스터』 『범죄 소설집』 『미소 짓는 사람』 『달과 게』 등이 있다.

문학동네 세계문학

은밀한 결정

1판 1쇄 2021년 10월 7일 | 1판 5쇄 2024년 12월 16일

지은이 오가와 요코 | 옮긴이 김은모
기획·책임편집 양수현 | 편집 황문정 김경미 | 독자모니터 양은희
디자인 김현우 유현아 | 저작권 박지영 형소진 최은진 오서영
마케팅 정민호 서지화 한민아 이민경 왕지경 정유진 정경주 김수인 김혜원 김예진
브랜딩 함유지 함근아 박민재 김희숙 이송이 김하연 박다솔 조다현 배진성
제작 강신은 김동욱 이순호 | 제작처 천광인쇄사(인쇄) 경일제책사(제본)

펴낸곳 (주)문학동네 | 펴낸이 김소영
출판등록 1993년 10월 22일 제2003-000045호
주소 10881 경기도 파주시 회동길 210
전자우편 editor@munhak.com | 대표전화 031) 955-8888 | 팩스 031) 955-8855
문의전화 031) 955-1927(마케팅) 031) 955-1917(편집)
문학동네카페 http://cafe.naver.com/mhdn
인스타그램 @munhakdongne | 트위터 @munhakdongne
북클럽문학동네 http://bookclubmunhak.com

ISBN 978-89-546-8247-3 03830

잘못된 책은 구입하신 서점에서 교환해드립니다.
기타 교환 문의 031-955-2661, 3580

www.munhak.com